AF238311

EL RETRATO DE DORIAN GRAY

Oscar Wilde

Edimat Libros, SA

Copyright © EDIMAT LIBROS, SA
C/ Primavera,10, nave 35
28500 Arganda del Rey
MADRID-ESPAÑA
www.edimat.es

ISBN: 978-84-9794-596-7
Depósito Legal: M-1303-2024

Título: El retrato de Dorian Gray
Título original: *The Picture of Dorian Gray*
Autor: Oscar Wilde
Traducción: María Jesús Sevillano Ureta
Introducción: Rocío Pizarro
Diseño e ilustraciones de cubierta: Karakachoff Estudio

Impreso en España - *Printed in Spain*

INTRODUCCIÓN

Oscar Fingal O´Flahertie Wills Wilde nació en Dublín el 16 de octubre de 1854. Su padre, sir William Wills Wilde (1815-1876), era un notable y afamado médico especialista en oftalmología y otorrino-laringología. Se cuenta de él que había logrado solucionar el estrabis-mo de una princesa británica a la que ningún otro cirujano se había atrevido a operar, sin embargo, cuando intentó la misma operación en el padre de George Bernard Shaw sólo consiguió dejarle bizco en la otra dirección. Sir William era un mujeriego incorregible, se sabe que tuvo varios hijos ilegítimos y multitud de aventuras femeninas, una de las cuales le llevó a juicio en 1865 por intento de violación. El proceso se resolvió a favor de William Wilde, quedando claro que dicha acu-sación había sido producto de la ira de una amante desdeñada. Pero, a pesar de su inocencia, había quedado desenmascarado ante su mujer y ante la opinión pública. Pese a este deshonroso suceso su mujer no le abandonó y se mantuvo junto a él hasta su muerte. La madre de Oscar Wilde poseía una arrolladora y fuerte personalidad; amante de los libros y de la belleza, acogía en su casa a artistas, académicos, es-critores y a todo aquel que tuviera algo interesante que decir, con el fin exclusivo de disfrutar de una exquisita conversación. *Lady* Wilde era una mujer muy alta y un poco estrafalaria, recibía siempre a sus visi-tas muy maquillada y con las cortinas echadas, incluso en pleno día. Oscar se parecía a su madre, tanto físicamente (estatura y maneras), como espiritualmente y a lo largo de toda su vida mantuvo un vínculo muy especial con ella. En *La importancia de llamarse Ernesto,* Wilde manifestó que todas las mujeres acaban pareciéndose a sus madres. Esta es su tragedia. Los hombres no lo hacen. Viven la de ellas.

El matrimonio tuvo tres hijos, que igualaban en número a los na-cidos fuera del matrimonio por parte paterna. Willian Charles Kings-bury Wills nació en 1852 y Oscar Fingal O´Flahertie Wills apenas dos años más tarde. Exceptuando el nombre de Wills, que era uno de los nombres del padre, el resto pertenecen a personajes heroicos del mundo céltico. Seguramente se le llamó de esta manera tan ostentosa por influencia de *lady* Wilde, de soltera Jane Francesca Elgee, que había sido una activa patriota irlandesa antes de su matrimonio y había escrito apasionados panfletos por la libertad de Irlanda. El 2 de abril de 1857 nació el tercer hijo, una niña, Isola Francesca, que murió con nueve años a causa de unas fiebres, hecho que sumió en la más absoluta tristeza al pequeño Wilde, que contaba apenas con doce años. Años más tarde le escribiría el poema *Requiescat,* en el cual expresaba su melancolía por aquella prematura pérdida:

> *Camina suavemente, ella se acerca*
> *bajo la nieve,*
> *habla quedo, ella puede*
> *oír crecer las margaritas.*
> *Su cabellera dorada*
> *ha perdido el esplendor,*
> *aquella joven tan bella*
> *fenece sin remisión.*
> *¡Paz! ¡Oh Paz! Ya no oye*
> *ni la lira ni el soneto,*
> *toda mi vida está aquí,*
> *que la sepulten con ella.*

Cuando su hermana murió, Oscar no se encontraba en el domicilio familiar, puesto que su hermano y él habían sido enviados ese mismo año a un colegio privado lejos de su familia. En este colegio, Wilde empezaría ya a destacar por su sensibilidad y su pasión por la lectura, inclinándose especialmente por el mundo antiguo: «Tenía casi dieciséis años cuando la maravillosa belleza de la antigua Grecia empezó a conmoverme... empecé a leer en griego apasionadamente y cuanto más leía más entusiasmado estaba».

Oscar tenía gran facilidad para traducir obras del griego y del latín; en 1870 ganó el premio Carpenter de griego y en 1871 fue uno de los tres alumnos que recibió una beca para ir al *Trinity College* de Dublín, que era la universidad protestante más importante de Irlanda. Wilde conoció a sir John Pentland Mahaffy, profesor de Historia Antigua y notable helenista y que influyó en gran manera en el joven Oscar. Mahaffy no sólo consolidará y aumentará el gusto de Wilde por el mundo clásico griego, sino que le enseñará que Grecia no es un cadáver de la historia que hay que examinar como tal, Grecia no es el pasado, sino un ideal vivo. Wilde se empapó de este pensamiento y durante toda su vida amó y vivió conforme a él. En 1874, gracias a una beca que le fue concedida por sus excelentes calificaciones en lenguas clásicas, abandonó el *Trinity College* para ir a estudiar a Oxford. Cuando Oscar Wilde llega a Oxford ya ha cumplido veinte años, es un apasionado del mundo antiguo y del culto a la palabra y posee una cierta inclinación por la estética de los dandis. En este período de su vida Oscar Fingal O´Flahertie Wills empezará a vivir como Oscar Wilde.

Oxford era, en ese momento, el centro cultural de Inglaterra, espacio abierto al debate de las nuevas tendencias estéticas, al cultivo de las letras, al estudio y a la práctica del deporte (práctica que no era del agrado de Wilde, a él más bien lc gustaba observar a los atletas).

Es en Oxford donde conoce a John Ruskin, patriarca del socialismo estético, y a Walter Pater, defensor extremo del arte por el arte, ambos representantes de las dos más importantes corrientes estético-creadoras de la Inglaterra de fin del siglo xix. Tanto Ruskin como Pater influirán en gran manera en nuestro joven escritor, tanto que, durante un período de tiempo después de su marcha de Oxford, Wilde se limitaría a repetir sus doctrinas sin apenas aportar nada nuevo. John Ruskin era un moralista con ideas sociales de fuerte raíz cristiana, que defendía la búsqueda de un arte nuevo alejado del academicismo, un nuevo arte que tenía como base una concepción de la belleza ético-socializante. Ruskin rechazaba los intereses y la imperante forma de vida de la pujante burguesía y propugnaba una especie de revolución social a través de la belleza, que eleva y dignifica el alma de aquel que la contempla. El fin del arte es la belleza, y el fin de la belleza es el mejoramiento ético del hombre. Ruskin terminaba de esta forma una conferencia dada en 1853 en Edimburgo:

«El mejor patronato del arte no es aquel que busca placeres del sentido en una idealidad vaga, ni en la forma bella de una imagen de mármol, sino el que educa a vuestros hijos para héroes, sujeta los vuelos del corazón, con la práctica del deber y la devoción».

Las conferencias y la lectura de los libros de Ruskin, escritos con un estilo muy cuidado y buscando la belleza de la palabra en todo momento, proporcionó a Wilde el primer pilar de su gusto estético y aunque él defendiera el arte como fin en sí mismo, con Ruskin aprendió que el arte también podía ser utilizado como vehículo de justicia, de compasión y de crítica social y esta influencia se puede observar en algunas de sus primeras obras y se puede seguir el rastro de esta idea, quizá de forma menos clara, en otras obras posteriores. Porque Oscar Wilde a pesar de su extremo esnobismo y de su deseo ardiente de pertenecer y tratar con la élite, siempre estuvo al lado de los marginados.

Frente al esteticismo socializante de John Ruskin se encontraba el patriarca del decadentismo simbolista inglés, del que Oscar llegaría a ser principal figura, Walter Pater.

Este defendía una teoría estética de las sensaciones orientada a la búsqueda de la felicidad. En su tesis sostiene la heraclítea idea de que todo pasa y nada permanece, y la vida está compuesta de infinidad de sensaciones fugaces que se desvanecen rápidamente al igual que el hombre, que se sabe limitado y seguro de su muerte. La felicidad consiste, pues, en atrapar el mayor número de esas sensaciones, y mejor, cuanto más bellas sean. Toda manifestación artística nos ayuda a captar y disfrutar más intensamente esos momentos efímeros. Debemos ser apasionados en todo momento, dejarnos arder en la inmediatez y en la belleza de las sensaciones. Experimentar a cada instante la emoción intensa de quien ve por primera vez una estrella fugaz. La belleza es el sumo motivo, una belleza que se justifica a sí misma, una belleza que es vida y arte y a la cual se le sacrifica todo lo demás. Todo esto, llevado a su máximo extremo, llegará a ser Wilde, éxtasis del momento, intensidad en el vivir, un buscarse en lo pagano y un disfrutar de los pecados exquisitos. Pater no hizo otra cosa que llevar a la teoría lo que Oscar ya llevaba dentro de su alma, el esteta, el dandi, el pagano, el decadente. Posturas que fueron tomando fuerza, también, gracias al contacto con la más moderna poesía y literatura europea: Gautier, Baudelaire, los simbolistas...

Oscar permaneció en Oxford desde finales de 1874 hasta el verano de 1878, y en ese período logró ser una persona bastante conocida, dentro del marco universitario, por sus pintorescos gustos. Sus habitaciones fueron profusamente decoradas con bellos objetos y alfombras, y según parece tenía los techos pintados de azul celeste. En ellas recibía a sus amigos para hablar de arte, literatura, música y todo aquello que participara de la belleza. Wilde publicó en diferentes revistas algunos poemas sin relevancia artística, pero en los que ya se pergeñaban sus inclinaciones estéticas y en algunos, incluso, sus inclinaciones sexuales que no podemos desligar de las primeras:

«Un rubio y esbelto muchacho que no está hecho para el dolor de este mundo con una dorada cabellera que cae en olas en torno a sus orejas y ardientes ojos semivelados por deliciosas lágrimas».

En 1876 murió su padre, dejándole una pequeña herencia que empleó para realizar el viaje de sus sueños, ir a Grecia. Después de haber estado en Italia en 1875 y haberse quedado prendando por la belleza de sus ciudades y por la pompa que rodea al catolicismo, a Oscar sólo le restaba viajar al origen, llevar a cabo el reencuentro y el reconocimiento de lo que él ya era. Allí se reafirmó en la belleza como máximo ideal, en el placer terreno como plenitud del ser humano, en la necesidad de instaurar de nuevo el paganismo. Como él lo llamaría, la necesidad de un nuevo hedonismo.

«Recuerdo que en mis días de Oxford le dije a un amigo... que quería comer de la fruta de todos los árboles del jardín del mundo y que me disponía a lanzarme a él con esa pasión de mi alma. En efecto, lo hice, me lancé y viví». Oscar terminó sus estudios con éxito en 1878, habiendo ganado el mismo año el premio Newdigate de poesía por su poema *Ravena,* y se trasladó a Londres, donde se habían instalado su madre y su hermano después de la muerte de su padre. Wilde pretendía ganarse la vida como poeta, ya que la escasa herencia de su padre había prácticamente desaparecido y necesitaba dinero con urgencia. Por ello decidió entrar en contacto con la gran esfera de la sociedad, que por un lado podría proporcionarle buenos contactos y dinero, y por otro lograría así ver cumplido su deseo de tratar con gente exquisita y culta. Oscar enviaba poemas a las actrices de teatro más conocidas, alabando sus cualidades y belleza, para intentar introducirse en este mundo. Entre las actrices más famosas y bellas de la época, se encontraba Lily Langtry a la que Oscar consiguió conocer y cautivar, debido a los encantos y al ingenio que él desbordaba. El siguiente fragmento pertenece a una carta que la bella actriz dirigió a Oscar Wilde:

«Por supuesto estoy deseosa de aprender más latín... pero no podré ver a mi amable tutor antes del jueves. Ven a verme a eso de las seis, si puedes. He pasado por Salisbury Street, pero hacía una hora que te habías marchado. Quería preguntarte cómo tenía que vestirme para el baile de disfraces, pero ya he elegido un suave vestido negro con una orla de estrellas y lunas plateadas, y llevaré diamantes en el pelo y alrededor de mi garganta. Lo he llamado "reina de la noche" y me lo he hecho yo misma».

Oscar conoció en 1880 al pintor James Abbott McNeill Whistler, hombre famoso dentro de los círculos artísticos y de la alta sociedad, de notable ingenio e impecable dandismo. Whistler vio un discípulo en el joven Wilde por las formas que apuntaba y su también notable ingenio. Esto sirvió a nuestro esteta para acceder a nuevos ambientes de su gusto. Por esta fechas empezó a utilizar lo que él llamaba «el traje estético», que se componía de chaqueta de terciopelo, camisa sin almidonar de cuello ancho, medias altas de seda negra y una corbata, de un solo color o de varios, muy llamativa. Normalmente acompañaba a su extraña vestimenta con un lirio o un girasol en el ojal, y si este último era muy grande lo llevaba en la mano. Oscar poseía la capacidad de personalizar todo aquello que le gustaba, hacía propias posturas estéticas o corrientes de pensamiento ya existentes, haciéndolas pasar por el tamiz de su peculiar gusto e ingenio. Así pues, con su traje estético y sus ademanes, personalizará la actitud del dandi-esteta, con una actitud totalmente egocéntrica, utilizando a los demás como público de su arte, que hasta ahora sólo se había mostrado en la forma de conducir su vida, pero en ninguna efectiva obra de arte, aunque como veremos es muy difícil o tal vez imposible diferenciar su obra artística de su propia vida, porque para él no existía tal escisión. Wilde comienza a tener una ajetreada vida social, es invitado a reuniones sociales y artísticas, y a la gente le encanta escuchar sus opiniones en materia estética, opiniones que, como anteriormente hemos dicho, no son estrictamente suyas, pero él las expresa de tal modo que parece ser el padre de todas ellas. Oscar Wilde va componiendo una obra literaria que no llega a materializarse por escrito, se limita a dar perfección a la palabra hablada y a extender su imagen de principal portavoz de la rebelión estética. En 1881 Oscar había conseguido ser un personaje muy popular, e insisto no gracias a su genio literario, pero sí a su genio artístico, esto es, a la manera en que actuaba, porque para Wilde, la vida no era más que eso: actuación, máscara, engaño, arte.

En junio de 1881 salió a la luz su primer libro de poemas, compendio de lo escrito en Oxford. La tirada fue pequeña y se vendió bien, no por su calidad, sino por su creciente fama social. La crítica en general lo acogió con frialdad y en la revista *Athenaeum* se dijo, no sin cierta razón:

«Cuando se agote su popularidad escandalosa, las poesías de Mr. Wilde, a pesar de cierta gracia y belleza, sólo se encontrarán en las estanterías de los que buscan curiosidades en literatura».

En esa misma época, Oscar había finalizado su primer drama, *Vera o los nihilistas,* dedicado a la actriz Ellen Terry. Esta obra teatral no pudo ser estrenada hasta tres años más tarde en Nueva York, ya que la novela trataba de un problema sentimental entre anarquistas rusos y la familia real inglesa estaba emparentada con la zarina rusa cuyo marido había sido asesinado por un nihilista ruso. Wilde no lograba consolidar su genio como escritor y el dinero empezaba a ser un serio problema, por ello al recibir la invitación de viajar a los Estados Unidos para dar un ciclo de conferencias sobre el Renacimiento estético inglés, decidió aceptar. Cuando Wilde llegó a Estados Unidos no podía imaginarse el éxito que iba a tener. Su figura fue alabada por todos los sitios por donde pasaba, se le trataba como a un dios. Oscar escribió a un amigo en Inglaterra:

«Estoy haciendo una especie de marcha triunfal, vivo como un joven sibarita y viajo como un joven dios».

A pesar de que en Estados Unidos contactó con muchas personas importantes y alcanzó una gran popularidad, a Oscar no le interesaba en absoluto este país y en enero de 1883 regresó a Londres y partió de inmediato a París, donde decidió instalarse con el dinero ganado en América y continuar trabajando como artista. En la capital francesa, Wilde se dio cuenta de que algo había cambiado en él y de que no podía continuar siendo sólo una imagen, necesitaba un complemento artístico, la consolidación de su obra literaria. Abandonó el «traje estético», que tanto había contribuido a su popularidad, por un nuevo corte de pelo inspirado en un busto de Nerón que había visto en el Louvre, y por un ostentoso bastón de marfil con puño de turquesas. Wilde estuvo en París hasta finales de mayo, esto es, hasta que el dinero ganado en Estados Unidos se le acabó. Su estancia en esta ciudad fue muy provechosa a pesar de su brevedad. Había conocido a Víctor Hugo, a Verlaine, a Mallarme, a Zola, a Daudet, al pintor Degas y a Robert Sherard, que acabaría siendo su primer biógrafo; y había escrito en este tiempo una obra que le había encargado una actriz norteamericana y por la cual le había adelantado una buena suma de dinero. Concluida la obra, *La Duquesa de Padua,* Oscar se la envió a la actriz y esta la rechazó a pesar del dinero que le había anticipado por ella. Wilde no terminaba de ser él mismo, *La Duquesa de Padua* era un drama de débil construcción y carente de personalidad. Oscar vuelve a Londres y durante un tiempo vuelve a su antigua y fatigosa vida social, pero necesita dinero. Al final optará por la labor periodística y no le resultará difícil trabajar para las mejores revistas del país. Nuestro esteta se ha convertido en un aplicado trabajador, período que se alargará durante unos años por su condición de hombre casado. En noviembre de 1883 se comprometió con Constance Mary Lloyd y la boda se celebró en mayo de 1884. Un año después nacería su primer hijo y diecisiete meses más tarde, el segundo. Durante todo este tiempo Oscar se mostró como un gran padre de familia, totalmente entregado a su mujer e hijos y a su trabajo como periodista. Fue este el período más estable en la vida de Oscar, período que duraría tan sólo unos años. Wilde conoce a Robert Ross en 1886 y con él vuelve a avivarse el deseo por los jóvenes; Robert tan sólo contaba con diecisiete años en su primer encuentro. Wilde empieza a notar poco a poco la rutina que el matrimonio le supone y comienza a dejar con frecuencia sola a su mujer. Hacia 1889 el vínculo familiar apenas existe para nuestro autor. Robert Ross estuvo presente a lo largo de toda su vida, primero fue amigo, luego amante y de nuevo, amigo. Oscar empezó a despertar del letargo al que le había sometido el matrimonio y volvió a sus máscaras y a la recreación artística de su vida, pero esta vez con la diferencia de poder plasmar su talento en el papel, es a partir de ahora cuando va a empezar a construir su leyenda. En 1888 se publica «Pluma, lápiz y veneno», el primero de los cuatro ensayos que compondrán el libro *Intenciones.* En esta obra se esboza la primera teoría wildeana sobre el decadentismo como modo más sublime del artista. Se alaba el temperamento artístico donde predomina la extrema sensibilidad unida a una cierta corrupción del alma y donde belleza y muerte mantienen una íntima relación. En esta obra también se nos habla de la importancia de la máscara, donde la ficción se impone a la realidad superándola. En ese mismo año aparece su primer libro de cuentos, *El príncipe feliz y otros cuentos*. Por fin Oscar ve cómo su fama como escritor se va consolidando, igualándose a la de su persona.

Desde hacía ya años, Oscar venía tratando con artistas y poetas más jóvenes que él, que de alguna manera le admiraban y compartían sus intereses estéticos, algunos de ellos se convirtieron en amantes fugaces y otros permanecieron en el terreno platónico. Al final de la década de los ochenta del siglo XIX no sólo alternará con la élite, descubre también el mundo sórdido de los barrios bajos, contacta, a menudo, con muchachos pobres que se prostituyen por dinero, con el chulito guapo que se puede llevar a discretos y elegantes burdeles. Wilde, por una parte, se codea con lo más selecto de la sociedad y de los ambientes artísticos y por otro lado alterna con lo más bajo y oscuro, con esos muchachitos jóvenes y bellos que nada tienen que ver con el arte o la literatura y sí mucho con el dinero. Una doble vida que le permite hacer de su existencia una creación artística, según su propia concepción del arte y de la belleza, basada en el éxtasis de la ruptura, en la plenitud de los sentidos, en lo sublime del límite, en el lado exquisito del pecado y en el juego de la máscara.

En 1891 se publica en forma de novela, puesto que antes habían sido publicados algunos capítulos en una revista mensual de literatura que se editaba en Inglaterra y en Estados Unidos, *El retrato de Dorian Gray,* que trajo consigo el afianzamiento en la cumbre del éxito de Wilde como escritor. A partir de ahora, sus libros se sucederán, volverá a escribir teatro, y esta vez se estrenarán, con gran éxito de público y crítica, sus obras, ganará mucho dinero que gastará sin medida, transgredirá las normas de la puritana sociedad y alardeará de ello, se siente el rey de la existencia y ello le lleva a perder un poco el control sobre su vida, quizá de forma intencionada, buscando en el placer transgresor su ineludible final, la tragedia. Wilde se sabe amado, odiado, admirado, criticado, envidiado y autor de su vida, que es su más perfecta obra. Después de la publicación de *El retrato de Dorian Gray* se marchó dos meses a París donde conoció a André Gide, quien recordaba:

«Fue en el 91 cuando coincidí con él por primera vez. Wilde poseía entonces lo que Thackeray llama "el don fundamental de los grandes hombres": el éxito. Su ademán, su mirada exultaban. Su éxito era tan seguro que parecía preceder a Wilde y que este no tenía sino que ir avanzando tras él. Unos lo comparaban con un Baco asiático; otros a algún emperador romano; y otros aun al mismo Apolo... y la verdad es que resplandecía.

Oí hablar de él en casa de Mallarmé: lo pintaban como un conversador brillante, y yo deseaba conocerlo».

Y cuando Gide conoció finalmente a Wilde estas fueron sus impresiones:

«Wilde no conversaba: contaba... Contaba despacio, lentamente; su misma voz era maravillosa. Hablaba admirablemente el francés... Los cuentos que aquella noche nos narró interminablemente eran confusos y no de los mejores de entre los suyos... De su sabiduría o bien de su locura, jamás ofrecía sino aquello que él suponía podía gustar al oyente; servía a cada cual el pienso, según su apetito; los que nada esperaban de él, nada obtenían, salvo un poco de espuma ligera... Ante los demás, Wilde mostraba una máscara de engaño, hecha para asombrar, divertir o, a veces, para exasperar. Jamás escuchaba y apenas prestaba atención a un pensamiento que no fuera suyo».

En París, además de hacer perder la cabeza a unos cuantos jovencitos, Wilde estuvo trabajando en su propia versión de la historia de *Salomé,* que redactó en francés. Sin lugar a dudas, este es su relato más decadente. Los personajes simbolizan las pasiones ocultas y la morbosidad de lo prohibido. El texto es enormemente poético y ambiguo. La pasión es tratada como máxima expresión de la vida, pasión que busca el abismo. El deseo, la belleza carnal y el triunfo del artificio vertebran esta magnífica obra, que al igual que *El retrato de Dorian Gray* suscitará una gran polémica, llegándose, incluso, a prohibir su estreno, con el pretexto de que en la obra, de corte inmoral, aparecían personajes bíblicos. *Salomé* no pudo estrenarse hasta 1896, en París, fecha en la cual Oscar se encontraba en la cárcel.

El 20 de febrero de 1892 estrenó *El abanico de lady Windermere,* la primera de sus cuatro comedias, que fue un éxito rotundo. Se cuenta que al final de la primera representación, Wilde, aclamado por los espectadores, salió al escenario y dijo:

«Damas y caballeros: celebro mucho que les haya gustado mi obra y los felicito por ese buen gusto. Estoy seguro de que aprecian ustedes sus méritos casi tanto como yo mismo. Realmente me he divertido esta noche una enormidad».

Ese mismo año escribió la segunda de sus comedias, *Una mujer sin importancia,* que se estrenaría un año más tarde. Esta obra es, posiblemente, la menos atractiva de las cuatro comedias, por sus grandes concesiones al gusto y a la moral imperante. Normalmente, en sus comedias Wilde incorpora de forma magistral elementos de alta comedia, para agrado del público burgués, junto a uno o dos personajes subversivos que suponen el contrapunto a ese gusto por lo correcto. Y todo ello llevado con unos diálogos muy ricos en ingenio e ironía.

Oscar había conocido en 1891, a través de un buen amigo, a lord Alfred Bruce Douglas, joven de belleza incomparable, sensible, poeta, despótico hasta la crueldad y además perteneciente a una antigua familia aristocrática, lo que hacía de él el objeto de deseo perfecto para Wilde. La pasión de nuestro autor por Douglas fue absoluta e inmediata, la de este estaba mediatizada por lo que significaba la figura de Wilde. Es la historia de una pasión en la que Oscar amaba (sin abandonar nunca su modo de vida y frecuentando siempre a otros jóvenes) y lord Alfred se dejaba querer. Los dos despilfarraban su dinero en fiestas y lujos superfluos. A finales de 1894 la doble vida que llevaba Wilde era de dominio público, él tampoco había tratado de ocultarlo, y el ambiente en torno a su relación con Douglas se iba enrareciendo. El padre de lord Alfred, el marqués de Queensberry, había amenazado a Oscar con el fin de que finalizara la relación con su joven hijo. Y así, en medio de esta atmósfera tan densa, cargada de pésimos presagios, Wilde —que terminaba de concluir su última comedia, *La importancia de llamarse Ernesto*— estaba sumergido en una especie de frenesí dionisíaco, que barruntaba tragedia. Douglas y Wilde decidieron emprender un viaje hacia Argelia, con el objetivo de alejarse un poco de la presión a la que la sociedad les sometía. En este país Oscar se encontró casualmente con Gide, quien dejó testimonio de una de sus conversaciones:

«W. ¡No a la dicha! ¡Sobre todo, no a la dicha! ¡El placer! Es preciso desear siempre lo más trágico...

Caminaba solo por las calles de Argel precedido, escoltado, seguido, por una extraordinaria cuadrilla de merodeadores, hablaba con todos ellos; a todos los miraba con gozo, y les arrojaba su dinero al azar.

—Espero —me decía— haber corrompido bien esta ciudad.

Yo pensaba en las palabras de Flaubert, quien cuando le preguntaban qué clase de gloria ambicionaba más, respondía:

"La del corruptor".

Ante todo esto, yo permanecía lleno de asombro, de admiración y de temor. Sabía lo comprometido de la situación, las hostilidades, los ataques, y qué sombría inquietud ocultaba bajo su audaz alegría. Hablaba de regresar a Londres; el marqués de Q... le insultaba, le reclamaba, le acusaba de huir.

—Pero si vuelve usted, ¿qué sucederá? —le preguntaba yo—. ¿Sabe usted a lo que se expone?

—Jamás es preciso saberlo... Mis amigos me son extraordinarios, me aconsejan prudencia. ¡Prudencia! Pero ¿puedo tenerla? Sería retroceder. Es preciso que vaya lo más lejos posible... Ya no puedo ir más lejos... Es preciso que suceda algo... algo distinto...

Wilde se embarcó al día siguiente. El resto de la historia es conocido. Ese "algo distinto" fueron los *hard labour*».

Y así fue que Oscar llegó a Londres y el 8 de febrero de 1895 recibió una tarjeta del marqués de Queensberry en la que se podía leer el siguiente mensaje: «A Oscar Wilde, que alardea de sodomita». Ante tal ofensa Wilde presentó una denuncia por difamación contra el marqués. Se celebró el proceso contra lord Queensberry y este fue absuelto. Oscar se vio obligado a pagar los costes del juicio y temiendo la posibilidad de que la acusación se volviera contra él si se demostraba que estaban justificados los insultos del marqués. Durante el proceso la opinión pública se había vuelto contra Wilde, apoyando al marqués. El marqués abandonó la sala del juicio entre vítores y Oscar entre injurias. Esa misma tarde fue detenido, acusado de cometer actos que atentaban contra la decencia. Desde el 26 de abril de 1894 hasta el 24 de marzo de 1895 se llevaron a cabo dos procesos contra Oscar Wilde, que ya había sido juzgado de antemano por la gente. En el primer juicio, el jurado no se puso de acuerdo sobre la inocencia del escritor, que se encontraba ya en un estado anímico lamentable. Oscar consigue la libertad condicional bajo fianza, dinero que pide prestado a sus amigos más cercanos. Aprovechando esta libertad, sus amigos le piden que huya de Inglaterra y que se refugie en Francia. Oscar Wilde se resiste a abandonar su país y está dispuesto a llegar hasta el final. El segundo y definitivo proceso comenzó el 20 de mayo y terminó el 24 de mayo con un veredicto de culpabilidad contra Wilde. En definitiva, Oscar Wilde fue condenado a dos años de prisión por homosexual y por haberse atrevido a vivir su vida conforme a sus deseos. En un momento del primer proceso, nuestro escritor contestaba de la siguiente manera a la pregunta del fiscal que rezaba:

«¿Cuál es el amor que no se atreve a decir su nombre?».

Y Oscar respondió:

«El amor que no se atreve a pronunciar su nombre en este siglo es el gran afecto que un hombre mayor siente por uno más joven, como era el caso entre David y Jonathan, como aquel en que se basó Platón para edificar su pensamiento filosófico y como se puede encontrar en los sonetos de Miguel Ángel o de Shakespeare. Es el afecto profundo y espiritual, tan puro como perfecto... que tan erróneamente se comprende en nuestros días, tan mal interpretado que podría describirse como "el Amor que no se atreve a pronunciar su nombre", y en nombre del cual me encuentro ahora en esta situación. Es hermoso, es bello, es la forma de afecto más noble, perfectamente natural. Es intelectual y frecuentemente se da entre jóvenes y hombres mayores, cuando estos últimos poseen un intelecto y los otros poseen la alegría, la esperanza y el atractivo de toda una vida ante sí. Por eso el mundo no lo comprende y se burla, e incluso a veces llega a poner a alguien en la picota».

Tras la condena, los teatros que representaban obras suyas —en ese momento tenía hasta tres diferentes en cartel— las retiraron por miedo a las iras reaccionarias. Ello hizo que las deudas de Wilde, que ya eran considerables, se agravasen aún más. Oscar Wilde pasó de estar en la cumbre a ser un hombre arruinado e insultado. Empezó a cumplir su condena en la cárcel de Pentoville, después en la de Wandworth y por último será trasladado a la prisión de Reading. Wilde llevará una vida de dolor y de vejación, se le mantendrá prácticamente incomunicado y sólo en los últimos meses de cautiverio se le proporcionarán libros y material para escribir. Oscar recibe en la cárcel la dolorosa noticia de la muerte de su queridísima madre con la que siempre mantuvo una estrecha relación. Sólo la noticia de que su obra *Salomé* se había estrenado con gran éxito en París, fue motivo de alegría en ese devastador período de su encarcelamiento.

En mayo de 1897 Oscar Wilde abandona definitivamente la cárcel. Su buen amigo Robert Ross y otro gran amigo le estaban esperando. Le proporcionaron ropa nueva y un pasaje para que abandonara Inglaterra y se trasladase ese mismo día a Francia. Oscar se instaló en un pueblecito costero en el norte de ese país. Se alojaba en un hotel bajo el nombre de Sebastián Melmoth. Pero no sólo había cambiado en él el nombre, él mismo ya no era el actor sublime, preparado siempre para entrar en escena. Se hallaba totalmente hundido, incapaz de superar todo el sufrimiento que había padecido en prisión. Solo y pobre llegó incluso a pensar en el suicidio. En el siguiente fragmento de una carta que dirigió a Gide en el invierno de 1898 podemos apreciar el estado lamentable en el que se encontraba:

«Sin embargo, en el momento presente estoy muy triste... no he recibido nada de mi editor de Londres, que me debe dinero: y estoy en la miseria absoluta...

Ya ve usted cómo la tragedia de mi vida se ha vuelto innoble... el sufrimiento es posible, es quizá, necesario; pero la pobreza, la miseria... eso es terrible. Eso ensucia el alma de un hombre...».

A pesar de sus escasos medios económicos, Wilde se las ingeniará para realizar unos cuantos viajes. En mayo de 1898 se instala en París en un modesto hotel situado en la orilla izquierda del Sena. Aquí vivirá hasta su muerte, el 30 de noviembre de 1900. A su funeral acudieron muy pocas personas, su última actuación se convirtió en una escena triste y apenas sin público.

EL RETRATO DE DORIAN GRAY

«La historia trata cierto material que sólo serviría para el departamento de investigación criminal o para oírse en la intimidad del dormitorio, desacredita tanto al autor como a su editor. Es cierto que el señor Wilde tiene cerebro, arte y estilo, pero si sólo puede escribir para nobles descastados y para repartidores de telégrafos pervertidos (en clara alusión al reciente escándalo de Cleveland Street, en el que se decía que los aristócratas lord Arthur Somerset y el conde de Euston frecuentaban un burdel homosexual, en el que los jóvenes repartidores de telégrafos de la cercana estafeta de Correos prestaban, al parecer, sus servicios) cuanto antes se dedique a hacer de sastre (o cualquier otro oficio decente), ello redundará en beneficio de su propia reputación y de la moral pública.

Esta crítica que aparecía en el *Scots Observer,* ilustra el escándalo que produjo en la puritana sociedad británica de entonces, la aparición de *El retrato de Dorian Gray,* que a pesar de sus malas críticas, supuso un gran éxito para nuestro autor. La publicación en trece capítulos por separado de un relato llamado *El retrato de Dorian Gray* en el *Lippincott´s Monthly Magazine,* posicionó a Wilde en la cumbre de su carrera como literato. Este fue su primer y último trabajo narrativo extenso, y el éxito suscitado animó a Oscar a ampliar el relato con siete capítulos más, y a publicarlo en forma de novela. A la obra le precedía un prefacio, en forma de aforismos, en el que Wilde reflexiona sobre el arte, de tal manera que se defiende de las críticas recibidas tras la publicación de su obra en el *Lippincott´s Monthly Magazine. El retrato de Dorian Gray* es una novela decadente, reflejo de la peculiar forma de entender la vida y el arte de su creador. Es, en cierto modo, su retrato. Doblándose, así el artificio, creación artística de lo que ya era arte.

«Acabo de terminar mi primera historia larga, y estoy agotado», escribía Oscar a un amigo a principios de 1890. Me temo que es muy parecida a mi propia historia, mucha conversación y nada de acción. No sé cómo describir la acción: mis personajes se sientan en sillas y conversan... en un principio había concebido la idea de escribir sobre un joven que vende su alma a cambio de la eterna juventud, vieja noción en la historia de la literatura, pero a la que he dado una nueva forma».

La novela no sólo se caracteriza por ese componente decadente que la recorre, en el que el arte como artificio se muestra vencedor frente a la naturaleza y la plenitud del placer conlleva inexorablemente a la autodestrucción, sino que también, en esta obra se desarrollan las teorías paganas y vitales de Wilde. La estética de la historia es decadente pero los principios que la vivifican son esencialmente vitalistas. Se ensalza el culto a la belleza y el hedonismo como formas de vida. Se proclama la intensidad en el vivir a través de la captación de cada instante, y se reafirma la cosmovisión estética de la vida como arte. Lord Henry, uno de los personajes principales del relato, dirá a Dorian:

«La vida ha sido tu arte. Tú te has puesto a ti mismo en música. Tus días son tus sonetos».

Decadentismo, paganismo y vitalismo se reflejan en una maldad trasgresora, en la búsqueda del placer absoluto que arrastra la belleza de la tragedia, y en el elogio de la belleza y la juventud como plenitud de la vida. La obra, como ya hemos mencionado, es también un auto-rretrato de Oscar Wilde a través de los tres principales personajes. El pintor del retrato, Basil Hallward, representa al artista puro, entregado por completo a la belleza y a la creación artística. Lord Henry da vida al Oscar Wilde mundano. Es el dandi brillante y cínico que moldea su vida a su gusto y que lleva una doble vida contraria a la moral impe-rante. Y por último, vemos la personalización del deseo de Oscar en la figura de Dorian Gray, joven de hermosura incomparable que se entrega, por encima de todo, a los placeres más oscuros. Dorian es lo que Wilde quiere amar y poseer.

El retrato de Dorian Gray aumentó y consolidó la fama de Oscar Wilde, pero las duras críticas, que lo tachaban de obra inmoral, contri-buyeron a acrecentar la mala fama del autor. Oscar en respuesta a los ataques recibidos, escribió:

«Estoy perdiendo toda la esperanza en la posibilidad de que exista cualquier indicio de cultura general en Inglaterra. Si yo fuera un autor francés, y si mi libro se hubiera publicado en París, ni un solo críti-co literario que se preciara en toda Francia hubiera pensado por un momento criticarlo desde el punto de vista ético, y de haberlo hecho, sería un acto de estulticia contra sí mismo, no sólo ante los ojos de los hombres de letras sino también para la mayoría del público».

Oscar no parecía muy desencaminado en sus afirmaciones, puesto que esto fue lo que dijo Mallarmé respecto a la obra:

«He acabado de leer este libro, que es uno de los únicos que pue-den emocionar, hecho de una meditación esencial y de los más extra-ños y complicados perfumes del alma; llegar a ser pungente a través del más inaudito refinamiento del intelecto, y humano aun dentro de tan perversa atmósfera de belleza, es un milagro que él realiza, gracias al empleo de todas las artes del escritor. Es el retrato el que es causa de todo. Ese inquietante cuadro en pie, es un verdadero libro el mismo».

CRONOLOGÍA

1854   Nace Oscar Wilde.
       Muere Schelling (n. 1775).
1857   Flaubert (1821-1880): *Madame Bovary.*

1859	Marx: *Para una crítica de la economía política.*
	Darwin: *El origen de las especies.*
1860	Nace Mahler.
1861	EE.UU.: Guerra de Secesión.
	Rusia: abolición de la esclavitud.
1862	Prusia: Bismarck, canciller.
	Víctor Hugo (1802-1885): *Los miserables.*
1863	Tolstoi (1828-1910): *Guerra y paz.*
1864 - 1876	Primera Internacional.
1865	EE.UU.: abolición de la esclavitud.
	Wagner: *Tristán e Isolda.*
	Mendel: *Leyes de la herencia.*
1866	Marx: *El Capital,* vol. I.
1870	Guerra franco-prusiana.
	Roma, capital de Italia.
1871	Proclamación del imperio germánico.
	Verdi: *Aida.*
	Rimbaud (1854-1891): *El barco ebrio.*
	Darwin: *El origen del hombre.*
1872	Nietzsche (1844-1900): *El origen de la tragedia.*
	Dostoievski: *Los Demonios.*
1876	Mallarmé (1842-1898): *Siesta de un fauno.*
1878	Tolstoi: *Ana Karenina.*
1879	Ibsen: *Casa de muñecas.*
	Dostoievski: *Los hermanos Karamazov.*
	Pasteur: principio de la vacuna.
1880	Oscar Wilde: *Vera o los nihilistas.*
1881	Nietzsche: *Aurora.*
	Oscar Wilde: *Poemas.*
1882	Nietzsche: *La gaya ciencia.*
	Koch: bacilo de la tuberculosis.
1883	Oscar Wilde: *La duquesa de Padua.*
1885	Zola (1840-1902): *Germinal.*
	Nietzsche: *Así habló Zaratustra.*
1888	Oscar Wilde: *El príncipe feliz y otros cuentos.*
1889	Oscar Wilde: *Retrato de Mr. W. H.*

1891   Inicio del ferrocarril transiberiano.
        Oscar Wilde: *El retrato de Dorian Gray.*
        Intenciones.
        El crimen de lord Arturo Savile.
        Una casa de granadas.
        Salomé.
        Estreno: *El abanico de lady Windermere.*

1893   Oscar Wilde: *Una mujer sin importancia.*

1894   Francia: estalla el *affaire* Dreyfus.
        Oscar Wilde: *La esfinge.*

1895   Lumière: cinematógrafo.
        Oscar Wilde: *Un marido ideal.*
        La importancia de llamarse Ernesto.

1897   Oscar Wilde: *La balada de la cárcel de Reading.*

1898   P. y M. Curie: radio.

1899   Chejov (1860-1904): *Tío Vania.*

1900   Muere Oscar Wilde.

EL RETRATO DE DORIAN GRAY

PREFACIO

El artista es creador de belleza.

Revelar el arte y ocultar al artista es la meta del arte.

El crítico es quien puede traducir de manera distinta o con nuevos materiales su impresión de la belleza. La forma más elevada de la crítica, y también la más rastrera, es una modalidad de autobiografía.

Quienes descubren significados ruines en cosas hermosas están corrompidos sin ser elegantes, lo que es un defecto. Quienes encuentran significados bellos en cosas hermosas son espíritus cultivados. Para ellos hay esperanza.

Son los elegidos, y en su caso las cosas hermosas sólo significan belleza.

No existen libros morales o inmorales.

Los libros están bien o mal escritos. Eso es todo.

La aversión del siglo por el realismo es la rabia de Calibán al verse la cara en el espejo.

La aversión del siglo por el romanticismo es la rabia de Calibán al no verse la cara en un espejo.

La vida moral del hombre forma parte de los temas del artista, pero la moralidad del arte consiste en hacer un uso perfecto de un medio imperfecto. Ningún artista desea probar nada. Incluso las cosas que son verdad se pueden probar.

El artista no tiene preferencias morales. Una preferencia moral en un artista es un imperdonable amaneramiento de estilo.

Ningún artista es morboso. El artista está capacitado para expresarlo todo.

Pensamiento y lenguaje son, para el artista, los instrumentos de su arte.

El vicio y la virtud son los materiales del artista. Desde el punto de vista de la forma, el modelo de todas las artes es el arte del músico. Desde el punto de vista del sentimiento, el modelo es el talento del actor.

Todo arte es a la vez superficie y símbolo.

Quienes profundizan, sin contentarse con la superficie, se exponen a las consecuencias.

Quienes penetran en el símbolo se exponen a las consecuencias.

Lo que en realidad refleja el arte es al espectador y no la vida.

La diversidad de opiniones sobre una obra de arte muestra que esa obra es nueva, compleja y que está viva. Cuando los críticos disienten, el artista está de acuerdo consigo mismo.

A un hombre le podemos perdonar que haga algo útil siempre que no lo admire. La única excusa para hacer una cosa inútil es admirarla infinitamente.

Todo arte es completamente inútil.

CAPÍTULO PRIMERO

El estudio estaba lleno de la fuerte fragancia de las rosas, y cuando la suave brisa estival se agitaba entre los árboles del jardín, cruzaba la puerta la intensa fragancia de las lilas y el perfume más delicado de los escaramujos rosados.

Desde el rincón del diván de telas persas sobre las que estaba tendido, fumando infinidad de cigarrillos, como era su costumbre, lord Henry Wotton casi podía divisar el destello de las dulces flores color miel de un codeso cuyas ramas trémulas parecían incapaces de soportar el peso de una belleza tan magnífica como la que tenían. Y de cuando en cuando las sombras extrañas de pájaros en vuelo revoloteaban por las largas cortinas de seda que se extendían frente a la enorme ventana, produciendo una especie de efecto japonés momentáneo y haciéndole pensar en esos pintores de Tokio de caras pálido jade, quienes, por medio de un arte que es inmóvil por necesidad, buscan transmitir el sentido de velocidad y movimiento. El murmullo cansino de las abejas, buscando su camino por la hierba alta o dando vueltas en círculo con insistencia monótona alrededor de las bayas brillantes y polvorientas de la madreselva solitaria, parecía hacer más opresiva la calma. El lejano estruendo de Londres era como el registro de un órgano distante.

En el centro de la habitación, sujeto a un caballete vertical, había un retrato de cuerpo entero de un joven de extraordinaria belleza, y frente a él, a poca distancia, estaba sentado el artista, Basil Hallward, cuya repentina desaparición hacía algunos años había causado en su época una gran excitación pública y había dado lugar a conjeturas extrañas.

Según miraba el pintor a la forma de tanta gracia y atractivo que había reflejado tan hábilmente con su arte, una sonrisa de placer cruzó su rostro y parecía a punto de quedarse allí. Pero se estremeció de repente y, cerrando los ojos, puso los dedos sobre los párpados, como si tratara de aprisionar en su cerebro algún sueño curioso del cual temía despertarse.

—Es tu mejor obra, Basil, lo mejor que has hecho nunca —dijo lord Henry lánguidamente—. Desde luego tienes que enviarlo el año que viene a Grosvenor. La Academia es demasiado grande y demasiado vulgar. Siempre que he ido allí, o había tanta gente que era incapaz de ver los cuadros, lo cual era espantoso, o había tantos cuadros que era incapaz de ver a la gente, algo aún peor. El Grosvenor es sin duda el único lugar.

—No creo que lo envíe a ninguna parte —contestó, echando la cabeza hacia atrás de aquella forma extraña que solía hacer que sus amigos se rieran de él en Oxford—. No. No lo enviaré a ninguna parte.

Lord Henry levantó las cejas, mirándole con asombro a través de los círculos delgados y azules de humo que formaban espirales caprichosas desde su grueso cigarro contaminado de opio.

—¿No lo enviarás a ninguna parte? Mi querido amigo, ¿por qué? ¿Tienes alguna razón? ¡Qué tipos tan extraños sois los pintores! Hacen algo en el mundo para ganar reputación. Tan pronto como lo han conseguido, parece que quieren perderlo. Es una tontería por tu parte, porque sólo hay una cosa peor en este mundo que el que hablen de uno, y es que no hablen. Un retrato como este te situaría muy por encima de todos los jóvenes de Inglaterra y haría que los mayores tuvieran bastantes celos, si son capaces todavía de alguna emoción.

—Sé que te reirás de mí —replicó—, pero de verdad no puedo exhibirlo. He puesto demasiado de mí mismo en él.

Lord Henry se estiró en el diván y se rio.

—Sí, sabía que lo haría, pero sin embargo es cierto.

—¡Demasiado de ti mismo en él! Palabra, Basil, no sabía que fueras tan vanidoso, y sinceramente no puedo ver ningún parecido entre ti, con tu cara arrugada y severa y tu pelo negro como el carbón, y este joven Adonis, que parece que está hecho de marfil y de pétalos de rosa. Porque, mi querido Basil, él es un narciso, y tú... bueno, por supuesto tienes una expresión inteligente y todo eso. Pero la belleza, la belleza real, termina donde empieza una expresión inteligente. La intelectualidad es en sí misma una forma de exageración y destruye la armonía de cada rostro. En el momento en que uno se sienta a pensar, se convierte en todo nariz, o todo frente, o algo horroroso. Mira a los hombres que han tenido éxito en cualquiera de las profesiones que se aprenden. ¡Qué perfectamente horribles son!, excepto, por supuesto, en la iglesia. Pero en la iglesia no piensan. Un obispo continúa diciendo a la edad de ochenta años lo que le habían dicho a él cuando era un muchacho de dieciocho, y como consecuencia natural siempre parece absolutamente encantador. Tu misterioso joven amigo, cuyo nombre nunca me has dicho, pero cuyo cuadro realmente me fascina, nunca piensa. Estoy completamente seguro de ello. Es un poco memo, criatura hermosa, que siempre estará aquí en invierno cuando no tengamos flores a las que mirar y siempre estará aquí en verano cuando queramos algo con lo que refrescar nuestra inteligencia. No te halagues a ti mismo, Basil. No eres como él ni en lo más mínimo.

—No me entiendes, Henry —contestó el artista—. Por supuesto que no soy como él. Lo sé perfectamente. De hecho sentiría parecerme a él. ¿Te encoges de hombros? Te estoy diciendo la verdad. Hay fatalidad en toda distinción física o intelectual, la clase de fatalidad que parece seguir los pasos vacilantes de los reyes a través de la historia. Es mejor no ser diferente de uno de tus amigos. La fealdad y la estupidez tienen lo mejor en este mundo. Pueden sentarse tranquilos y bostezar en el juego. Si no conocen la victoria, al menos prescinden del conocimiento de la derrota. Viven como viviríamos todos nosotros, sin ser molestados, indiferentes y sin preocupaciones. Ni traen la ruina sobre los demás, ni la reciben de manos extrañas. Tu categoría y tu fortuna, Henry; mi cerebro, tal como es; mi arte con cualquier valor que tenga; el buen aspecto de Dorian Gray; sufriremos todos por lo que nos han dado los dioses, sufriremos terriblemente.

—¿Dorian Gray? ¿Es ese su nombre?, —preguntó lord Henry, cruzando el estudio hacia Basil Hallward.

—Sí, ese es su nombre. No tenía intención de decírtelo.

—¿Por qué no?

—¡Oh!, no puedo explicártelo. Cuando me gusta muchísimo una persona, nunca le digo a nadie cómo se llama. Es como ceder una parte de ella. He llegado a amar el secreto. Parece que es lo único que puede hacer que la vida moderna sea misteriosa y maravillosa para nosotros. Lo más común es encantador simplemente por esconderlo. Cuando me voy de la ciudad ahora, nunca le digo a nadie a dónde voy. Si lo hiciera, perdería todo mi placer. Quizá es una costumbre estúpida, pero de algún modo parece que da romanticismo en gran cantidad a la vida de uno. Supongo que pensarás que estoy totalmente loco por esto.

—En absoluto —contestó lord Henry—, en absoluto, mi querido Basil. Parece que olvidas que estoy casado y que el único encanto del matrimonio es que hace que tengas una vida de decepción absolutamente necesaria para ambas partes. Nunca sé dónde está mi esposa y mi esposa nunca sabe lo que yo estoy haciendo. Cuando nos encontramos, y nos encontramos de vez en vez, cuando cenamos fuera juntos o bajamos a casa del duque, nos contamos las historias más absurdas con las caras más serias. Mi esposa es muy buena en la materia, sin duda mucho mejor que yo. Nunca se confunde con las fechas como hago yo siempre. Pero cuando me descubre, no pelea. A veces desearía que lo hiciera, pero sólo se ríe de mí.

—Odio el modo en el que hablas sobre tu vida matrimonial, Harry —dijo Basil Hallward mientras se dirigía hacia la puerta que daba al jardín—. Creo que eres realmente un marido muy bueno, pero estás completamente avergonzado de tus propias virtudes. Eres un amigo extraordinario. Nunca dices nada moral, pero nunca haces nada malo. Tu cinismo es sencillamente una pose.

—Ser natural es sencillamente una pose, y es la pose más irritante, —gritó lord Henry riéndose. Y los dos jóvenes salieron juntos al jardín y se instalaron cómodamente en un gran asiento de bambú que estaba colocado a la sombra de un alto arbusto de laurel. La luz del sol resbalaba por las hojas brillantes. En la hierba, temblaban las margaritas blancas.

Después de una pausa, lord Henry sacó su reloj.

—Me temo que tengo que irme, Basil —murmuró—, y antes de irme insisto en que me contestes a una pregunta que te hice hace algún tiempo.

—¿Cuál es? —dijo el pintor, mientras mantenía los ojos fijos en el suelo.

—Lo sabes muy bien.

—No, no lo sé, Harry.

—Bien, te diré lo que es. Quiero que me expliques por qué no exhibirás el cuadro de Dorian Gray. Quiero la verdadera razón.

—Te dije la verdadera razón.

—No, no lo hiciste. Me dijiste que era porque había demasiado de ti mismo en él. Bueno, eso es una chiquillada.

—Harry —dijo Basil Hallward, mirándole directamente a la cara—, cada retrato que se pinta con sentimiento es un retrato del artista, no del que posa. El que posa es simplemente el accidente, la ocasión. No es él quien se revela al pintor, es el pintor el que se revela a sí mismo en lienzos coloreados. La razón por la que no exhibiré este cuadro es porque temo que he mostrado en él el secreto de mi propia alma.

Lord Henry se rio.

—¿Y qué es eso? —preguntó.

—Te lo contaré, —dijo Hallward, pero una expresión de perplejidad le cubrió el rostro.

—Estoy esperando, Basil, —continuó su compañero mirándole indirectamente.

—¡Oh!, realmente hay muy poco que contar, Harry —contestó el pintor—, y me temo que apenas puedas entenderlo. Quizá casi ni lo creas.

Lord Henry sonrió y, agachándose, arrancó del césped una margarita de pétalos color rosa y la examinó.

—Estoy completamente seguro de que lo entenderé —replicó, mirando intensamente al pequeño disco dorado adornado de blanco—, y en cuanto a creer en las cosas, puedo creerlo todo con tal que sean del todo increíbles.

El viento agitó algunas ramas de los árboles; las pesadas lilas, en ramos agrupadas se movían de acá para allá en el aire lánguido. Una cigarra comenzó a chirriar en la pared, y como un hilo azul, una libélula larga y delgada pasó con sus alas de gasa marrón. Lord Henry sentía como si pudiera oír el palpitar del corazón de Basil Hallward y se preguntaba qué vendría después.

—La historia es esta sencillamente —dijo el pintor después de algún tiempo—: Hace dos meses fui a una reunión multitudinaria en casa de *lady* Brandon. Sabes que nosotros, pobres artistas, tenemos que dejarnos ver en sociedad de cuando en cuando, sólo para recordar al público que no somos unos inhumanos. Con un frac y una corbata blanca, como dijiste una vez, cualquiera, incluso un corredor de bolsa, puede ganar reputación de ser civilizado. Bueno, después de haber estado en el salón unos diez minutos hablando con viudas enormes vestidas con exageración y con académicos tediosos, de repente fui consciente de que alguien me estaba mirando. Me di media vuelta y vi a Dorian Gray por primera vez. Cuando se encontraron nuestras miradas, sentí que palidecía. Me vino una curiosa sensación de horror. Supe que tenía cara a cara a alguien cuya mera personalidad me había fascinado tanto que, si me permitía hacerlo, absorbería todo mi carácter, toda mi alma e incluso todo mi arte. Yo no quería una influencia externa en mi vida. Tú sabes, Henry, lo independiente que soy por naturaleza. He sido siempre mi propio maestro, al menos lo había sido siempre, hasta que conocí a Dorian Gray. Luego... Pero no sé cómo explicártelo. Algo parecía decirme que yo estaba al borde de una terrible crisis en mi vida. Tuve un sentimiento extraño de que el destino tenía guardado para mí alegrías excelentes y grandes penas. Aumentó el miedo y volví a abandonar el salón. No era la conciencia la que me dictaba hacer eso, era una especie de cobardía. No vi otra forma de escapar.

—Conciencia y cobardía son lo mismo realmente, Basil. La conciencia es el nombre comercial de la empresa. Eso es todo.

—No creo eso, Harry, y creo que tú tampoco. Sin embargo, cualquiera que fuera mi motivo (y quizá haya sido el orgullo, porque suelo ser muy orgulloso), me precipité hacia la puerta. Allí, tropecé con *lady* Brandon. «¿No irá a escaparse tan pronto, señor Hallward?», vociferó. ¿Conoces su curiosa voz chillona?

—Sí. Es un pavo real en todo menos en la belleza, —dijo lord Henry, rompiendo la margarita en trocitos con sus dedos largos y nerviosos.

—No pude deshacerme de ella. Me presentó a personas de la realeza y gente con estrellas y jarreteras, y a damas ancianas con diademas gigantescas y narices de loro. Hablaba de mí como de su mejor amigo. Sólo me la había encontrado una vez antes, pero se le metió en la cabeza ponerme en primer plano. Creo que algún cuadro mío tenía una gran éxito en ese momento, al menos se hablaba de él en los periódicos sensacionalistas, que son el modelo de inmoralidad del siglo XIX. De repente me hallé frente a frente con el joven cuya personalidad me había intrigado de forma tan extraña. Estábamos bastante cerca, casi tocándonos. Nuestras miradas se encontraron de nuevo. Era imprudente por mi parte, pero le pedí a *lady* Brandon que me le presentara. Quizá no fuera tan imprudente después de todo. Era sencillamente inevitable. Nos hubiéramos hablado el uno al otro sin ninguna presentación. Estoy seguro de ello. Dorian me dijo esto después. Él también sintió que estábamos destinados a conocernos.

—¿Y cómo describió *lady* Brandon a este joven maravilloso? —preguntó su compañero—. Sé que ella tiene la manía de hacer un *précis* rápido de todos sus invitados. Recuerdo cuando me presentó a un caballero anciano, agresivo y de cara roja, cubierto todo él de condecoraciones y bandas, y me susurró al oído, con un murmullo trágico que podía oír perfectamente cualquiera de la habitación, los detalles más asombrosos. Yo huí, sencillamente. Me gusta descubrir a la gente por mí mismo. Pero *lady* Brandon trata a sus invitados exactamente igual que un subastador trata a sus bienes. O los explica completamente, o le dice a uno todo sobre ellos excepto lo que quieres saber.

—¡Pobre *lady* Brandon! Eres demasiado duro con ella, Harry —dijo Hallward indiferente.

—Mi querido amigo, ella intentó fundar un salón y sólo tuvo éxito al abrir un restaurante. ¿Cómo puedo admirarla? Pero dime, ¿qué dijo ella sobre Dorian Gray?

—Oh, algo como: «Es un muchacho encantador, su pobre madre y yo éramos inseparables. Casi he olvidado lo que hace, me temo que no hace nada... Oh, sí, toca el piano... ¿O es el violín, querido señor Gray?». Ninguno de nosotros pudo evitar reírse y nos hicimos amigos enseguida.

—La risa no es un mal comienzo para una amistad y está muy alejada de ser el final de ella —dijo el joven lord, arrancando otra margarita.

Hallward movió la cabeza.

—No comprendes lo que es la amistad, Harry —murmuró—, o lo que es la enemistad en un caso así. A ti te gusta cualquiera; es decir, eres indiferente a cualquiera.

—¡Qué terriblemente injusto eres! —exclamó lord Henry, inclinando su sombrero hacia atrás y mirando a las pequeñas nubes que, como madejas enmarañadas de seda blanca brillante, iban a la deriva por el espacio turquesa del cielo estival—. Sí, terriblemente injusto contigo. Hago una gran diferencia entre la gente. Elijo a mis amigos por su buena apariencia, mis conocidos por su buen carácter y mis enemigos por su buen intelecto. Un hombre no puede ser demasiado cuidadoso al elegir sus enemigos. No tengo ninguno que sea un loco.

Todos son hombres de algún poder intelectual, y como consecuencia todos me aprecian. ¿Es muy vanidoso por mi parte? Creo que es bastante vanidoso.

—Pensaría que sí, Harry. Pero según tu apreciación yo tengo que ser sólo un conocido.

—Mi querido y viejo Basil, tú eres mucho más que un conocido.

—Y mucho menos que un amigo. Algo así como un hermano, supongo.

—¡Oh hermanos! No quiero a los hermanos. Mi hermano mayor no me quiere y los pequeños parecen querer imitarlo.

—¡Harry! —exclamó Hallward, frunciendo el ceño.

—Mi querido amigo, no hablo completamente en serio, pero no puedo evitar detestar a mis parientes. Supongo que viene del hecho de que ninguno de nosotros puede soportar a otras personas que tengan los mismos defectos que nosotros mismos. Simpatizo bastante con la pasión de la democracia inglesa contra lo que ellos llaman los vicios de las clases superiores. Las masas sienten que la embriaguez, la estupidez y la inmoralidad deberían ser su propia propiedad especial y que si cualquiera de nosotros se pone en ridículo es como si cazara en sus reservas. Cuando el pobre Southwark estaba en el Tribunal de Divorcios la indignación de las masas fue completamente magnífica. Y, sin embargo, supongo que ni la décima parte del proletariado vive de forma correcta.

—No estoy de acuerdo con ninguna de las palabras que estás diciendo y, lo que es más, Harry, estoy seguro de que tú tampoco.

Lord Henry acarició la punta de su barba castaña y golpeó la puntera de su bota de charol con su bastón de ébano adornado con borlas.

—¡Qué inglés eres, Basil! Es la segunda vez que has hecho esa observación. Si uno presenta una idea a un inglés auténtico, lo cual es algo bastante temerario, nunca piensa en considerar si la idea es buena o mala. Lo único que considera de importancia es si uno cree en ella. El valor de una idea no tiene nada que hacer con la sinceridad del hombre que la expresa. De hecho, las probabilidades son que, cuanto menos sincero es el hombre, más puramente inteligente será la idea, pues en ese caso no se teñirá con otras que quiera, desee o prevenga. Sin embargo, no me propongo discutir de política, sociología o metafísica. Me gustan las personas más que los principios y entre estas, las que no tienen principios me gustan más que cualquier otra cosa en el mundo. Cuéntame más de Dorian Gray. ¿Cada cuánto tiempo le ves?

—Todos los días. No podría ser feliz si no le viera todos los días. Es absolutamente necesario para mí.

—¡Qué extraordinario! Pensaba que no te preocupabas de otra cosa nada más que de tu arte.

—Él es todo mi arte ahora —dijo el pintor gravemente—. Algunas veces pienso, Harry, que hay sólo dos épocas de cierta importancia en la historia del mundo. La primera es la aparición de un nuevo medio para el arte; la segunda, la aparición de una nueva personalidad también para el arte. Lo que la invención de la pintura al óleo fue para los venecianos, lo que el rostro de Antinoo fue para la escultura antigua griega, será algún día para mí el rostro de Dorian Gray. No es sólo que yo le pinte, le dibuje o le haga un esbozo, por supuesto he hecho todo eso, sino que él es mucho más para mí que un modelo o una persona que posa. No te contaré que estoy descontento con lo que he hecho de él o que su belleza es tal que el arte no puede expresarla. No hay nada que el arte no pueda expresar, y sé que la obra que he hecho, desde que conocí a Dorian Gray, es un buen trabajo, es el mejor trabajo de mi vida. Pero de forma curiosa, me pregunto si me comprenderás, su personalidad me ha supuesto una forma de arte totalmente nueva, un estilo totalmente nuevo. Veo las cosas de forma diferente, pienso en ellas de forma diferente. Ahora puedo recrearme la vida de un modo que antes estaba oculto para mí. "Una forma soñada en días de meditación...". ¿Quién dijo esto? Lo he olvidado, pero es lo que Dorian Gray ha sido para mí. La presencia meramente visible de este chico, porque me parece poco más que un chico, aunque anda sobre los veinte años, su presencia meramente visible... Me pregunto si puedes darte cuenta de todo lo que esto significa. Inconscientemente él determina para mí las líneas de una escuela nueva, una escuela que tiene toda la pasión del espíritu romántico, toda la perfección del espíritu griego. La armonía del alma y el cuerpo ¡Lo que es esto! Nosotros en nuestra locura hemos separado las dos y hemos inventado un realismo que es vulgar, una idealidad que es nula. ¡Harry, si supieras solamente lo que Dorian Gray es para mí! ¿Recuerdas ese paisaje mío por el que Agnew me ofreció un precio tan elevado, pero del que no quería separarme? Es una de las mejores cosas que he hecho. ¿Y por qué? Porque mientras estoy pintando, Dorian Gray se sienta a mi lado. Alguna influencia sutil pasa de él a mí y por primera vez en mi vida vi en el bosque sencillo la maravilla que siempre he buscado y siempre perdía.

—¡Basil, es extraordinario! Tengo que ver a Dorian Gray.

Hallward se levantó del asiento y paseó de acá para allá en el jardín. Después de un rato regresó.

—Harry —dijo—, Dorian Gray es para mí sencillamente un motivo de arte. Quizá tú no veas nada en él. Yo lo veo todo. Nunca está más presente en mi trabajo que cuando no hay una imagen de él. Es una idea, como he dicho, de una forma nueva. Le encuentro en las curvas de ciertas líneas, en la belleza y sutileza de ciertos colores. Eso es todo.

—Entonces, ¿por qué no exhibirás su retrato? —preguntó lord Henry.

—Porque, sin proponérmelo, he puesto en él alguna expresión de toda esta curiosa idolatría artística, de la cual, por supuesto, nunca le he hablado a él. Él no sabe nada de esto. Nunca sabrá nada de esto. Pero el mundo puede adivinarlo, y no descubriré mi alma a sus ojos superficiales y entrometidos. No pondré mi corazón bajo su microscopio. Hay demasiado de mí mismo, Harry..., ¡demasiado de mí mismo!

—Los poetas no son tan escrupulosos como tú. Ellos saben lo útil que es la pasión para publicar. Hoy en día un corazón destrozado tira muchas ediciones.

—Los odio por eso —exclamó Hallward—. Un artista crearía cosas hermosas, pero no pondría nada de su propia vida en ellas. Vivimos en una época en la que los hombres tratan al arte como si fuera una forma de autobiografía. Hemos perdido el sentido abstracto de la belleza. Algún día le mostraré al mundo lo que es, y por esa razón el mundo nunca verá mi retrato de Dorian Gray.

—Creo que estás equivocado, Basil, pero no discutiré contigo. Sólo el que pierde la inteligencia discute siempre. Dime: ¿Te quiere mucho Dorian?

El pintor recapacitó durante unos momentos.

—Le gusto —contestó después de una pausa—. Sé que le gusto. Por supuesto yo le alabo terriblemente. Siento un extraño placer al decirle cosas que sé que sentiré habérselas dicho. Normalmente él es encantador conmigo y nos sentamos en el estudio y hablamos de mil cosas. Sin embargo, siempre es terriblemente irreflexivo y parece obtener un auténtico placer en hacerme sufrir. Entonces siento, Harry, que he dado toda mi alma a alguien que la trata como si fuera una flor que se pone en su chaqueta, un poco de decoración para encantar su vanidad, un adorno para un día de verano.

—Los días de verano, Basil, son apropiados para vagabundear —murmuró lord Henry—. Quizá te canses antes que él. Es triste pensar así, pero no hay duda de que el talento dura más que la belleza. Esto se justifica por el hecho de que todos nosotros sufrimos tanto por reeducarnos. En la lucha salvaje por la existencia queremos tener algo que perdure y de esta forma llenamos nuestras mentes de desperdicios, basuras y hechos con la esperanza tonta de mantener nuestro lugar. El hombre bien informado y con minuciosidad: ese es el modelo moderno. Y la mente del hombre bien informado y con minuciosidad es espantosa. Es como una tienda de curiosidades monstruosa y polvorienta donde todo tiene un precio más elevado que el de su propio valor. Sin embargo, pienso que te cansarás primero. Algún día mirarás a tu amigo y te parecerá que está un poco fuera de tu dibujo, o no te gustará el tono de su color, o algo semejante. Amargamente le criticarás en tu propio corazón, pensarás seriamente que se ha comportado muy mal contigo. La próxima vez que llame, serás totalmente frío e indiferente. Será una gran pena porque te alterará. Lo que me has contado es casi un romance, se podría llamar un romance de arte, y lo peor de tener un romance de esta clase es que le deja a uno tan poco romántico...

—Harry, no hables así. La personalidad de Dorian Gray me dominará durante toda mi vida. Tú no puedes sentir lo que yo siento. Tú cambias con mucha frecuencia.

—Ah, mi querido Basil, por eso es exactamente por lo que puedo sentirlo. Los que son fieles sólo conocen el lado trivial del amor. Son los infieles los que conocen las tragedias del amor.

—Y lord Henry encendió una cerilla sobre una delicada caja de plata y comenzó a fumar un cigarro con la conciencia tranquila y aire satisfecho, como si hubiera resumido el mundo en una frase. Hubo un susurro de gorriones que gorjeaban en las hojas esmaltadas de verde de la hiedra, mientras las sombras de las nubes azules se perseguían por la hierba como si fueran golondrinas. ¡Qué a gusto se estaba en el jardín! ¡Y qué encantadoras eran las emociones de la gente! Mucho más encantadoras que sus ideas, le parecía a él. El alma propia y las pasiones de los amigos, aquellas eran las cosas fascinantes de la vida. Se imaginaba, divirtiéndose en silencio, la comida tediosa que se había perdido por estar tanto tiempo con Basil Hallward. Si hubiera ido a casa de su tía seguro que se hubiera encontrado con lord Goodbody allí y toda la conversación hubiera sido sobre la alimentación de los pobres y la necesidad de casas de huéspedes. Cada clase hubiera predicado sobre la importancia de estas virtudes para cuyo ejercicio no había necesidad en sus propias vidas. El rico hubiera hablado sobre el valor de la economía y el ocioso, lleno de elocuencia, sobre la dignidad del trabajo. ¡Era encantador haber escapado de todo eso! Mientras estaba pensando en su tía, una idea pareció agitarle. Se volvió a Hallward y dijo:

—Mi querido amigo, acabo de recordar.

—¿Recordar qué, Harry?

—Dónde he oído el nombre de Dorian Gray.

—¿Dónde fue? —preguntó Hallward con el ceño fruncido.

—No te enfades, Basil. Fue en casa de mi tía *lady* Agatha. Me dijo que había descubierto a un joven maravilloso que iba a ayudarle en el East End y que se llamaba Dorian Gray. Te aseguro que ella nunca me dijo que él tenía tan buena apariencia. Las mujeres no hacen apreciaciones sobre las buenas apariencias, al menos las buenas mujeres no. Dijo que era muy sincero y tenía un carácter hermoso. En ese momento le imaginé con lentes y pelo lacio, terriblemente pecoso y andando pesadamente sobre unos pies enormes. Ojalá hubiera sabido que era tu amigo.

—Me alegro de que no lo supieras, Harry.

—¿Por qué?

—No quiero que le conozcas.

—¿Que no quieres que le conozca?

—No.

—El señor Dorian Gray está en el estudio, señor —dijo el mayordomo entrando al jardín.

—Ahora tienes que presentármelo —gritó lord Henry riéndose.

El pintor se volvió hacia el sirviente que estaba en pie guiñando los ojos a la luz del sol.

—Pídele al señor Gray que espere, Parker, entraré dentro de un momento.

El hombre se inclinó y se fue por el sendero. Luego el artista miró a lord Henry.

—Dorian Gray es mi mejor amigo —dijo—. Él tiene un carácter sencillo y hermoso. Tu tía tenía bastante razón en lo que dijo. No lo estropees. No trates de influenciarle. Tu influencia sería mala. El mundo es amplio y hay mucha gente maravillosa en él. No alejes de mí a la persona que da a mi arte todo el encanto que posee: mi vida de artista depende de él. Recuerda, Harry, confío en ti.

Hablaba muy despacio y sus palabras parecían brotar casi en contra de su voluntad.

—¡Qué tonterías dices! —dijo lord Henry sonriendo, y tomando del brazo a Hallward le condujo al interior de la casa.

CAPÍTULO II

Al entrar vieron a Dorian Gray. Estaba sentado ante el piano, de espaldas a ellos, pasando las páginas de un volumen de *Escenas del Bosque,* de Schumann.

—Tienes que prestarme estas, Basil —dijo—. Quiero aprenderlas. Son sencillamente encantadoras.

—Depende de cómo poses hoy, Dorian.

—¡Oh! Estoy cansado de posar, no quiero un retrato de tamaño natural —contestó el muchacho, girando sobre el taburete del piano de forma deliberada y petulante. Cuando divisó a lord Henry, un rubor ligero coloreó sus mejillas por un momento y se levantó—. Ruego me perdones, Basil, no sabía que hubiera alguien contigo.

—Este es lord Henry Wotton, Dorian, un viejo amigo mío de Oxford. Acabo de contarle el modelo tan excelente que eres y ahora acabas de estropearlo todo.

—No ha estropeado el placer de conocerle, señor Gray —dijo lord Henry, dando un paso hacia él y tendiéndole la mano—. Mi tía me ha hablado a menudo sobre usted. Es usted uno de sus favoritos y me temo que una de sus víctimas también.

—Ahora estoy en la lista negra de *lady* Agatha —contestó Dorian, con una mirada divertida de arrepentimiento—. Prometí ir a un club de Whitechapel con ella el martes pasado y lo olvidé completamente.

Teníamos que haber tocado un dúo juntos, tres dúos creo. No sé lo que me dirá. Estoy demasiado asustado para llamarla.

—¡Oh! Haré las paces por usted con mi tía. Ella es bastante devota de usted y no creo que realmente le importe que no haya estado allí. La audiencia pensó probablemente que era un dúo. Cuando tía Agatha se sienta al piano ella sola hace ruido suficiente por dos personas.

—Eso es horrible para ella y no muy agradable para mí, —contestó Dorian riéndose.

Lord Henry le miró. Sí, en verdad era maravillosamente atractivo, con los labios escarlata de curvas delicadas, sus sinceros ojos azules, el pelo crespo dorado. Había algo en su cara que le hacía a uno confiar en él enseguida. Todo el candor de la juventud estaba allí, así como toda la pureza apasionada de la juventud. Notábase que el mundo no le había manchado aún. No era de extrañar que Basil Hallward le adorara.

—Es usted demasiado encantador para entrar en la filantropía, señor Gray, demasiado encantador. —Lord Henry se echó en el diván y abrió su pitillera.

El pintor había estado ocupado mezclando sus colores y preparando sus pinceles. Parecía preocupado y cuando oyó el último comentario de lord Henry le echó una mirada, titubeante por un momento, y luego dijo:

—Harry, quiero terminar este cuadro hoy. ¿Pensarías que es muy rudo por mi parte si te pido que te vayas?

Lord Henry sonrió y miró a Dorian Gray.

—¿Tengo que irme, señor Gray? —preguntó.

—¡Oh no, por favor, lord Henry! Veo que Basil está en uno de sus malos momentos y no puedo soportarle cuando está de mal humor. Por otro lado quiero que me diga por qué no debería entrar en la filantropía.

—No sé lo que le podré decir sobre eso, señor Gray. Es un tema tan tedioso que uno tendría que hablar seriamente sobre él. Pero desde luego no lo evadiré, ahora que me ha pedido que me detenga. Basil, realmente no te importa, ¿verdad? Me has dicho con frecuencia que te gusta que tus modelos tengan a alguien con quien charlar.

Hallward se mordió el labio.

—Si Dorian lo desea, por supuesto que te puedes quedar. Los caprichos de Dorian son leyes para todo el mundo menos para él mismo.

Lord Henry tomó su sombrero y sus guantes.

—Eres muy amable, Basil, pero temo que tengo que irme. He prometido encontrarme con un hombre en el Orleans. Adiós, señor Gray. Venga a verme alguna tarde a la calle Curzon. Casi siempre estoy en casa a las cinco. Escríbame cuando vaya a venir. Sentiría no estar.

—Basil —exclamó Dorian Gray—, si lord Henry Wotton se va yo me iré también. Nunca abres la boca mientras pintas y es terriblemente pesado estar en pie sobre una plataforma y tratar de parecer agradable. Pídele que se quede. Insisto en ello.

—Quédate, Harry, para dar gusto a Dorian y para dármelo a mí —dijo Hallward, mirando fijamente a su cuadro—. Es completamente cierto, nunca hablo mientras trabajo y nunca escucho al otro, y tiene que ser terriblemente tedioso para mis desafortunados modelos. Te ruego que te quedes.

—¿Pero qué pasa con mi hombre del Orleans?

El pintor se rio.

—No creo que haya ninguna dificultad. Siéntate otra vez, Harry. Y ahora, Dorian, sube a la plataforma y no te muevas demasiado ni prestes atención a lo que te diga lord Henry. Ejerce muy mala influencia sobre todos sus amigos, excepto en mí.

Dorian Gray subió a la tarima y con el aire de un joven mártir griego hizo una pequeña mueca de descontento a lord Henry, a quien había tomado afecto ya. Era tan diferente a Basil... Hacían un contraste encantador. Y tenía una voz tan hermosa... Después de unos minutos le dijo:

—¿Ejerce realmente una influencia tan mala, lord Henry? ¿Tan mala como dice Basil?

—No hay una buena influencia Gray. Toda influencia es inmoral, inmoral desde el punto de vista científico.

—¿Por qué?

—Porque influir en una persona es darle tu propia alma. No piensa sus pensamientos naturales o se quema con sus pasiones naturales. Sus virtudes no son reales para él. Sus pecados, si existen los pecados, los toma prestados. Se convierte en un eco de la música de alguien más, en un actor de una parte que no se ha escrito para él. El propósito de la vida es su propio desarrollo. Darse cuenta perfectamente de la propia naturaleza, para eso es para lo que estamos aquí cada uno de nosotros.

Hoy en día las personas se temen a sí mismas. Han olvidado el deber más elevado de todos, el deber de que uno se debe a sí mismo. Por supuesto estas son caritativas. Alimentan al hambriento. visten al mendigo. Pero sus propias almas se mueren de hambre y están desnudas. El valor ha desaparecido de nuestra raza. Quizá nunca lo tuvimos en realidad. El terror de la sociedad, que es la base de la moral; el terror de Dios, que es el secreto de la religión. Estas son las dos cosas que nos gobiernan. Y, sin embargo...

—Vuelve un poquito más la cabeza hacia la derecha, Dorian, como un buen chico —dijo el pintor, concentrado en su trabajo, acababa de sorprender en la cara del muchacho un gesto que no le había visto nunca antes.

—Y, sin embargo —continuó lord Henry, con su voz baja y musical y con esa onda graciosa de su mano que tan característica era siempre en él y que se remontaba a sus días de Eton—, creo que si un hombre fuera a vivir su vida llena y completamente, daría forma a cualquier sentimiento, expresión a cualquier pensamiento, realidad a cualquier sueño. Creo que el mundo ganaría tal impulso de júbilo nuevo que olvidaríamos todas las enfermedades y medievalismos y volveríamos al ideal helénico, puede que a algo más bello y rico que el ideal helénico. Pero el hombre más valiente entre nosotros tiene miedo de sí mismo. La mutilación del salvaje encuentra su supervivencia trágica en la propia abnegación que echa a perder nuestras vidas. Somos castigados por nuestras negativas. Cada impulso con el que nos esforzamos en estrangular germina en la mente y nos envenena. Los pecados del cuerpo son los primeros, y se satisface con su pecado, porque la acción es un modo de purificación. Entonces nada queda excepto el recuerdo de un placer o la voluptuosidad de una pena. El único camino para deshacerse de la tentación es ceder a ella. Resístela y tu alma enfermará de anhelo por las cosas que se le han prohibido, de deseo por lo que sus leyes monstruosas han hecho monstruoso e ilegal. Se dice que los grandes acontecimientos del mundo tienen lugar en el cerebro. Es en el cerebro, y sólo en el cerebro, donde los grandes pecados del mundo tienen lugar también. Usted, señor Gray, usted mismo, con su juventud rosa y su infancia rosa, usted ha tenido pasiones que le han hecho asustarse, pensamientos que le han llenado de terror, sueños despierto y sueños mientras duerme cuyo mero recuerdo podía teñir sus mejillas de vergüenza...

—¡Basta! —dijo con voz quebrada Dorian Gray—. ¡Basta! Me deja perplejo. No sé lo que dice. Hay alguna respuesta para usted, pero no la encuentro. No hable. Déjeme pensar o, mejor, permítame intentar no pensar.

Durante casi diez minutos estuvo allí en pie, sin moverse, con los labios entreabiertos y los ojos con un brillo extraño. Era apenas consciente de que una influencia totalmente nueva estaba operando dentro de él. Aunque le parecía que había salido realmente de él mismo. Las pocas palabras que le había dicho el amigo de Basil, palabras pronunciadas por casualidad, sin duda, y con paradojas intencionadas en ellas, habían tocado alguna cuerda secreta que nunca había sido tocada antes, pero que él sintió que vibraba ahora, latiendo con extrañas pulsaciones.

La música le había conmovido así. La música le había inquietado muchas veces. Pero la música no era articulada. No era un mundo nuevo, sino más bien otro caos que crea en nosotros. ¡Palabras! ¡Meras palabras! ¡Qué terribles eran! ¡Qué claras, fuertes y crueles! Uno no puede escapar de ellas. Y, sin embargo, ¡qué sutileza mágica había en ellas! Parecía que eran capaces de dar forma plástica a cosas sin forma y tener música en ellas tan dulce como la de la viola o la del laúd. ¡Meras palabras! ¿Hay algo tan real como las palabras?

Sí. Había habido cosas en su infancia que él no había entendido. Las entendía ahora. La vida de repente se convirtió en un color de fuego para él. Parecía como si hubiera estado caminando sobre el fuego. ¿Por qué no lo había conocido?

Con su sonrisa sutil, lord Henry le observaba. Sabía el momento psicológico preciso para no decir nada. Se sentía profundamente interesado. Estaba asombrado de la impresión repentina que sus palabras le habían producido y, recordando un libro que había leído cuando tenía dieciséis años, un libro que le había revelado a él mucho de lo que no había conocido antes, se preguntaba si Dorian Gray estaría pasando sobre una experiencia similar. Él sólo había tirado una flecha al aire. ¿Había dado en el blanco? ¡Qué fascinante era el muchacho!

Hallward pintaba con ese pulso maravilloso y vigoroso que tenía el verdadero refinamiento y la delicadeza perfecta que en el arte, en todo caso, viene únicamente de la fortaleza. No era consciente del silencio.

—Basil, estoy cansado de estar en pie —exclamó Dorian Gray de repente—. Tengo que salir y sentarme en el jardín. El aire es sofocante aquí.

—Mi querido amigo, lo siento mucho. Cuando pinto no pienso en nada más. Pero nunca has estado mejor. Estabas perfectamente quieto. He logrado el efecto que quería, los labios entreabiertos y la mirada brillante de los ojos. No sé qué te habrá estado contando Harry, pero de verdad ha hecho que tuvieras la expresión más maravillosa. Supongo que ha estado haciéndote cumplidos. No tienes que creer ni una palabra de lo que te dice.

—No ha estado haciendo cumplidos. Quizá sea esa la razón por la que no creo nada de lo que me ha dicho.

—Sabe que lo cree todo —dijo lord Henry, mirándolo con sus ojos soñadores y lánguidos—. Saldré al jardín con usted. Hace un calor horrible en el estudio. Basil, danos algo helado para beber, algo con fresas.

—Bien, Harry. Ya toco la campanilla y cuando Parker venga le diré lo que quieres. Tengo que preparar este fondo, así que me reuniré con vosotros más tarde. No retengas a Dorian mucho tiempo. Nunca he estado en mejor forma para pintar que hoy. Va a ser mi obra maestra. Es ya mi obra maestra así como está.

Lord Henry salió al jardín y encontró a Dorian Gray con la cabeza hundida en las frescas lilas, bebiendo febrilmente su perfume como si fuera vino. Se acercó a él y puso la mano sobre su hombro.

—Hace muy bien en hacer esto —murmuró—. Nada puede curar al alma sino los sentidos, así como nada puede curar a los sentidos excepto el alma.

El muchacho se sobresaltó y se retiró. Tenía la cabeza descubierta y las hojas habían revuelto sus rizos rebeldes y habían enredado todas las hebras doradas. Había una mirada de temor en sus ojos, como la que tiene la gente cuando se despierta de repente. Las ventanas de la nariz finamente cinceladas temblaron y algún nervio oculto avivó sus labios escarlata y los dejó temblando.

—Sí —continuó lord Harry—, ese es uno de los grandes secretos de la vida, curar el alma por medio de los sentidos, y los sentidos por medio del alma. Usted es una creación maravillosa. Sabe más de lo que cree saber, así como sabe menos de lo que quisiera saber.

Dorian Gray frunció el ceño y volvió la cabeza. No podía evitar que le gustara aquel hombre joven, alto y con gracia, que estaba frente a él. Su rostro romántico color aceituna y su expresión le interesaban. Había algo en su voz baja y lánguida que era absolutamente fascinante. Sus manos frías, blancas como flores, incluso tenían un encanto curioso. Se movían como música cuando hablaba y parecía que tenían un lenguaje propio. Pero tenía miedo de él y se avergonzaba de tenerle miedo. ¿Por qué había dejado que un extraño le revelara a sí mismo? Conocía a Basil Hallward desde hacía meses, pero la amistad entre ellos nunca le había alterado. De repente se había cruzado alguien en su vida que parecía que le había revelado el misterio de la existencia. Y, sin embargo, ¿qué había que temer? Él no era ni un colegial ni una chica. Era absurdo estar asustado.

—Vayamos a sentarnos a la sombra —dijo lord Henry—. Parker traerá afuera las bebidas y si permanece más tiempo en esta luz deslumbrante se ajará y Basil nunca le pintará de nuevo. Realmente no tiene que permitir que le queme el sol. No sería oportuno.

—¿Qué puede pasar? —dijo Dorian Gray riéndose mientras se sentaba en un asiento al final del jardín.

—Le ocurriría de todo, señor Gray.

—¿Por qué?

—Porque es usted la juventud más maravillosa y la juventud es lo único que tiene valor.

—Yo no lo siento así, lord Henry.

—No, no lo siente ahora. Algún día, cuando sea viejo, arrugado y feo, cuando el pensamiento haya quemado su frente con sus líneas y la pasión haya grabado sus labios con su fuego espantoso, lo sentirá, lo sentirá terriblemente. Ahora, donde quiera que vaya, encanta al mundo. ¿Será así siempre...? Tiene un rostro maravillosamente hermoso, señor Gray. No frunza el ceño. Lo tiene. Y la belleza es una forma del carácter, de hecho es más elevada que el carácter, así que no necesita explicación. Es una de las realidades del mundo, como la luz del Sol o la primavera o el reflejo en aguas oscuras de esa concha de plata que llamamos Luna. No se puede cuestionar. Tiene su derecho divino de soberanía. Convierte en príncipes a los que la poseen ¿Sonríe? ¡Ah!

Cuando lo haya perdido no sonreirá... La gente dice algunas veces que la belleza es sólo superficial. Debe ser así. Al menos la belleza no es tan superficial como el pensamiento. Para mí la belleza es la maravilla de las maravillas. Sólo la gente superficial no juzga por las apariencias. El verdadero misterio del mundo es lo visible, no lo invisible... Sí, señor Gray, los dioses han sido buenos con usted. Pero lo que los dioses dan lo quitan rápidamente. Sólo tiene unos pocos años para vivir realmente, perfectamente y plenamente. Cuando se vaya su juventud, su belleza se irá con ella, y entonces descubrirá de repente que no ha dejado triunfos para usted, o se tendrá que contentar con aquellos triunfos viles que el recuerdo del pasado le hará más amargo que las derrotas. Cada mes según mengüe le llevará a usted a algo espantoso. El tiempo está celoso de usted y lucha contra sus lirios y rosas. Se convertirá en cetrino y con las mejillas hundidas y los ojos apagados. Sufrirá horriblemente... ¡Ah! Dese cuenta de su juventud mientras la tiene. No malgaste sus días dorados, escuchando al latoso, tratando de detener el fracaso sin esperanza, o abandonando su vida a la ignorancia, a lo común y a lo vulgar. Estos son los objetivos enfermizos, los ideales falsos de nuestra era. ¡Viva! ¡Viva la vida maravillosa que hay en usted! No deje que nada se pierda. Vaya buscando siempre sensaciones nuevas. No tenga miedo de nada... Un nuevo hedonismo, eso es lo que quiere nuestro siglo. Debería ser su símbolo visible. Con su personalidad no hay nada que no pueda hacer. El mundo le pertenece durante un tiempo... Desde el momento en que le conocí vi que era inconsciente de lo que realmente es o lo que realmente debería ser. Había tanto en usted que me encantó, que sentí que tenía que decirle algo sobre usted mismo. Pensé lo trágico que sería si se malgastara. Porque su juventud durará tan poco tiempo, tan poco tiempo... Las flores comunes del monte se marchitan, pero vuelven a florecer. El laurel estará tan amarillo el próximo mes de junio como lo está ahora. Dentro de un mes habrá estrellas brillantes sobre las clemátides y año tras año la noche verde de sus hojas mantendrá sus estrellas brillantes. Pero nosotros nunca recuperaremos nuestra juventud. Las pulsaciones de alegría que palpitan a los veinte años se hacen más lentas. Nuestros labios se debilitan, nuestros sentidos se pudren. Degeneramos en marionetas repelentes, perseguidas por el recuerdo de las pasiones a las que teníamos tanto miedo y las exquisitas tentaciones en las que no teníamos el valor de caer. ¡Juventud! ¡Juventud! ¡No hay absolutamente nada en el mundo salvo la juventud!

Dorian Gray escuchaba con los ojos abiertos, asombrado. El ramillete de lilas se le cayó de la mano a la grava. Una abeja moteada llegó y zumbó alrededor por un momento. Luego comenzó a perturbar todo lo que había sobre la esfera oval estrellada de los diminutos ramos. La miraba con aquel interés extraño en las cosas triviales que tratamos de desarrollar cuando las cosas de mayor importancia nos hacen tener miedo, o cuando estamos inquietos a causa de alguna emoción nueva para la que no podemos encontrar una expresión, o cuando algún pensamiento que nos aterroriza coloca de repente un cerco en nuestro cerebro y nos dice que cedamos. Después de un rato se marchó volando la abeja. Él la vio entrar silenciosamente en la campanilla de una enredadera. La flor parecía que temblaba y luego oscilaba de allá para acá suavemente.

De repente el pintor apareció en la puerta del estudio y les hizo señas entrecortadas para que fueran. Se volvieron el uno al otro y sonrieron.

—Estoy esperando —dijo—. Entrad. La luz es bastante buena y podéis traer vuestras bebidas.

Ellos se levantaron y caminaron hacia allá juntos. Las mariposas verdes y blancas pasaban revoloteando y en el peral de la esquina del jardín comenzó a cantar un tordo.

—¿Se alegra de haberme conocido, señor Gray? —dijo lord Henry mirándole.

—Sí, me alegro ahora. Me pregunto si siempre me alegraré.

—¡Siempre! Esa es una palabra horrible. Me hace estremecer cuando la oigo. A las mujeres les encanta utilizarla. Estropean todos los romances tratando de hacer que duren para siempre. Es una palabra sin sentido, también. La única diferencia entre un capricho y una pasión para toda la vida es que el capricho dura un poco más.

Según entraban en el estudio, Dorian Gray puso la mano sobre el brazo de lord Henry.

—En ese caso, deje que nuestra amistad sea un capricho —murmuró ruborizándose de su propia osadía, luego subió a la plataforma y volvió a tomar su pose.

Lord Henry se dejó caer en un gran sillón de mimbre y le observó. El movimiento y el choque del pincel sobre el lienzo era el único sonido que rompía el silencio, excepto cuando, de vez en vez, Hallward daba un paso atrás para mirar su obra a distancia. En los rayos oblicuos que entraban por la puerta abierta, el polvo danzaba y era dorado. El perfume intenso de las rosas parecía instalarse sobre todo.

Después de un cuarto de hora Hallward dejó de pintar, mirando durante largo rato a Dorian Gray y luego durante otro largo rato al cuadro, mordiendo la punta de uno de sus enormes pinceles y frunciendo el ceño.

—Está completamente terminado —exclamó al fin e, inclinándose, escribió su nombre con largas letras color bermellón en la esquina izquierda del lienzo.

Lord Henry se acercó y examinó el cuadro. Era sin duda una maravillosa obra de arte y un retrato también maravilloso.

—Mi querido amigo, mis más calurosas felicitaciones —dijo—. Es el retrato más hermoso de los tiempos modernos. Señor Gray, venga y mírese usted mismo.

El muchacho se acercó como si se despertara de algún sueño.

—¿Está realmente terminado? —murmuró mientras bajaba del estrado.

—Completamente terminado —dijo el pintor—. Y tú has posado espléndidamente hoy. Te estoy muy agradecido.

—Se debe a mí por completo —interrumpió lord Henry—. ¿No es así, señor Gray?

Dorian no contestó, sino que pasó indiferente y se colocó enfrente de su retrato, volviéndose hacia él. Cuando lo vio se retiró y sus mejillas se ruborizaron de placer por un momento. Una mirada de júbilo se asomó a sus ojos, como si se hubiera reconocido a sí mismo por primera vez. Permaneció allí sin moverse, asombrado, consciente vagamente de que Hallward le estaba hablando, pero no percibía el significado de sus palabras. El sentido de su propia belleza le llegó como una revelación. Nunca lo había sentido antes. Los cumplidos de Basil Hallward le habían parecido simplemente las exageraciones encantadoras de la amistad. Los había oído, riéndose; los había olvidado. Ellos no habían influido en su carácter. Luego había llegado lord Henry Wotton con su extraño panegírico sobre la juventud, la terrible advertencia de su brevedad. Aquello le había agitado en el momento, y ahora, según estaba mirando la imagen de su propia belleza, toda la realidad de la descripción le atravesó como un rayo. Sí, llegaría el día en que su rostro estaría arrugado y marchito, sus ojos apagados y sin color, la gracia de su figura quebrada y deformada. El color escarlata se iría de sus labios y desaparecería el oro de su pelo. La vida que iba a hacer su alma desfiguraría su cuerpo. Llegaría a ser espantoso, repelente y tosco.

Según pensaba en ello, una punzada aguda de dolor le atravesó como si fuera un cuchillo e hizo que temblara cada fibra delicada de su naturaleza. Sus ojos se volvieron amatistas y llegó a ellos un velo de lágrimas. Sentía como si le hubieran colocado una mano de hielo en el corazón.

—¿No te gusta? —dijo Hallward al final, herido un poco por el silencio del muchacho y sin entender qué significaba.

—Por supuesto que le gusta —dijo lord Henry—. ¿A quién no le gustaría? Es una de las grandes obras del arte moderno. Te daré todo lo que quieras por él. Tengo que poseerlo.

—No es de mi propiedad, Harry.

—¿De quién es?

—De Dorian, por supuesto —dijo el pintor.

—Es un amigo muy afortunado.

—¡Qué triste es! —murmuró Dorian Gray, con los ojos fijos todavía en su retrato—. ¡Qué triste es! Me haré viejo, horrible y espantoso. Pero este cuadro se mantendrá siempre joven. Nunca será más viejo que en este día en particular de junio... ¡Si fuera justo al revés! ¡Si fuera yo quien se mantuviera siempre joven y el cuadro el que se hiciera viejo! Por eso, ¡por eso daría yo cualquier cosa! ¡Sí, no habría nada en el mundo entero que no diera! ¡Daría mi alma por ello!

—Difícilmente te gustaría un acuerdo semejante, Basil —dijo lord Henry riéndose—. Sería bien una mala suerte para tu obra.

—Me opondría rotundamente, Harry —dijo Hallward.

Dorian Gray se volvió y le miró.

—Creo que lo harías, Basil. Te gusta tu arte más que tus amigos. No soy para ti más que una figura de bronce. Ni siquiera eso, me atrevería a decir.

El pintor le miró fijamente, asombrado. Era tan impropio de Dorian hablar así... ¿Qué había ocurrido? Parecía muy enfadado. Su cara estaba sonrojada y sus mejillas ardiendo.

—Sí —continuó—. Soy menos para ti que tu Hermes de marfil o tu Fauno de plata. Te gustará siempre. ¿Cuánto tiempo te gustaré yo? Hasta que tenga mi primera arruga, supongo. Ahora sé que cuando uno pierde parte de su buena apariencia, cualquiera que sea, uno lo pierde todo. Tu cuadro me ha enseñado eso. Lord Henry Wotton tiene razón, sin duda. La juventud es lo único que tiene valor. Cuando descubra que me estoy haciendo viejo, me mataré.

Hallward se puso pálido y tomó su mano.

—¡Dorian! ¡Dorian! —exclamó—. No hables así. Nunca he tenido un amigo como tú y nunca tendré otro. No estás celoso por cosas materiales, ¿verdad? ¡Tú que eres más hermoso que cualquiera de ellas!

—Estoy celoso de cualquier cosa cuya belleza no muera. Estoy celoso del retrato que has pintado de mí. ¿Por qué guardaría lo que yo he de perder? Cada momento que pasa toma algo de mí y le da algo a él. ¡Oh, si fuera justo al revés! ¡Si el cuadro pudiera cambiar y yo pudiera ser siempre lo que soy ahora! ¿Por qué lo pintaste? Se burlará de mí algún día, ¡se burlará de mí terriblemente!

Lágrimas cálidas fluyeron de sus ojos. Quitó su mano y, arrojándose en el diván, enterró la cara entre los almohadones, como si estuviera rezando.

—Esto es obra tuya, Harry —dijo el pintor amargamente.

Lord Henry se encogió de hombros.

—Es el Dorian Gray real, eso es todo.

—No lo es.

—Si no lo es, ¿qué tengo yo que ver?

—Deberías haberte ido cuando te lo pedí —refunfuñó.

—Me quedé cuando me lo pediste —fue la contestación de lord Henry.

—Harry, no puedo discutir con mis dos mejores amigos a la vez, pero entre los dos habéis hecho que odie la obra más hermosa que he hecho nunca y la destruiré. ¿Qué es sino lienzo y color? No permitiré que se cruce en nuestras vidas y las eche a perder.

Dorian Gray levantó su cabeza dorada de la almohada y, con la cara pálida y los ojos llenos de lágrimas, le miró mientras caminaba hacia la tabla de pintar que estaba colocada debajo de la ventana de amplias cortinas. ¿Qué iba a hacer allí? Sus dedos estaban perdidos entre los tubos de estaño y los pinceles secos, buscando algo. Sí, buscaba la paleta larga, con su hoja delgada de acero flexible. La había encontrado por fin. Iba a rasgar el lienzo.

Con un sollozo ahogado el muchacho saltó del lecho y, precipitándose sobre Hallward, le quitó el cuchillo de la mano y lo tiró al otro lado del estudio.

—¡No, Basil, no! —gritó—. ¡Sería un crimen!

—Me alegro de que aprecies mi trabajo al fin, Dorian —dijo el pintor fríamente, después de haberse recuperado de su sorpresa—. Nunca pensé que lo harías.

—¿Apreciarlo? Estoy enamorado de él, Basil. Es parte de mí mismo. Lo siento así.

—Bien, tan pronto como esté seco, tiene que barnizarse, enmarcarse y enviarse. Luego puedes hacer lo que más te guste contigo mismo —y cruzó la habitación e hizo sonar la campanilla para tomar el té—. ¿Tomarás té, Dorian? ¿Y tú, Harry? ¿O te opones a placeres tan sencillos?

—Adoro los placeres sencillos —dijo lord Henry—. Son el último refugio de lo complejo. Pero no me gustan las escenas excepto en el escenario. ¡Qué amigos tan absurdos sois los dos! Me pregunto quién ha definido al hombre como animal racional. Es la definición más prematura que han dado nunca. El hombre es muchas cosas, pero no es racional. Me alegro de que no lo sea después de todo, aunque desearía que vosotros, amigos, no riñerais por culpa del cuadro. Sería mucho mejor que me permitieras tenerlo, Basil. Este chico ingenuo en realidad no lo quiere, y yo sí.

—Si dejas que alguien que no sea yo lo tenga, Basil, ¡nunca te perdonaré! —exclamó Dorian Gray—. Y no permito que la gente me llame chico ingenuo.

—Tú sabes que el cuadro es tuyo, Dorian. Te lo di antes de que existiera.

—Y también sabe usted ha sido un poco ingenuo, señor Gray, y en realidad no se opone a que le recuerden que usted es extremadamente joven.

—Me hubiera opuesto rotundamente esta mañana, lord Henry.

—¡Ah, esta mañana! Usted ha vivido mucho desde entonces.

En esos momentos llamaron a la puerta y el mayordomo entró con una bandeja de té cargada y la colocó sobre una mesita japonesa. Hubo un traqueteo de tazas y platos y el siseo de una tetera georgiana en forma de flauta. Un criado trajo dos farolillos chinos en forma de óvalo. Dorian Gray se acercó y sirvió el té. Los dos hombres se acercaron lentamente hacia la mesa y examinaron lo que había debajo de las tapas.

—Vayamos al teatro esta noche —dijo lord Henry—, seguro que ponen algo interesante, o a alguna otra parte. He prometido cenar en casa de los White, pero, como es un viejo amigo, puedo enviarle una nota para decirle que estoy enfermo o que me ha impedido ir un compromiso posterior. Creo que sería una excusa bastante agradable, tendría toda la sorpresa de la sinceridad.

—Es tan molesto ponerse un frac —refunfuñó Hallward—. Y cuando lo tienes puesto es tan inaguantable.

—Sí —contestó lord Henry como si estuviera soñando— el traje del siglo XIX es odioso. Es tan sombrío, tan deprimente... El pecado es el único elemento de color real que queda en la vida moderna.

—No tienes que decir cosas como esas delante de Dorian, Harry.

—¿Delante de qué Dorian? El que está sirviéndonos el té o el que está en el cuadro?

—Los dos.

—Me gustaría ir al teatro con usted, lord Henry —dijo el muchacho.

—Entonces irá, y tú vendrás también, Basil, ¿verdad?

—En realidad no puedo. Prefiero quedarme. Tengo mucho trabajo que hacer.

—Bien, entonces, usted y yo iremos solos, señor Gray.

—Me gustaría muchísimo.

El pintor se mordió el labio y se acercó, taza en mano, hacia el cuadro.

—Me quedaré con el Dorian auténtico —dijo tristemente.

—¿Es ese el Dorian auténtico? —exclamó el original del retrato acercándose hacia él—. ¿Soy realmente como ese?

—Sí. Eres exactamente como ese.

—¡Qué maravilla, Basil!

—Al menos lo eres en apariencia. Pero él nunca cambiará —suspiró Hallward—. Eso es algo.

—¡Qué jaleo forma la gente por la infidelidad! —exclamó Henry—. Porque, incluso en el amor, es una cuestión de fisiología. No tiene nada que hacer con nuestra propia voluntad. Los hombres jóvenes quieren ser fieles y no lo son. Los hombres viejos quieren ser infieles y no pueden: eso es todo lo que puede decir uno.

—No vayas al teatro esta noche, Dorian —dijo Hallward—. Quédate y cena conmigo.

—No puedo, Basil.

—¿Por qué?

—Porque he prometido a lord Henry Wotton ir con él.

—No le gustarás más a él por mantener tus promesas. Él siempre rompe las suyas. Te ruego que no vayas.

Dorian Gray se rio y movió la cabeza.

—Te lo suplico.

El muchacho vaciló y miró a lord Henry, que estaba mirándolos desde la mesa de té con una sonrisa divertida.

—Tengo que ir, Basil —contestó.

—Muy bien —dijo Hallward, y se dio la vuelta dejando la taza sobre la bandeja—. Es bastante tarde y, como tienes que vestirte, sería mejor no perder tiempo. Adiós, Harry. Adiós, Dorian. Ven a verme pronto. Ven mañana.

—Desde luego.

—¿No lo olvidarás?

—No, por supuesto que no —dijo Dorian.

—Y... ¡Harry!

—¿Sí, Basil?

—Recuerda lo que te pedí cuando estábamos en el jardín esta mañana.

—Lo he olvidado.

—Confío en ti.

—Ojalá pudiera confiar en mí mismo —dijo lord Henry riéndose—. Vamos, señor Gray, mi coche está afuera y puedo dejarle en su casa. Adiós, Basil. Ha sido una tarde muy interesante.

Según se cerró la puerta tras ellos, el pintor se tumbó en el sofá y una mueca de dolor apareció en su rostro.

CAPÍTULO III

A las doce y media del día siguiente, lord Henry Wotton iba de paseo desde la calle Curzon a la de Albany con el propósito de visitar a su tío, lord Fermor, un viejo y cordial soltero aunque algo severo, a quien el mundo superficial llamaba egoísta porque no sacaba provecho de él, pero que era considerado generoso por la sociedad porque alimentaba a la gente que le entretenía. Su padre había sido nuestro embajador en Madrid cuando Isabel II era joven, y Prim un desconocido, pero se había retirado de la carrera diplomática en un momento de enfado caprichoso al no serle ofrecida la embajada de París, un puesto al que él consideraba que tenía derecho por razón de su nacimiento, de su indolencia, el buen inglés de sus despachos y su excesiva pasión por el placer. El hijo, que había sido secretario del padre, había dimitido junto con este, una locura según se pensó en el momento, y en los meses que siguieron se había dedicado al serio estudio del gran arte aristocrático de no hacer absolutamente nada. Tenía dos casas enormes en la ciudad, pero prefería vivir en un apartamento, ya que era menos problemático, y tomaba la mayor parte de sus comidas en el club. Prestó algo de atención a la administración de sus minas de carbón en el condado de Midland, excusándose a sí mismo por esta contaminación de industrialismo, diciendo que la única ventaja de tener carbón era que le permitía a un caballero quemar leña decentemente en su propio hogar. En política era conservador, excepto cuando los conservadores entraban en funciones. Durante este período los insultaba abiertamente por ser un puñado de radicales. Era un héroe para su ayuda de cámara, que le tiranizaba, y el terror para la mayoría de sus parientes, a quienes tiranizaba él a su vez. Sólo Inglaterra pudo haberle creado y siempre decía que el país iba a la ruina. Sus principios estaban anticuados, pero había mucho que decir a favor de sus prejuicios.

Cuando lord Henry entró en el aposento, encontró a su tío sentado con una basta chaqueta de caza, fumándose un puro y refunfuñando sobre *The Times*.

—Bueno, Harry —dijo el anciano caballero—, ¿qué te trae por aquí tan temprano? Pensaba que vosotros los *dandis* no os levantabais nunca antes de las dos y no erais visibles hasta las cinco.

—Puro afecto familiar, te lo aseguro, tío George. Quiero conseguir algo de ti.

—Dinero, supongo —dijo lord Fermor, torciendo la cara—. Bien, siéntate y cuéntamelo todo. Hoy en día los jóvenes se imaginan que el dinero lo es todo.

—Sí —murmuró lord Henry, arreglando el ojal de su chaqueta—, y cuando crecen lo saben. Pero no quiero dinero. Sólo la gente que paga sus facturas lo quiere, tío George, yo nunca pago las mías. El crédito es el capital de un joven y se vive maravillosamente con él. Por otro lado, siempre trato con los comerciantes de Dartmoor y, como consecuencia, ellos nunca me molestan. Lo que quiero es información, no información útil, por supuesto. Información inútil.

—Bueno, te puedo decir todo lo que hay en las publicaciones oficiales inglesas, Harry, aunque estos amigos hoy en día escriben un montón de tonterías. Cuando yo estaba en la diplomacia las cosas eran mucho mejores. Pero oigo que los dejan entrar ahora por examen. ¿Qué puedes esperar? Los exámenes, señor, son puros engaños de principio a fin. Si un hombre es un caballero, lo sabe, y si no es un caballero, cualquier cosa que sepa será mala para él.

—El señor Dorian Gray no pertenece a las publicaciones oficiales, tío George —dijo lord Henry lánguidamente.

—¿Señor Dorian Gray? ¿Quién es? —preguntó lord Fermor, juntando sus tupidas cejas blancas.

—Eso es lo que he venido a saber, tío George. O más bien, yo sé quién es. Es el último nieto de lord Kelso. Su madre era una Devereux, *lady* Margaret Devereux. Quiero que me hables sobre su madre. ¿Cómo era? ¿Con quién se casó? Tú has conocido a casi todo el mundo de tu época, así que debes haberla conocido. Estoy muy interesado en el señor Gray en este momento. Acabo de conocerle.

—¡Nieto de Kelso! —repitió el anciano caballero—. ¡Nieto de Kelso...! Por supuesto... conocí mucho a su madre. Creo que estuve en su bautizo. Era una chica extraordinariamente bella, Margaret Devereux, e hizo que se desesperaran todos los hombres cuando huyó con un joven sin dinero, un don nadie, señor, un subalterno de un regimiento de infantería, o algo así. Cierto. Recuerdo todo como si hubiera ocurrido ayer. Al pobre muchacho lo mataron en un duelo en Spa, pocos meses después de la boda. Hay una historia fea sobre ello. Dicen que Kelso mandó a un aventurero bribón, algún belga bruto, que insultara a su yerno en público; le pagó, señor, para hacerlo, le pagó y el joven ensartó a aquel hombre como si fuera un pichón. Al asunto se le echó tierra encima, pero, ¡pardiez!, después Kelso comió solo en el club durante algún tiempo. Trajo de vuelta a su hija con él, me dijeron, y ella nunca le volvió a hablar. ¡Oh, sí! Fue un mal negocio. La chica murió también, murió en el mismo año. Así que dejó un hijo, ¿verdad? Había olvidado eso. ¿Qué clase de chico es? Si se parece a su madre tiene que ser un muchacho con buena apariencia.

—Tiene muy buena apariencia —asintió lord Henry.

—Espero que caiga en buenas manos —continuó el anciano—. Él tendrá un montón de dinero esperándole si Kelso hizo lo que debería hacer al respecto. Su madre tenía dinero también. Toda la propiedad de Selby llegó a ella por parte de su abuelo. Su abuelo odiaba a Kelso, le consideraba un perro. Lo era también. Fue a Madrid una vez cuando yo estaba allí. ¡Pardiez!, me avergonzaba de él. La reina solía preguntarme sobre el noble inglés que siempre estaba discutiendo con los cocheros sobre el precio de los viajes. Hicieron una historia completa sobre ello. Yo no me atreví a mostrar mi cara en la corte durante un mes. Espero que haya tratado a su nieto mejor de lo que trató a los cocheros.

—No lo sé —contestó lord Henry—. Me imagino que el chico estará bien más tarde. No es mayor de edad todavía. Tiene a Selby, lo sé. Él me lo dijo. Y... ¿su madre era muy hermosa?

—Margaret Deveroux era una de las criaturas más adorables que he visto nunca, Harry. Nunca pude entender qué demonios la indujo a comportarse como lo hizo. Se hubiera podido casar con quien hubiera elegido. Carlington estaba loco por ella. Sin embargo, era romántica. Todas las mujeres de esa familia lo eran. Los hombres eran unos individuos mediocres, pero, ¡pardiez!, las mujeres eran maravillosas. Carlington se puso de rodillas ante ella. Me lo dijo así él mismo. Ella se reía de él, y no había chica en aquella época en Londres que no fuera tras él. Y, por cierto, Harry, hablando de matrimonios estúpidos, ¿qué es ese disparate que me cuenta tu padre sobre que Dartmoor quiere casarse con una americana? ¿No hay suficientes chicas inglesas buenas para él?

—Es más elegante ahora casarse con americanas, tío George.

—Apostaré por las mujeres inglesas contra el mundo, Harry —dijo lord Fermor golpeando la mesa con el puño.

—Las apuestas se hacen por las americanas.

—Ellas no aguantarán, te lo digo yo —dijo entre dientes su tío.

—Las carreras largas las agotan, pero son excelentes en las carreras de obstáculos. Agarran las cosas al vuelo. No creo que Dartmoor tenga una oportunidad.

—¿Quién es su familia? —dijo refunfuñando el anciano caballero—. ¿Tiene a alguien?

Lord Henry movió la cabeza.

—Las chicas americanas son tan listas a la hora de ocultar a sus padres como las mujeres inglesas lo son con su pasado —dijo mientras se levantaba para irse.

—¿He de suponer que son empaquetadores de carne de cerdo?

—Espero que sí, tío George, por el bien de Dartmoor. Me han dicho que empaquetar carne de cerdo es la profesión más lucrativa en Norteamérica, después de la política.

—¿Es bonita?

—Ella se comporta como si fuera hermosa. La mayoría de las mujeres americanas lo hacen. Es el secreto de su encanto.

—¿Por qué no se pueden quedar en su propio país las mujeres americanas? Siempre han estado diciéndonos que es el paraíso para las mujeres.

—Lo es. Esa es la razón por la que están tan ansiosas e impacientes por salir de allí, como Eva —dijo lord Henry—. Adiós, tío George. Llegaré tarde a comer si me quedo más tiempo. Gracias por haberme dado la información que quería. Siempre me gusta saber todo sobre mis nuevos amigos y no saber nada de los viejos.

—¿Dónde vas a comer, Harry?

—En casa de tía Agatha. Me lo ha pedido a mí y al señor Gray. Él es su último protegido.

—¡Bah!, dile a tu tía Agatha, Harry, que no me moleste más con sus peticiones de caridad. Estoy cansado de ellas. Por qué pensarán las buenas mujeres que no tengo otra cosa que hacer que firmar cheques para sus caprichos tontos.

—Muy bien, tío George, se lo diré, pero no tendrá ningún efecto. Las personas filantrópicas pierden todo sentido de humanidad. Es su característica más notable.

El anciano caballero gruñó dando su aprobación y tocó la campanilla para llamar al sirviente.

Lord Henry pasó por los soportales bajos en dirección a la calle Burlington y se dirigió a la plaza Berkeley.

Así que esa era la historia del parentesco de Dorian Gray. Así de cruda como se la habían contado, todavía se agitaba en él la idea de un romance extraño, casi moderno. Una mujer hermosa arriesgándolo todo por una pasión loca. Unas pocas semanas de felicidad desenfrenada cortadas en seco por un crimen monstruoso y traicionero. Meses de agonía en silencio y luego un niño nace en el dolor. La madre arrebatada por la muerte, el niño por la soledad y la tiranía de un hombre viejo y sin amor. Sí, era un entorno interesante. Dio origen al muchacho, le hizo más perfecto de lo que era. Detrás de todo lo exquisito que existía, había algo trágico. Los mundos tuvieron que estar con dolores de parto para que la flor más insignificante pudiera brotar... Y qué encantador había estado en la cena la noche anterior cuando, con los ojos de asombro y los labios entreabiertos de placer y asustados, se había sentado enfrente de él en el club, las sombras rojizas de las velas hacían más intenso el color rosado del asombro despierto en su rostro. Hablar con él era como tocar un delicado violín. Contestaba a cada nota y se emocionaba con el arco... Había algo terriblemente cautivador en el ejercicio de la influencia. Ninguna otra actividad era como esta. Proyectar el alma de uno en una forma más agraciada y dejarla que permaneciera durante un momento. Oír las ideas inteligentes propias repetidas por alguien con toda la música añadida de la pasión y la juventud. Transmitir la sensibilidad propia a otro como si fuera un fluido delicado o un perfume extraño. Había un auténtico deleite en eso, quizá el deleite que más nos satisface en una época tan limitada y tan vulgar como la nuestra, en una época groseramente carnal en sus placeres y groseramente común en sus propósitos... Era un tipo maravilloso este muchacho también, a quien, por una curiosa casualidad había conocido en el estudio de Basil; o, en todo caso, podía ser modelado en un tipo maravilloso. La gracia estaba en él, y la pureza blanca de la infancia, y una belleza tal como la que reservaron para nosotros los antiguos mármoles griegos. No había nada que uno no pudiera hacer con él. Podrían haber hecho de él un titán o un enano. ¡Qué pena que tanta belleza estuviera destinada a marchitarse...! ¿Y Basil? Desde un punto de vista psicológico, ¡qué interesante era! Su nueva tendencia en el arte, su modo reciente de ver la vida, inspirada de forma tan extraña por la mera presencia de alguien que era inconsciente de ello por completo. El espíritu silencioso que habitaba en el bosque oscuro y caminaba sin ser visto a campo abierto, de repente se muestra a sí mismo, como Dríada, y no tiene miedo porque en el alma que le buscaba había despertado esa visión maravillosa que sólo a las cosas maravillosas se revela. Las meras formas y modelos de las cosas en las que se convirtieron, como lo hicieron, refinadas, y adquiriendo una clase de valor simbólico, como si fueran por ellas mismas de alguna otra forma más perfecta, cuya sombra hicieron real, ¡qué extraño era todo! Recordaba algo similar en la historia. ¿No era Platón, ese artista del pensamiento, quien lo analizó primero? ¿No fue Buonarotti quien lo había esculpido en los mármoles coloreados de un soneto? Pero en nuestro país era extraño... Sí, trataría de ser para Dorian Gray lo que, sin saber, era el muchacho para el pintor que había dado forma al maravilloso retrato. Intentaría dominarle; de hecho, ya casi lo había hecho. Haría que ese maravilloso espíritu fuera suyo. Había algo fascinante en este hijo del amor y la muerte.

De repente se paró y miró hacia arriba a las casas. Se dio cuenta de que se había pasado la de su tía y, sonriendo, se dio la vuelta. Cuando entró en el vestíbulo, algo sombrío, el mayordomo le dijo que ya habían entrado a comer. Dio a uno de los criados su sombrero y su bastón, y pasó al comedor.

—Tarde como siempre, Harry —dijo su tía, moviendo la cabeza.

Inventó una excusa fácil y, ocupando el sitio vacío que había al lado de ella, miró alrededor para ver quién había. Dorian se inclinó tímidamente desde el extremo de la mesa y un rubor de placer subió a sus mejillas. Enfrente de él estaba la duquesa de Harley, una dama de una amabilidad y un temple admirables que gustaba mucho a todo el que la conocía y gozaba de esas proporciones arquitectónicas amplias que los historiadores contemporáneos describen como corpulencia en las mujeres que no son duquesas. Cerca de ella, a la derecha, se sentaba sir Thomas Burdon, un miembro radical del Parlamento, que seguía a su líder en la vida pública, pero en la vida privada seguía los mejores guisos, cenaba con los conservadores y pensaba con los liberales, de acuerdo con una norma sabia y bien conocida. El lugar de la izquierda estaba ocupado por el señor Erskine de Treadley, un anciano caballero de considerable encanto y cultura que, sin embargo, había caído en los malos hábitos del silencio. Según le explicó una vez a *lady* Agatha, había dicho todo lo que tenía que decir antes de cumplir los treinta años. La más próxima a él era la señora Vandeleur, una de las amigas más antiguas de su tía, una perfecta santa entre las mujeres, pero tan poco elegante que recordaba un libro de himnos mal encuadernado. Por suerte para él, al otro lado tenía a lord Faudel, un mediocre inteligente de mediana edad, y calva tan rotunda como una declaración ministerial en la Cámara de los Comunes, con quien aquella dama conversaba de esa forma tan sincera que, como él había observado a veces, es un error imperdonable en el que cae toda la gente realmente buena y del que ninguna de ellas puede escapar nunca.

—Estamos hablando del pobre Dartmoor, lord Henry —dijo la duquesa, inclinándose en la mesa agradablemente hacia él—. ¿Cree de verdad que se casará con esa joven fascinante?

—Creo que ella ha decidido proponérselo, duquesa.

—¡Qué horror! —exclamó *lady* Agatha—. Alguien debería tomar cartas en el asunto.

—Me han dicho, de buena fuente, que su padre tiene un almacén de mercancías generales en América —dijo sir Thomas Burdon con aspecto altanero.

—Mi tío me ha indicado que es empaquetador de carne de cerdo, sir Thomas.

—¡Mercancías generales! ¿Qué son mercancías generales? —preguntó la duquesa, levantando sus grandes manos con sorpresa y acentuando el verbo.

—Novelas norteamericanas —contestó lord Henry, sirviéndose un poco de codorniz.

La duquesa parecía perpleja.

—No le hagas caso, querida —susurró *lady* Agatha—. Nunca piensa nada de lo que dice.

—Cuando se descubrió América… —dijo el miembro radical, y comenzó a dar algunos hechos aburridos. Al igual que la gente trata de agotar un tema, él agotaba a sus oyentes. La duquesa suspiró y ejerció su privilegio de interrumpir.

—¡Ojalá nunca se hubiera descubierto! —exclamó—. Realmente nuestras jóvenes no tienen ninguna oportunidad hoy en día. Es muy injusto.

—Quizá, después de todo, América nunca se haya descubierto —dijo el señor Erskine—. Yo diría que simplemente se ha detectado.

—¡Oh!, pero yo he visto ejemplos de sus habitantes —contestó la duquesa vagamente—. Tengo que confesar que la mayoría de ellas son muy guapas. Y visten bien además. Encargan todos sus vestidos en París. Ojalá yo pudiera permitirme el lujo de hacer lo mismo.

—Dicen que cuando mueren, los americanos buenos van a París —dijo sir Thomas riéndose entre dientes, quien tenía un gran armario de ropas y bromas pasadas de moda.

—¡Seguro! Y, ¿adónde van los americanos malos cuando mueren? —preguntó la duquesa.

—Van a América —murmuró lord Henry.

Sir Thomas frunció el ceño.

—Me temo que su sobrino está predispuesto contra ese gran país —dijo a *lady* Agatha—. He viajado por todo él en trenes proporcionados por los gobernantes, quienes, en ese aspecto, son extremadamente corteses. Le aseguro que es muy instructivo visitar Estados Unidos.

—¿Pero realmente tenemos que ir a Chicago para ser educados? —preguntó el señor Erskine lastimeramente—. No me siento capaz para hacer ese viaje.

Sir Thomas agitó su mano.

—El señor Erskine de Treadley tiene al mundo en sus estanterías. A nosotros los hombres prácticos nos gusta ver cosas, no leer sobre ellas. Los americanos son muy interesantes. Son absolutamente razonables. Creo que es su característica más notable. Sí, señor Erskine, es gente absolutamente razonable. Le aseguro que no hay disparates sobre los americanos.

—¡Qué horror! —exclamó lord Henry—. Yo puedo soportar la fuerza bruta, pero la razón bruta es completamente insoportable. Hay algo injusto en su uso. Golpea a la inteligencia.

—No le entiendo —dijo sir Thomas enrojeciendo.

—Yo sí, lord Henry —murmuró el señor Erskine con una sonrisa.

—Las paradojas están muy bien a su modo... —respondió el barón.

—¿Era eso una paradoja? —preguntó el señor Erskine—. Creo que no. Quizá sí. Bueno, el sentido de las paradojas es el sentido de la verdad. Para examinar la realidad tenemos que verla sobre la cuerda floja. Cuando la verdad se convierte en acróbata podemos juzgarla.

—¡Queridos míos! —dijo *lady* Agatha—. ¡Cómo discutís los hombres! Estoy segura de que nunca podré comprender lo que estáis hablando. Harry, estoy muy enfadada contigo. ¿Por qué tratas de persuadir a nuestro querido señor Dorian Gray para que deje el East End?

Te aseguro que le sería de incalculable valor. A ellos les encantaría cómo toca.

—Quiero que toque para mí —dijo lord Henry, sonriendo y, mirando a la mesa, captó una mirada radiante como respuesta.

—Pero son tan infelices en Whitechapel —continuó *lady* Agatha.

—Puedo compartir todo menos el sufrimiento —dijo lord Henry, encogiéndose de hombros—. No puedo compartir eso. Es demasiado feo, demasiado horrible, demasiado angustioso. Hay algo terriblemente morboso en el moderno compartir del dolor. Uno compartiría el color, la belleza, la alegría de vivir. Cuanto menos se hable sobre las penas de la vida, mejor.

—Sin embargo, es muy importante el problema de East End —señaló sir Thomas, con un leve movimiento de la cabeza.

—En efecto —contestó el joven lord—. Es el problema de la esclavitud y tratamos de solucionarlo divirtiendo a los esclavos.

El político le miró fijamente.

—¿Qué cambio propone entonces? —preguntó.

Lord Henry se rio.

—Yo no deseo cambiar nada en Inglaterra a excepción del tiempo atmosférico —contestó—. Estoy bastante contento con la contemplación filosófica. Pero, como el siglo XIX se ha ido a la bancarrota por un gasto excesivo de comprensión, sugeriría que recurriéramos a la ciencia para ponernos erguidos. La ventaja de las emociones es que nos llevan por el mal camino y la ventaja de la ciencia es que no es emocional.

—Pero tenemos responsabilidades tan serias... —se atrevió a decir la señora Vandeleur tímidamente.

—Enormemente serias —repitió *lady* Agatha.

Lord Henry miró por encima al señor Erskine.

—La humanidad se toma a sí misma muy en serio. Es el pecado original del mundo. Si el hombre de las cavernas hubiera sabido reírse, la historia hubiera sido diferente.

—Es usted realmente muy alentador —gorjeó la duquesa—. Siempre me he sentido bastante culpable cuando venía a ver a su querida tía, porque no me interesa nada el East End. En el futuro seré capaz de mirarla a la cara sin sonrojarme.

—Sonrojarse favorece mucho, duquesa —señaló lord Henry.

—Sólo cuando eres joven —contestó—. Cuando una mujer anciana como yo se sonroja, es muy mala señal. ¡Ah, lord Henry, ojalá pudiera decirme cómo ser joven de nuevo!

Pensó por un momento.

—¿Puede recordar algún gran error que cometiera en sus tiempos jóvenes, duquesa? —le preguntó mirándola al otro lado de la mesa.

—Muchos, me temo —dijo ella.

—Entonces cométalos de nuevo —dijo seriamente—. Para volver a la juventud, uno sólo tiene que repetir las locuras.

—¡Una teoría maravillosa! —exclamó ella—. Tengo que ponerla en práctica.

—¡Una teoría peligrosa! —salió de los labios apretados de sir Thomas. *Lady* Agatha movió la cabeza, pero no pudo evitar divertirse. El señor Erskine escuchaba.

—Sí —continuó—, ese es uno de los grandes secretos de la vida. Hoy en día la mayoría de la gente muere de un cierto sentido común progresivo y cuando es demasiado tarde descubre que las únicas cosas que nunca lamenta son sus errores.

Una risa recorrió la mesa.

Jugaba con la idea y la desarrollaba tenazmente: la lanzaba al aire y la transformaba. La dejaba escapar y la capturaba de nuevo, la irisaba con imaginación y la hendía con paradojas. El elogio de la locura, según continuó, se elevaba a filosofía, y la filosofía misma llega a ser joven, y, cogiendo la alocada música del placer, uno debe imaginar que lleva puesto su traje manchado de vino y coronado de hiedra, bailando como una bacante sobre las colinas de la vida y burlándose del lento Sileno por su sobriedad. Los actos huían de ella como criaturas asustadas del bosque. Sus pies blancos pisaban el enorme lagar en el cual se sienta el sabio Omar hasta que el zumo de uva agitado se eleva alrededor de sus miembros desnudos en oleadas de burbujas púrpuras, o paso a paso a espuma roja sobre la cuba negra, goteando por los lados inclinados. Fue una improvisación extraordinaria. Sintió que los ojos de Dorian Gray estaban fijos en él, y la conciencia de que entre su audiencia había alguien cuya sensibilidad quería fascinar, parecía darle aguda intensidad y color a su imaginación. Era brillante, fantástico, irresponsable. Hechizaba a sus oyentes, haciéndoles salir de sí mismos, y seguían su flauta risueña. Dorian Gray nunca dejaba de mirarle sino que actuaba como alguien bajo encantamiento, sonrisas en los labios persiguiéndose el uno al otro, y la admiración haciéndose más seria en sus ojos sombríos.

Al fin, la realidad, con librea de la época, entró en la habitación en forma de sirviente para decirle a la duquesa que su carruaje esperaba. Ella se apretó las manos con desesperación fingida.

—¡Qué fastidio! —exclamó—. Tengo que irme. Tengo que ir a buscar a mi marido al club para llevarle a alguna reunión absurda en las salas de Willis, donde él va a estar en la presidencia. Si llego tarde, seguro que se pone furioso y no podría soportar una escena con este tocado. Es demasiado frágil. Una palabra áspera lo echaría a perder. No, tengo que irme, querida Agatha. Adiós, lord Henry, es usted realmente encantador y enormemente desmoralizador. Seguro que no sé qué decir sobre sus opiniones. Tiene que venir a cenar con nosotros una noche. ¿El martes? ¿Está libre el martes?

—Por usted dejaría a todo el mundo, duquesa —dijo lord Henry inclinándose.

—¡Ah! Es muy amable y muy injusto —dijo ella—, así que procure venir —y salió de la habitación seguida por *lady* Agatha y las otras damas.

Cuando lord Henry se sentó de nuevo, el señor Erskine cambió de sitio y, tomando una silla próxima a él, colocó la mano sobre su brazo.

—Habla sin parar de libros —dijo—. ¿Por qué no escribe uno?

—Me gusta demasiado leer libros para preocuparme de escribirlos, señor Erskine. Me gustaría escribir una novela, es cierto. Una novela que fuera tan hermosa como una alfombra persa, y tan irreal. Pero no hay público literario en Inglaterra para nada que no sean periódicos, libros de texto y enciclopedias. De toda la gente del mundo los ingleses son los que menos sentido tienen de la belleza literaria.

—Me temo que tiene razón —contestó el señor Erskine—. Yo mismo tenía ambiciones literarias, pero las abandoné hace mucho tiempo. Y ahora, mi querido joven amigo, si me permite llamarle así, puedo preguntarle si realmente ha querido decir todo lo que nos ha dicho en la comida.

—He olvidado completamente lo que he dicho —sonrió lord Henry—. ¿Era todo muy malo?

—Muy malo, sí. De hecho le considero extremadamente peligroso, y si algo le ocurre a nuestra buena duquesa le acusaremos todos a usted por ser el principal responsable. Pero me gustaría hablar con usted de la vida. La generación en la que nací era tediosa. Algún día, cuando esté cansado de Londres, baje a Treadley y expóngame su filosofía del placer ante algún borgoña admirable que tengo la suerte de poseer.

—Estaré encantado. Una visita a Treadley sería un gran privilegio. Tiene un anfitrión perfecto y una biblioteca perfecta.

—Usted la completará —contestó el anciano caballero, con una inclinación cortés—. Y ahora tengo que decir adiós a su excelente tía. Me debo al Ateneo. Es la hora de dormir allí.

—¿Todos ustedes, señor Erskine?

—Cuarenta de nosotros en cuarenta sofás. Estamos practicando para la Academia Inglesa de las Letras.

Lord Henry se rio y se levantó.

—Me voy al parque —dijo.

Según pasaba por la puerta Dorian Gray le tocó en el brazo.

—Deje que vaya con usted —murmuró.

—Pero pensaba que le había prometido a Basil Hallward ir a verle —contestó lord Henry.

—Prefiero ir con usted; sí, siento que tengo que ir con usted. Déjeme. ¿Y promete hablarme todo el tiempo? Nadie habla tan maravillosamente como usted lo hace.

—¡Ah! Ya he hablado bastante por hoy —dijo lord Henry sonriendo—. Todo lo que deseo es mirar a la vida. Puede venir a mirarla conmigo, si quiere.

CAPÍTULO IV

Una tarde, un mes después, Dorian Gray estaba recostándose en un sillón lujoso de la pequeña biblioteca de la casa de lord Henry en Mayfair. A su manera era una habitación encantadora, con sus altos paneles revestidos de madera de roble color aceituna, sus frisos color crema, el techo de yeso realzado y su alfombra de fieltro debajo salpicada con alfombrillas alargadas de seda persa. Sobre una diminuta mesa de madera satinada había una estatua de Clodion y al lado estaba colocada una copia de *Les Cent Nouvelles,* encuadernada para

Margarita de Valois por Clovis Eve y reducida a polvo con las joyas doradas que la reina había escogido por emblema. En unos alargados jarrones chinos de porcelana azul, tulipanes de abigarrados colores estaban alineados sobre la repisa de la chimenea, y a través de los pequeños cristales con tiras de plomo de la ventana entraba la luz color albaricoque de un día de verano en Londres.

Lord Henry todavía no había llegado. Llegaba siempre tarde por principio; su principio era que la puntualidad es el ladrón del tiempo. Así que el muchacho parecía bastante malhumorado según pasaba apáticamente las páginas de una edición de *Manon Lescaut* ilustrada con mucha elaboración, que había encontrado en una de las estanterías. El tictac monótono y formal del reloj estilo Luis XIV le molestaba. Una o dos veces pensó en marcharse.

Al fin oyó unos pasos afuera y la puerta se abrió.

—¡Qué tarde llega, Harry! —murmuró.

—Temo que no soy Harry, señor Gray —contestó una voz aguda.

Él miró rápidamente alrededor y se levantó:

—Ruego me perdone. Pensaba que...

—Pensaba que era mi marido. Soy únicamente su esposa. Tiene que permitir que me presente. Yo le conozco bastante bien por fotografías. Creo que mi marido tiene diecisiete de ellas.

—No son diecisiete, *lady* Henry.

—Bueno, dieciocho entonces. Y le vi con él la otra noche en la ópera.

Ella se reía de forma nerviosa mientras hablaba y le miraba con sus ojos vagos de «no me olvides». Era una mujer curiosa, sus vestidos siempre parecían como si hubieran sido diseñados en una riña y colocados en una tempestad. Siempre estaba enamorada de alguien, y, como su pasión nunca era correspondida, había conservado todas sus ilusiones. Trataba de ser pintoresca, pero sólo tenía éxito en ser desaliñada. Se llamaba Victoria y tenía la manía de ir a la iglesia.

—Eso fue en *Lohengrin, lady* Henry, ¿no?

—Sí, fue en el querido *Lohengrin*. Me gusta la música de Wagner más que la de nadie. Es tan alta que uno puede hablar todo el tiempo sin que el resto de la gente oiga lo que dices. Es una gran ventaja, ¿no lo cree así, señor Gray?

La misma risa nerviosa entrecortada salió de sus labios delgados y sus dedos comenzaron a jugar con un abrecartas de concha de tortuga.

Dorian sonrió y movió la cabeza:

—Me temo que no, *lady* Henry. Nunca hablo durante la música, al menos durante la buena música. Si uno oye música mala, es su deber ahogarla con la conversación.

—¡Ah!, esa es una de las ideas de Harry, ¿no es así señor Gray? Siempre oigo por sus amigos los pensamientos de Harry. Es la única forma que tengo de saber de ellos. Pero no tiene que pensar usted que no me gusta la buena música. La adoro, pero la temo. Me hace demasiado romántica. Sencillamente he adorado a los pianistas, a dos a la vez algunas veces; Harry me lo dice. No sé nada de ellos. Quizá es que son extranjeros. Todos ellos, ¿no? Incluso los que han nacido en Inglaterra se convierten en extranjeros después de un tiempo, ¿verdad? Es muy inteligente por su parte y un gran cumplido al arte. Lo hace bastante cosmopolita, ¿verdad? Usted no ha estado en ninguna de mis fiestas, ¿verdad señor Gray? Tiene que venir. No me puedo permitir el lujo de orquídeas, pero no reparo en gastos con los extranjeros. Hacen que los salones parezcan muy pintorescos. Pero, ¡aquí está Harry! Harry, he venido a buscarte para preguntarte algo, olvidé lo que era y me he encontrado al señor Gray aquí. Hemos tenido una charla muy agradable sobre música. Tenemos las mismas ideas. No, creo que nuestras ideas son muy diferentes. Pero él ha sido muy agradable. Me alegro tanto de haberle visto...

—Estoy encantado, cariño, realmente encantado —dijo lord Henry, subiendo sus cejas oscuras en forma de media luna y mirándoles a los dos con una sonrisa divertida—. Siento mucho llegar tarde, Dorian. Fui a buscar un trozo de brocado antiguo a la calle Wardour y tuve que regatear durante horas. Hoy en día la gente sabe el precio de todo y el valor de nada.

—Me temo que tengo que marcharme —exclamó *lady* Henry, rompiendo un silencio embarazoso con su risa tonta repentina—. Le he prometido a la duquesa pasear en coche con ella. Adiós, señor Gray. Adiós, Harry. ¿Cenarás fuera supongo? Yo también. A lo mejor te veo en casa de *lady* Thornbury.

—A lo mejor, cariño —dijo lord Henry, cerrando la puerta tras ella quien, con el aspecto de un pájaro del paraíso que hubiera estado toda la noche afuera bajo la lluvia, revoloteó saliendo del salón y dejó un olor ligero a pastel de almendras. Luego él encendió un cigarro y se recostó en el sofá.

—Nunca te cases con una mujer que tenga el pelo color paja, Dorian —dijo después de unas cuantas bocanadas.

—¿Por qué, Harry?

—Porque son muy sentimentales.

—Pero a mí me gusta la gente sentimental.

—Nunca te cases de todas formas, Dorian. Los hombres se casan porque están cansados; las mujeres porque son curiosas; los dos se desengañan.

—Creo que es poco probable que no me case, Harry. Estoy muy enamorado. Ese es uno de tus aforismos. Lo estoy poniendo en práctica, ya que hago todo lo que tú me dices.

—¿De quién estás enamorado? —preguntó lord Henry después de una pausa.

—De una actriz —dijo Dorian Gray sonrojándose.

Lord Henry se encogió de hombros.

—Este es un estreno más bien vulgar.

—No dirías eso si la vieras, Harry.

—¿Quién es?

—Se llama Sibyl Vane.

—Nunca oí hablar de ella.

—Nadie ha oído. Sin embargo, algún día lo oirá la gente. Ella es genial.

—Mi querido muchacho, ninguna mujer es genial. Las mujeres son sexo decorativo. Nunca tienen nada que decir, pero lo dicen con encanto. Las mujeres representan el triunfo de la materia sobre la mente, igual que los hombres representan el triunfo de la mente sobre la moral.

—Harry, ¿cómo puedes saberlo?

—Mi querido Dorian, es completamente cierto. Estoy analizando a las mujeres ahora, así que tengo que saberlo. El tema no es tan abstruso como yo pensaba. Al final he descubierto que hay sólo dos clases de mujeres: las que no se pintan y las que se pintan. Las que no se pintan son muy útiles. Si quieres ganar reputación por respetabilidad, sólo tienes que llevarlas a cenar. Las otras mujeres son encantadoras.

Sin embargo, cometen un error. Se pintan para tratar de parecer más jóvenes. Nuestras abuelas se pintan para parecer más distinguidas. *Rouge* y *esprit* suelen ir juntos. Eso es todo por ahora. Tan pronto como una mujer pueda parecer diez años más joven que su propia hija, estará totalmente satisfecha. Para la conversación hay sólo cinco mujeres en Londres que valen para hablar, y a dos de ellas no se las puede admitir en la sociedad decente. No obstante, háblame sobre tu genio. ¿Cuánto hace que la conoces?

—¡Ah, Harry, tus ideas me aterrorizan!

—No debe importarte. ¿Cuánto hace que la conoces?

—Hace unas tres semanas.

—¿Y dónde la encontraste?

—Te lo contaré, Harry, pero no tienes que ser cruel conmigo. Después de todo, nunca hubiera sucedido si no te hubiera conocido. Me llenaste de un deseo desenfrenado de conocer todo sobre la vida. Durante varios días, después de conocerte, algo parecía palpitar en mis venas. Según vagaba por el parque o paseaba por Picadilly, solía mirar a todo el que pasaba, y me preguntaba, con una curiosidad loca, qué clase de vida llevaban. Algunas de ellas me fascinaron. Otras me llenaban de terror. Había un veneno exquisito en el aire. Tenía pasión por las sensaciones... Bueno, una tarde sobre las siete, decidí salir en busca de alguna aventura. Sentía que este Londres nuestro gris y monstruoso, con sus innumerables personas, sus pecadores sórdidos y sus pecados espléndidos, como una vez lo expresaste tú, tenía que tener algo reservado para mí. Me imaginaba mil cosas. El simple peligro me daba una sensación de deleite. Recordaba lo que me habías dicho aquella maravillosa tarde cuando cenamos juntos por primera vez, sobre que buscar la belleza era el secreto auténtico de la vida. No sabía lo que me esperaba, pero salí y vagué hacia el este; pronto me perdí en un laberinto de calles sucias y plazas oscuras y sin césped. Sobre las ocho y media pasé por un teatro pequeño y ridículo, con grandes luces de gas llamativas y carteles que llamaban la atención. Un judío repugnante, con el chaleco más asombroso que he visto en mi vida, estaba colocado a la entrada, fumándose un puro repugnante. Tenía rizos grasientos y un enorme diamante resplandecía en el centro de su camisa sucia. «¿Tiene palco, milord?», dijo cuando me vio, y se quitó el sombrero con un aire de suntuoso servilismo. Había algo en él, Harry, que me resultaba divertido. Era como un monstruo. Te reirás de mí, lo sé, pero entré y pagué una guinea por un palco de proscenio. Hasta ahora no he podido comprender por qué lo hice, y sin embargo, si no lo hubiera hecho, mi querido Harry, si no lo hubiera hecho, me hubiera perdido el romance más grande de mi vida. Veo que te estás riendo. ¡Es odioso por tu parte!

—No me estoy riendo, Dorian. Por lo menos no me estoy riendo de ti. Pero no deberías decir que es el romance más grande de tu vida. Deberías decir el primer romance de tu vida. Siempre te enamorarás y siempre estarás enamorado del amor. Una gran pasión es el privilegio de la gente que no tiene nada que hacer. Esta es la única costumbre de las clases ociosas de nuestro país. No temas. Hay cosas exquisitas reservadas para ti. Esto es sólo el comienzo.

—¿Crees que mi carácter es tan superficial? —dijo Dorian Gray con enfado.

—No. Creo que tu carácter es muy profundo.

—¿Qué quieres decir?

—Mi querido muchacho, la gente que ama solamente una vez en su vida es realmente gente superficial. Lo que ellos llaman lealtad, y su fidelidad, yo lo llamo o letargo de la costumbre o ausencia de imaginación. La fidelidad es para la vida emocional lo que la firmeza es para la vida del intelecto..., simplemente una confesión de incumplimiento. ¡Fidelidad! Tengo que analizarla algún día. La pasión por la propiedad está en ella. Hay muchas cosas que tiraríamos si no tuviéramos miedo de que otros quizá las recogieran. Pero no quiero interrumpirte. Continúa con tu historia.

—Bueno, me encontré sentado en un palco privado pequeño y horrible, con un telón vulgar que saltaba a la vista. Me asomé detrás de la cortina e inspeccioné al público. Era un caso llamativo: todos Cupidos y cornucopias, como un pastel de boda de poca categoría. El gallinero y la platea estaban casi llenos, pero las dos filas de butacas sucias estaban casi vacías y sólo había una persona, por lo que supongo que ellos lo llamarían el piso principal. Había mujeres vendiendo naranjadas y gaseosas de jengibre y había un consumo terrible de nueces.

—Tiene que haber sido igual que los días prósperos del drama británico.

—Exactamente igual, me imagino, y era deprimente. Empecé a preguntarme qué demonios hacer, cuando vi el cartel. ¿Qué crees que representaban, Harry?

—Imagino que *The Idiot Boy* (El chico tonto) o *Dumb but Innocent* (Mudo pero inocente). A nuestros padres les solía gustar esta clase de obras, creo. Cuanto más vivo, Dorian, más profundamente siento que lo que era bastante bueno para nuestros padres no es bastante bueno para nosotros. En arte, como en política, los abuelos nunca tienen razón.

—Aquella obra era bastante buena para nosotros, Harry. Era *Romeo y Julieta*. Tengo que admitir que estaba bastante molesto con la idea de ver a Shakespeare en aquel agujero miserable. Sin embargo, sentía interés en cierto modo. De todas formas, decidí esperar al primer acto. Era una orquesta espantosa, dirigida por un joven hebreo sentado a un piano desafinado, que casi me echa, pero al final se levantó el telón y comenzó la obra. Romeo era un caballero mayor y robusto, con cejas de corcho y una voz ronca trágica y una figura que parecía un barril de cerveza. Mercucio era casi peor. Estaba representado por un farsante que había introducido chistes por su cuenta y términos más simpáticos para el patio de butacas. Eran tan grotescos como el escenario y parecía como si hubieran salido de un puesto de un mercado. ¡Pero Julieta! Harry, imagínate una Julieta de apenas diecisiete años, con un rostro pequeño como una flor y una pequeña cabeza griega con rizos trenzados de pelo castaño oscuro, ojos que eran manantiales de pasión color violeta y labios como pétalos de rosa. Ella era lo más encantador que he visto nunca en mi vida. Me dijiste una vez que el patetismo te dejó inmóvil, pero que la belleza, la simple belleza, podía llenar tus ojos de lágrimas. Te digo, Harry, que apenas podía ver a la chica por el velo de lágrimas que me vino. Y su voz, nunca he oído una voz igual. Era muy baja al principio, con notas profundas y melodiosas que parecía que caían una a una en los oídos. Luego se hizo un poco más alta y sonaba como una flauta o un oboe lejano. En la escena del jardín tenía todo el éxtasis trémulo que uno oye justo antes del amanecer cuando cantan los ruiseñores. Más tarde hubo momentos en los que tenía la pasión salvaje de los violines. Sabes hasta qué punto una voz puede estremecer a uno. Tu voz y la voz de Sibyl Vane son dos cosas que nunca olvidaré. Cuando cierro los ojos, las oigo, y cada una de ellas me dice algo diferente. No sé cuál seguir. ¿Por qué no había de amarla? Harry, la amo. Ella es todo para mí en la vida. Noche tras noche voy a ver la obra. Una tarde es Rosalinda, y a la tarde siguiente es Imogen. He visto su muerte en la tenebrosidad de una tumba italiana, absorbiendo el veneno de los labios de su amante. La he visto vagando por el bosque de Arden, disfrazada de un guapo muchacho con calzas y jubón y gorra elegante. Ella se ha vuelto loca y ha entrado a presencia de un rey culpable, y le ha dado el perdón y hierbas amargas para que las probara. Ella ha sido inocente y las manos negras de los celos han estrujado su cuello como a una caña. La he visto en todas las edades y con todas las indumentarias. Las mujeres ordinarias nunca despiertan la imaginación de uno. Están limitadas a su país. Ningún atractivo las transfigura. Conoces sus mentes tan fácilmente como conoces sus tocados. Puedes encontrarlas siempre. No hay misterio en ninguna de ellas. Ellas van en coche por el parque por las mañanas y charlan en las reuniones del té por las tardes. Tienen la sonrisa estereotipada y sus costumbres de moda. Son completamente evidentes. ¡Pero una actriz! ¿Qué diferente es una actriz? ¡Harry! ¿Por qué no me dices que lo único que vale la pena amar es a una actriz?

—Porque he amado a muchas de ellas, Dorian.

—¡Oh, sí, gente insoportable con pelo teñido y caras pintadas!

—No hables con desprecio del pelo teñido y de las caras pintadas. Hay un encanto extraordinario en ellas algunas veces —dijo lord Henry.

—Desearía ahora no haberte contado nada de Sibyl Vane.

—No podías evitar el decírmelo, Dorian. Durante toda tu vida me contarás todo lo que haces.

—Sí, Harry, creo que es cierto. No puedo evitar contarte cosas. Tienes una influencia curiosa sobre mí. Si alguna vez cometiera un crimen, vendría a confesártelo a ti. Tú me comprenderías.

—La gente como tú, los caprichosos rayos del sol de la vida, no cometen crímenes, Dorian. Pero te agradezco mucho el cumplido de todas formas. Y ahora cuéntame (alcánzame las cerillas como un buen chico, gracias): ¿Cuáles son tus relaciones actuales con Sibyl Vane?

Dorian Gray se puso en pie de un salto, con las mejillas ruborizadas y los ojos centelleantes.

—¡Harry, Sibyl Vane es sagrada!

—Sólo las cosas sagradas tienen su valor en tocarlas, Dorian —dijo lord Henry con un extraño toque de patetismo en su voz—. Pero, ¿por qué te enojas? Supongo que ella te pertenecerá algún día. Cuando uno está enamorado, siempre empieza por engañarse a sí mismo y siempre termina engañando a los demás. Eso es lo que la gente llama una historia de amor. De todas formas la conoces, supongo.

—Por supuesto que la conozco. La primera noche que fui al teatro, el repelente judío viejo vino al palco después de terminar la representación y me ofreció llevarme detrás del escenario y presentármela. Me puse furioso con él y le dije que Julieta llevaba muerta cientos de años y que su cuerpo yacía en una tumba de mármol en Verona. Creo que tuvo la impresión, por su mirada profunda y divertida, de que yo había tomado demasiado champán o algo así.

—No me sorprende.

—Luego me preguntó que si yo escribía para algún periódico. Le dije que ni siquiera los leía. Pareció muy decepcionado por ello y me confió que todos los críticos dramáticos estaban conspirando contra él y que quería sobornarlos a todos.

—No me sorprendió que tuviera razón en ello. Pero, por otro lado, juzgando por la apariencia de ellos, la mayoría no pueden ser muy caros.

—Bueno, creería pensar que estarían por encima de sus recursos —rio Dorian—. Sin embargo, en ese momento las luces del teatro se apagaron y tuve que marcharme. Quería que le consiguiera los cigarros que recomendaba tan vehemente. Me negué. A la noche siguiente, por supuesto, llegué al lugar otra vez. Cuando me vio me hizo una inclinación y me aseguró que era un patrocinador munificente para el arte. Era un bruto muy ofensivo, aunque tenía una extraordinaria pasión por Shakespeare. Me dijo una vez, con aire orgulloso, que sus cinco bancarrotas se debían totalmente a *El Bardo,* como insistía en llamarle. Parecía que creía que era una distinción.

—Era una distinción, mi querido Dorian, una gran distinción. La mayor parte de la gente llega a la bancarrota por haber invertido demasiado en la prosa de la vida. Haberse arruinado a uno mismo por la poesía es un honor. Pero, ¿cuándo hablaste por primera vez con Sibyl Vane?

—La tercera noche. Estaba representando a Rosalinda. No pude evitar el ir. Le había tirado flores y me había mirado. Por lo menos me imaginé que así era. El viejo judío era insistente. Parecía decidido a llevarme ante ella, así que consentí. Era curioso que no quisiera conocerla, ¿verdad?

—No. Yo creo que no.

—Mi querido Harry, ¿por qué?

—Te lo diré en otra ocasión. Ahora quiero saber más sobre la chica.

—¿Sibyl? ¡Oh!, ella es tan tímida y tan amable. Hay algo de niña en ella. Abrió sus grandes ojos con un asombro exquisito cuando le dije lo que pensaba de su representación, y parecía inconsciente de su poder. Creo que los dos estábamos bastante nerviosos. El viejo judío se quedó sonriendo abiertamente en la puerta del sucio camerino, diciendo frases rebuscadas sobre nosotros dos, mientras nosotros nos mirábamos el uno al otro como niños. Insistía en llamarme «milord», así que tuve que asegurarle a Sibyl que no era tal cosa. Ella me dijo sencillamente: «Parece más un príncipe. Tengo que llamarle Príncipe Encantador».

—Caramba, Dorian, la señorita Sibyl sabe cómo hacer un cumplido.

—No lo entiendes, Harry. Ella me juzgó simplemente como un personaje de una obra. Ella no sabe nada de la vida. Vive con su madre, una mujer cansada y marchita que la primera noche representó a *lady* Capuleto con una especie de ropa magenta, y da la impresión de haber visto días mejores.

—Conozco esa impresión. Me deprime —murmuró lord Henry, examinando sus anillos.

—El judío quería contarme su historia, pero le dije que no me interesaba.

—Tienes mucha razón. Siempre hay algo infinitamente mezquino en las tragedias de otros.

—Sibyl es lo único que me preocupa. ¿Qué me importa de dónde venga? Desde su pequeña cabeza a sus pequeños pies, ella es absoluta y completamente divina. Cada noche de mi vida voy a verla actuar y cada noche es más maravillosa.

—Esa es la razón, supongo, por la que nunca cenas conmigo ahora. Pensaba que tendrías algún curioso romance a mano. Lo tienes, pero no es exactamente lo que me esperaba.

—Mi querido Harry, nosotros o comemos o merendamos juntos todos los días, y he ido a la ópera contigo varias veces —dijo Dorian, abriendo sus ojos azules con asombro.

—Tú siempre llegas muy tarde.

—Bueno, no puedo dejar de ir a ver actuar a Sibyl —dijo—, aunque sólo sea un acto. Estoy hambriento de su presencia y cuando pienso en el alma maravillosa que está oculta en ese pequeño cuerpo de marfil, me lleno de admiración.

—Puedes cenar conmigo esta noche, Dorian, ¿verdad?

Movió la cabeza.

—Esta noche es Imogen —contestó—, y mañana por la noche será Julieta.

—¿Cuándo es Sibyl Vane?

—Nunca.

—Te felicito.

—¡Qué desagradable eres! Ella es todas las grandes heroínas del mundo en una sola. Ella es más que un individuo. Te ríes, pero te digo que tiene talento. La quiero y haré que me quiera. Tú, que conoces todos los secretos de la vida, ¡dime cómo encantar a Sibyl Vane para que me quiera! Quiero que Romeo sienta celos. Quiero que los amantes muertos del mundo oigan nuestras risas y se entristezcan. Quiero que un aliento de nuestra pasión convierta su polvo en conciencia, que sus cenizas despierten el dolor. Dios mío, Harry, ¡cómo la adoro!

—Paseaba de un lado a otro por la habitación según hablaba. Manchas febriles rojas ardían en sus mejillas. Estaba muy excitado.

Lord Henry le miró con una sensación sutil de placer. ¡Qué diferente era ahora del muchacho tímido y asustado que había conocido en el estudio de Basil Hallward! Su carácter se había desarrollado como una flor, habían nacido ramos de llama escarlata. Había arrastrado a su alma fuera de su escondite secreto y el deseo había salido a su encuentro en el camino.

—¿Y qué te propones hacer? —dijo lord Henry al final.

—Quiero que tú y Basil vengáis conmigo alguna noche a verla actuar. No tengo el más mínimo temor al resultado. Estoy seguro de que conoceréis su talento. Después tenemos que sacarla de las manos del judío. Ella ha estado sujeta a él durante tres años, al menos durante dos años y ocho meses, en este momento. Tendré que pagarle algo, por supuesto. Cuando todo esté establecido, me haré con un teatro del West End y la pondré en escena de verdad. Hará que el mundo se vuelva loco como me ha vuelto a mí.

—Eso sería imposible, mi querido muchacho.

—Sí, lo hará. Ella no sólo tiene arte, sino también un instinto artístico consumado, sino que lo tiene también personalmente, y me has dicho con frecuencia que son las personalidades, y no los principios, lo que mueve nuestra época.

—Bueno, ¿qué noche saldremos?

—Déjame ver. Hoy es martes. Fijémoslo para mañana. Ella representa a Julieta mañana.

—De acuerdo. En el Bristol a las ocho y llevaré a Basil.

—A las ocho no, Harry, por favor. A las seis y media. Tenemos que estar allí antes de que levanten el telón. La tienes que ver en el primer acto, cuando se encuentra con Romeo.

—¡A las seis y media! ¡Vaya horas! Será como tomar el té con la comida o leer una novela inglesa. Tiene que ser a las siete. Ningún caballero cena antes de las siete. ¿Verás a Basil o le escribo?

—¡Mi querido Basil! No le he visto desde hace una semana. Es bastante desagradecido por mi parte, ya que me ha enviado mi retrato con el marco más maravilloso, con un diseño especial de él mismo, y, aunque estoy un poco celoso del cuadro porque es un mes más joven que yo, tengo que admitir que me deleito con él. Quizá sería mejor que le escribieras. No quiero verle a solas. Dice cosas que me molestan. Me da buenos consejos.

Lord Henry sonrió.

—A la gente le encanta desechar lo que más necesita. Es lo que yo llamo la profundidad de la generosidad.

—¡Oh!, Basil es el mejor de los amigos, pero ahora me parece que es un poco prosaico. Desde que te he conocido, Harry, he descubierto eso.

—Basil, querido muchacho, pone todo lo que es encantador en su obra. La consecuencia es que él no deja nada para la vida a excepción de sus prejuicios, sus principios y su sentido común. Los artistas que he conocido maravillosos como personas son malos artistas. Los buenos artistas existen solamente en lo que hacen y, como consecuencia, carecen de interés como personas. Un gran poeta, gran poeta de verdad, es la criatura menos poética de todas. Pero los poetas inferiores son absolutamente fascinantes. Cuanto peores son sus ritmos, más pintorescos parecen. El mero hecho de haber publicado un libro de sonetos de segunda clase hace a un hombre completamente irresistible. Vive la poesía que no sabe escribir. Los otros escriben la poesía que no se atreven a realizar.

—Me pregunto si realmente es así, Harry —dijo Dorian Gray mientras ponía un poco de perfume en su pañuelo de una botella con tapón dorado que había sobre la mesa—. Tiene que serlo, si tú lo dices. Y ahora me voy. Imogen me está esperando. No te olvides de lo de mañana. Adiós.

Según salía de la habitación, cayeron los pesados párpados de lord Henry y comenzó a pensar. En realidad pocas personas le habían interesado tanto como Dorian Gray y, sin embargo, la loca adoración del muchacho por alguien más no le causaba la más mínima herida de enfado o de celos. Le complacía. Haría más interesante su estudio. Él había estado siempre cautivado por los métodos de la ciencia natural, pero la materia ordinaria de esa ciencia le había parecido trivial y sin importancia. Y así había comenzado por viviseccionarse a sí mismo y había terminado por viviseccionar a otros. La vida humana aparecía ante él como lo único digno de investigar. Comparado con ella no había nada más de tanto valor. Era cierto que, según uno mirara a la vida a través de su curioso crisol de dolor y placer, uno no podía llevar puesta una máscara de cristal en la cara, ni impedir que los humos sulfurosos inquietaran al cerebro y enturbiaran la imaginación con fantasías monstruosas y sueños deformados. Había venenos tan sutiles que si uno conociera sus propiedades tendría que hartarse de ellas. Había enfermedades tan extrañas que uno tendría que pasarlas si buscara comprender su naturaleza. Y, sin embargo, ¡qué gran recompensa recibiría! ¡Qué maravilloso llegaría a ser el mundo entero! Fijarse en la curiosa y difícil lógica de la pasión y la vida del intelecto emocional y coloreado, observar dónde se encontrarían y dónde se separarían, en qué punto estarían al unísono y en qué punto serían discordantes. ¡Había encanto en ello! ¿Qué importa lo que costara? Nunca se podría pagar un precio tan elevado por una sensación.

Era consciente, y pensar en ello traía una mirada de placer a sus ojos color de ágata, de que fue por medio de ciertas palabras suyas, palabras musicales dichas con expresión musical, por las que el alma de Dorian Gray se había dirigido a esa chica inocente, cayendo en adoración hacia ella. En gran parte el muchacho era su propia creación.

Le había hecho prematuro. Eso era algo. La gente normal espera hasta que la vida le revela sus secretos, pero a una minoría, a los elegidos, los misterios de la vida les son revelados antes de que se aparte el velo. Algunas veces esto era el efecto del arte, y principalmente del arte de la literatura, que se ocupaba inmediatamente de las pasiones y del intelecto. Pero de cuando en cuando una personalidad compleja ocupaba el lugar del arte y asumía su función; de hecho era, a su manera, una auténtica obra de arte. La vida tiene sus obras maestras primorosas, exactamente igual que las tiene la poesía, o la escultura, o la pintura.

Sí, el muchacho era precoz. Estaba recogiendo la cosecha mientras era primavera todavía. Las pulsaciones y la pasión de la juventud anidaban en él, pero empezaba a adquirir su propia conciencia. Era delicioso mirarle. Con su cara hermosa y su hermosa alma, era algo por lo que maravillarse. No importaba cómo terminaría todo o cómo estaba destinado a terminar. Era como una de esas figuras graciosas de un desfile o de un juego, cuyos juguetes parecen estar alejados de uno, pero cuyas tristezas agitan el sentido de la belleza y cuyas heridas son como rosas rojas.

Alma y cuerpo, cuerpo y alma. ¡Qué misteriosas eran! Había animalismo en el alma y el cuerpo tenía momentos de espiritualidad. Los sentidos podían refinarse y el intelecto podía degradarse. ¿Quién podía decir dónde cesaba el impulso carnal o dónde comenzaba el impulso físico? ¡Qué superficiales eran las definiciones arbitrarias de los psicólogos ordinarios! Y aún más: ¡qué difícil era decidir entre las reivindicaciones de varias escuelas! ¿Era el alma una sombra situada en la casa del pecado? ¿O estaba el cuerpo realmente en el alma, como pensaba Giordano Bruno? La separación del espíritu y de la materia era un misterio, y la unión del espíritu y de la materia era un misterio también.

Empezó a preguntarse si alguna vez podríamos hacer de la psicología una ciencia tan absoluta que cada brote pequeño de vida se revelaría a nosotros. Si era así, siempre nos comprenderíamos mal a nosotros mismos y rara vez entenderíamos a los demás. La experiencia no tendría un valor ético. Sólo sería el nombre que han dado los hombres a sus errores. Como norma, los moralistas se habían referido a ella como un modo de aviso, habían declarado que poseía una cierta eficacia ética en la formación del carácter, la habían elogiado como algo que nos enseña lo que tenemos que seguir y nos muestra lo que tenemos que evitar. Pero no había una fuerza motriz en la experiencia. Era una causa activa tan pequeña como la propia conciencia. Todo lo que realmente demostraba era que nuestro futuro sería el mismo que nuestro pasado, y que el pecado que hemos cometido una vez, y con aversión, lo cometeríamos muchas veces, y con júbilo.

Estaba claro para él que el método experimental era el único por el cual uno podía llegar a algún análisis científico de las pasiones, y ciertamente Dorian Gray era un objeto hecho a su medida y parecía prometer resultados ricos y fructíferos. Su repentino amor loco por Sibyl Vane era un fenómeno psicológico de un interés no sin importancia. No había duda de que la curiosidad tenía mucho que ver con él, la curiosidad y el deseo de nuevas experiencias. Sin embargo, no era una pasión sencilla sino bastante compleja. Lo que había en ella de instinto infantil puramente sensual se había ido transformando por las obras de la imaginación, cambiado a algo que parecía que el muchacho mismo estaba alejado del sentido y era por esa razón la más peligrosa de todas. Eran las pasiones sobre cuyo origen nos engañábamos a nosotros mismos las que con más fuerza nos tiranizaban. Nuestros motivos más débiles eran aquellos de cuya naturaleza éramos conscientes. Con frecuencia ocurría que cuando pensábamos que estábamos experimentando sobre otros, realmente estábamos experimentando sobre nosotros mismos.

Mientras lord Henry estaba sentado soñando con estas cosas, llamaron a la puerta y entró su ayuda de cámara, quien le recordó que era hora de que se vistiera para cenar. Se levantó y miró a la calle. El ocaso había llenado de oro escarlata las altas ventanas de las casas de enfrente. Los cristales brillaban como láminas de metal caliente. El cielo era como una rosa marchita. Pensó en la vida apasionada de su joven amigo y se preguntó cómo terminaría todo aquello.

Cuando llegó a casa, sobre las doce y media, vio un telegrama sobre la mesa de la entrada. Lo abrió y descubrió que era de Dorian Gray. Era para decirle que se había prometido en matrimonio con Sibyl Vane.

CAPÍTULO V

—¡Madre, madre, soy tan feliz! —susurró la chica, enterrando su cara en el regazo de la mujer marchita y con aspecto cansado, que, de espaldas a la luz intrusa y aguda, estaba sentada en el único sillón que contenía su sórdido cuarto de estar.

—¡Soy tan feliz! —repitió—. ¡Tú tienes que ser feliz también!

La señora Vane hizo un gesto de dolor y puso sus finas manos, blanqueadas con bismuto, sobre la cabeza de su hija.

—¡Feliz! —repitió—. Sólo soy feliz, Sibyl, cuando te veo actuar. No tienes que pensar en otra cosa que no sea actuar. El señor Isaac ha sido muy bueno con nosotras y le debemos dinero.

La chica miró hacia arriba y puso mala cara.

—¿Dinero, madre? —dijo—. ¿Qué significa el dinero? El amor es más que el dinero.

—El señor Isaac nos ha adelantado cincuenta libras para pagar nuestras deudas y conseguir un traje adecuado para James. No tienes que olvidar eso, Sibyl. Cincuenta libras es una suma muy grande. El señor Isaac ha sido muy considerado.

—Él no es un caballero, madre, y odio la forma en que me habla —dijo la chica, levantándose de los pies de su madre y yendo hacia la ventana.

—No sé cómo nos las arreglaríamos sin él —contestó la anciana madre quejumbrosamente.

Sibyl Vane echó hacia atrás la cabeza y se rio.

—No le necesitaremos más, madre. El Príncipe Encantador dirigirá nuestras vidas ahora.

Luego hizo una pausa. Una rosa se agitó en su sangre y sombreó sus mejillas. Una respiración rápida separó los pétalos de sus labios. Temblaron. Algún viento oriental de pasión pasó sobre ella y movió los pliegues delicados de su vestido.

—Le amo —dijo sencillamente.

—¡Chica loca! ¡Chica loca! —fue la respuesta que soltó la vieja como un loro. El movimiento de sus dedos doblados y con joyas falsas dieron un aire grotesco a las palabras.

La chica se rio de nuevo. La alegría de un pájaro enjaulado estaba en su voz. Sus ojos atraparon la melodía y la repitieron radiante, luego los cerró por un momento, como si ocultara su secreto. Cuando los abrió, la neblina de un sueño había pasado por ellos.

La sabiduría de labios finos le hablaba desde la desgastada silla, insinuando prudencia, citada de ese libro de cobardía cuyo autor imita el nombre de sentido común. No escuchaba. Era libre en su prisión de pasión. Su príncipe, el Príncipe Encantador, estaba con ella. Había acudido a la memoria para reconstruirle. Había enviado a su alma a buscarle, y le había traído. Su beso quemaba de nuevo sobre su boca. Sus párpados estaban templados con su aliento.

Entonces la sabiduría cambió de método y le habló de espionaje y de averiguación. El joven debía de ser rico. Si así era, debería pensar en el matrimonio. Contra el caparazón de su oído rompieron las olas de la astucia mundana. Las flechas de la astucia disparadas por ella. Vio moverse los labios finos y sonrió.

De repente sintió la necesidad de hablar. El silencio la inquietó.

—Madre, madre —exclamó—, ¿por qué me quiere tanto? Yo sé por qué le quiero. Le quiero porque él es como debería ser el amor. Pero ¿qué ve él en mí? Yo no tengo valor para él. Y además, por qué no decirlo, aunque me siento muy por debajo de él, no me siento humilde. Me siento orgullosa, terriblemente orgullosa. Madre, ¿amabas a mi padre como amo yo al Príncipe Encantador?

La anciana mujer palideció bajo los ordinarios polvos que pintarrajeaban sus mejillas, y sus labios secos se contrajeron con un espasmo de dolor. Sibyl se precipitó hacia ella, le rodeó el cuello con sus brazos y la besó.

—Perdóname, madre. Sé que te duele hablar sobre padre. Pero sólo te duele porque tú le amabas mucho. No estés tan triste. Yo soy tan feliz hoy como tú lo eras hace veinte años. ¡Ah, déjame ser feliz para siempre!

—Mi niña, eres demasiado joven para pensar en enamorarte. Por otro lado, ¿qué sabes de este joven? Ni siquiera sabes su nombre. Todo el asunto es muy molesto, y realmente, cuando James se dispone a partir para Australia y yo me encuentro más preocupada por eso, creo que deberías mostrar más consideración. Sin embargo, como te dije antes, si él es rico...

—¡Ah, madre, madre, déjame ser feliz!

La señora Vane la miró y, con uno de esos gestos falsos teatrales que tan a menudo se convierten en un segundo carácter en un actor de escenario, la estrujó entre sus brazos. En este momento se abrió la puerta y un muchacho joven, de pelo castaño áspero, entró en la habitación. Tenía una figura rechoncha y las manos y los pies muy grandes, y era algo torpe en sus movimientos. No estaba tan bien criado como su hermana. Apenas se podría haber imaginado la relación tan próxima que existía entre ellos. La señora Vane fijó los ojos en él e intensificó la sonrisa. Mentalmente elevó a su hijo a la dignidad de un público. Se sentía segura de que el cuadro era interesante.

—Creo que deberías guardar alguno de tus besos para mí, Sibyl —dijo el muchacho con un lamento amable.

—¡Ah!, pero a ti no te gusta que te besen, Jim —dijo ella—. Eres un repugnante oso arisco —y atravesó la habitación corriendo y le abrazó.

James Vane miró con dulzura al rostro de su hermana.

—Quiero que salgas a pasear conmigo, Sibyl. No creo que vuelva a ver este odioso Londres de nuevo. Estoy seguro de que no quiero.

—Hijo mío, no digas esas cosas tan espantosas —murmuró la señora Vane con un suspiro, levantando un vestido de teatro de oropel y empezando a remendarlo. Se sintió un poco decepcionada por no haber sido incluida en el grupo. Hubiera incrementado el pintoresquismo teatral de la situación.

—¿Por qué no? Eso es lo que pienso.

—Me haces daño, hijo mío. Confío en que regreses de Australia con una posición de abundancia. Creo que no hay sociedad de ninguna clase en las colonias, nada que se llame sociedad, así que cuando hayas hecho fortuna, tienes que regresar y afirmarte en Londres.

—¡Sociedad! —dijo entre dientes el muchacho—. No quiero saber nada de eso. Me gustaría hacer algo de dinero para sacaros a ti y a Sibyl del teatro. Lo odio.

—¡Oh, Jim! —dijo Sibyl riéndose—. ¡Qué poco amable por tu parte! Pero, ¿de verdad vas a venir a dar un paseo conmigo? ¡Será maravilloso! Temía que fueras a decir adiós a alguno de tus amigos, a Tom Hardy, quien te dio esa odiosa pipa, o a Ned Langton, que se reía de ti porque fumabas en ella. Es muy amable por tu parte dejarme tener tu última tarde. ¿Adónde iremos? Vayamos al parque.

—Estoy demasiado andrajoso —contestó, frunciendo el ceño—. Sólo la gente elegante va al parque.

—Tonterías, Jim —susurró, tirando de la manga de su chaqueta.

Él dudó por un momento.

—Muy bien —dijo al fin—, pero no te pongas un vestido demasiado largo.

Ella salió danzando por la puerta. Se la podía oír cantar según subía las escaleras corriendo. Sus pequeños pies andaban con paso ligero sobre sus cabezas.

El joven recorrió la habitación dos o tres veces. Luego se volvió hacia la figura estática de la silla.

—Madre, ¿están preparadas mis cosas? —preguntó.

—Completamente preparadas, James —contestó ella, manteniendo los ojos en su labor. Durante los últimos meses no se sentía a gusto cuando estaba a solas con aquel hijo suyo rudo y sombrío. Su carácter secreto y superficial le inquietaba cuando se encontraban sus miradas. Solía preguntarse si él sospechaba algo. El silencio, por el que él no hizo ninguna otra observación, se volvió inaguantable para ella y empezó a quejarse. Las mujeres se defienden atacando, exactamente igual que atacan por repentina y extrañas sumisiones.

—Espero que estés contento, James, con tu vida de marinero —dijo—. Has de recordar que es por tu propia elección. Podías haber entrado en una oficina de abogados. Los abogados son una clase muy respetable y en este país cenan a menudo con las mejores familias.

—Odio las oficinas, odio a los empleados —replicó—. Pero tienes mucha razón. He elegido mi propia vida. Todo lo que te digo es que cuides de Sibyl. No dejes que sufra algún daño. Madre, tienes que cuidarla.

—James, de verdad que hablas de forma extraña. Por supuesto que cuidaré de Sibyl.

—He oído que un caballero viene todas las noches al teatro y va al camerino para hablarle. ¿Es verdad? ¿Qué hay de eso?

—Estás hablando de cosas que no entiendes, James. En la profesión estamos acostumbrados a recibir un trato de atención muy gratificante. Yo misma solía recibir muchos ramos de flores. Eso era cuando se comprendía verdaderamente al actor. En cuanto a Sibyl, no sé en este momento si su cariño es serio o no. Pero de lo que no hay duda es de que el joven en cuestión es un perfecto caballero. Él es siempre muy educado conmigo. Por otro lado, tiene aspecto de ser rico y las flores que envía son preciosas.

—Aunque no sabes su nombre —dijo el muchacho severamente.

—No —contestó su madre, con una expresión apacible en su cara—. Todavía no ha revelado su verdadero nombre. Creo que es muy romántico por su parte. Probablemente sea un miembro de la aristocracia.

James Vane se mordió el labio.

—Cuida de Sibyl, madre —dijo—, cuídala.

—Hijo mío, me angustias muchísimo. Sibyl está siempre bajo mi cuidado especial. Por supuesto, si este caballero es rico, no hay razón por la que ella no contrajera un compromiso con él. Confío en que sea de la aristocracia. He de decir que tiene toda la apariencia de serlo. Sería un matrimonio muy brillante para Sibyl. Harían una pareja encantadora. Su buena apariencia es realmente muy destacable. Todo el mundo se da cuenta.

El muchacho murmuró algo para sí mismo y tamborileó el cristal de la ventana con sus toscos dedos. Se había dado la vuelta para decir algo cuando la puerta se abrió y Sibyl entró corriendo.

—¡Qué serios estáis los dos! —exclamó—. ¿Qué pasa?

—Nada —contestó él—. Supongo que uno tiene que estar serio algunas veces. Adiós, madre. Cenaré a las cinco. Todo está empaquetado excepto mis camisas, así que no tienes que preocuparte.

—Adiós, hijo mío —contestó con una inclinación de majestuosidad tensa.

Estaba muy enojada por el tono que había adoptado con ella, y había algo en su mirada que le había hecho sentir miedo.

—Bésame, madre —dijo la chica. Sus labios de flor tocaron la consumida mejilla y templaron su frialdad.

—¡Mi niña, mi niña! —exclamó la señora Vane, mirando al techo en busca de una galería imaginaria.

—Ven, Sibyl —dijo su hermano con impaciencia. Odiaba la teatralidad de su madre.

Salieron a la luz del sol, que parpadeaba a merced del viento, y bajaron paseando por la triste calle Euston. Los que pasaban miraban asombrados al taciturno y pesado joven, quien, con ropas bastas e inapropiadas, iba acompañado de una chica con tanta gracia y apariencia refinada. Era como un vulgar jardinero paseando con una rosa.

Jim fruncía el ceño cuando, de vez en vez, captaba la mirada inquisitiva de algún extraño. Tenía aversión a ser observado fijamente, lo que llega a los genios tarde en la vida y siempre acompaña a las personas corrientes. Sin embargo, Sibyl era completamente inconsciente del efecto que ella estaba produciendo. Su amor temblaba a carcajadas en sus labios. Estaba pensando en el Príncipe Encantador y, aunque pensaba en él nada más, no hablaba de él, sino que charlaba sobre el barco en que navegaría Jim, sobre el oro que estaba segura de que encontraría, sobre la maravillosa heredera cuya vida tenía que salvar él de los bandidos malvados de camisa roja. Porque él no se quedaría de marinero, o de sobrecargo, o lo que fuera. ¡Oh, no! La vida de un marinero era espantosa. ¡La imaginación encerrada en un barco horrible, con las olas roncas con giba tratando de entrar y un viento negro derribando los mástiles y rasgando las velas en largos jirones llamativos! Tenía que dejar la embarcación en Melburne, decir adiós al capitán educadamente y marcharse por fin a los campos de oro. Antes de una semana encontraría una gran pepita, la pepita más grande que nunca se haya descubierto, y la llevaría a la costa en un vagón protegido por seis policías montados. Los bandidos irían a atacarles tres veces y serían vencidos con una inmensa matanza. O, no. No iría a los campos de oro exactamente. Son lugares horribles donde los hombres se embriagan y se disparan unos a otros en los bares y usan un mal lenguaje. Sería un encantador granjero de ovejas, y una tarde, de camino a casa, él vería cómo un ladrón sobre un caballo negro se llevaba a la hermosa heredera, y él le perseguía y la rescataba. Por supuesto ella se enamoraría de él y él de ella, y se casarían y vendrían a casa y vivirían en una enorme mansión en Londres. Sí, había cosas maravillosas reservadas para él. Pero tenía que ser muy bueno, no perder su carácter o gastar su dinero alocadamente. Ella era sólo un año más mayor que él, pero conocía mucho más de la vida. Él tenía que estar seguro también de escribirle en cada correo, o decir sus oraciones cada noche antes de irse a dormir. Dios era muy bueno y cuidaría de él. Ella rezaría por él también, y en pocos años regresaría completamente rico y feliz.

El muchacho la escuchaba con mal humor y no contestaba. Estaba desanimado por dejar el hogar.

Sin embargo, no era sólo esto lo que le ponía melancólico y taciturno. Aunque carecía de experiencia, tenía ya un fuerte sentido del peligro de la situación de Sibyl. Este joven *dandi* que le estaba haciendo la corte podría ser bueno para ella. Era un caballero y le odiaba por ello, le odiaba por razón de algún instinto racial curioso que no podía explicar y que por esa razón era todo lo dominante que podía ser dentro de él. Era consciente también de la superficialidad y vanidad del carácter de su madre, y en ello veía un peligro infinito para Sibyl y para su felicidad. Los niños empiezan por querer a sus padres, según van creciendo los juzgan; algunas veces los perdonan.

¡Su madre! Tenía que preguntarle algo que tenía en mente, algo sobre lo que había estado dando vueltas durante meses en silencio. Una frase que, por casualidad, había oído en el teatro, una burla en susurros que había alcanzado sus oídos una noche según esperaba en la puerta del escenario, había dado rienda suelta a pensamientos horribles. Lo recordaba como si hubiera sido el azote de un látigo en su cara. Sus cejas se fruncieron en una arruga en forma de cuña, y con una punzada de dolor se mordió el labio inferior.

—No estás escuchando ni una sola palabra de lo que te estoy diciendo, Jim —dijo Sibyl—, y estoy haciendo los planes más deliciosos para tu futuro. Di algo.

—¿Qué quieres que diga?

—Pues que serás un buen chico y no nos olvidarás —contestó ella sonriéndole.

Él se encogió de hombros.

—Es más fácil que tú te olvides de mí, que yo de ti, Sibyl.

Ella se sonrojó.

—¿Qué quieres decir, Jim? —preguntó.

—He oído que tienes un nuevo amigo. ¿Quién es? ¿Por qué no me has hablado de él? Él no te hará bien.

—¡Alto, Jim! —exclamó ella—. No tienes que decir nada en contra de él. Le amo.

—¿Por qué, si ni siquiera sabes cómo se llama? —contestó el muchacho—. ¿Quién es él? Tengo derecho a saberlo.

—Se llama Príncipe Encantador. No te gusta el nombre. ¡Oh, chico tonto! Nunca lo olvidarías. Si le vieras simplemente pensarías que él es la persona más maravillosa del mundo. Algún día le conocerás, cuando regreses de Australia. Te gustará muchísimo. A todo el mundo le gusta y... le amo. Ojalá pudieras venir al teatro esta noche. Él irá, y yo voy a interpretar a Julieta. ¡Oh, cómo la representaré! ¡Tenerle a él sentado allí! ¡Actuar para su deleite! Me temo que yo pueda asustar a la compañía, asustarles o cautivarles. Estar enamorado es sobrepasarse a uno mismo. El pobre y espantoso señor Isaac invocará al «genio» ante los holgazanes en el bar. Me predicaba como un dogma, esta noche me anunciará como una revelación. Lo siento así. Y es todo él, y sólo él, Príncipe Encantador, mi amante maravilloso, mi dios de los dones. Pero soy pobre a su lado. ¿Pobre? ¿Qué importa? Cuando la pobreza se desliza por la puerta, el amor entra volando por la ventana. Nuestros proverbios quieren escribirse de nuevo. Están hechos en invierno y ahora es verano. Primavera para mí, creo, un baile de ramos de flores en el cielo azul.

—Él es un caballero —dijo el muchacho bruscamente.

—¡Un príncipe! —dijo ella con música—. ¿Qué más quieres?

—Él quiere esclavizarte.

—Me estremezco ante el pensamiento de ser libre.

—Quiero que tengas cuidado con él.

—Verle es adorarle, conocerle es confiar en él.

—Sibyl, estás loca por él.

Ella se rio y le tomó del brazo.

—Tú, mi querido Jim, tú hablas como si tuvieras cien años. Algún día te enamorarás. Entonces sabrás lo que es. No parezcas tan enfadado. Seguro que estarías contento al pensar que, aunque te marchas, me dejas más feliz de lo que nunca he sido antes. La vida ha sido dura con nosotros dos, muy dura y difícil. Pero ahora será diferente. Tú te vas a un mundo nuevo y yo he encontrado a alguien. Aquí hay dos sillas, sentémonos y veamos pasar a la gente elegante.

Tomaron asiento entre una multitud de mirones. Las tulipas de la carretera llameaban como anillos palpitantes de fuego. Un polvo blanco que parecía una nube trémula de lirios estaba suspendido en el aire palpitante. Los parasoles de colores brillantes danzaban y se inclinaban como mariposas monstruosas.

Ella hizo hablar a su hermano de sí mismo, de sus esperanzas, de sus proyectos. Él hablaba con lentitud y esfuerzo. Se pasaban las palabras el uno al otro como se pasan las fichas los jugadores en un juego. Sibyl se sentía oprimida. No podía comunicar su alegría. Una sonrisa tenue que curvaba aquella boca triste era toda la respuesta que podía conseguir. Después de un rato se hizo el silencio. De repente ella vislumbró un pelo dorado y labios que se reían, y en un carruaje abierto pasó Dorian Gray con dos damas. Ella se levantó de un salto.

—¡Allí está! —gritó.

—¿Quién? —dijo Jim Vane.

—El Príncipe Encantador —contestó, vigilando el carruaje.

Él dio un salto y la agarró bruscamente por el brazo.

—Muéstramelo. ¿Quién es? Señálalo. ¡Tengo que verle! —exclamó, pero en ese momento el coche de cuatro caballos del duque de Berwick se interpuso entre ellos y, cuando dejó libre el espacio, el carruaje había salido del parque.

—Se ha ido —murmuró Sibyl tristemente—. ¡Ojalá le hubieras visto!

—Ojalá, sí, porque te aseguro, como hay Dios en el cielo, que si alguna vez te hace daño, le mataré.

Ella le miró con horror. Él repitió sus palabras. Cortaban el aire como una daga. La gente que les rodeaba comenzó a quedarse boquiabierta. Un dama que estaba cerca de ella se rio con disimulo.

—Vámonos, Jim. Vámonos —susurró ella. La siguió obstinadamente cuando ella pasaba entre la multitud. Se sentía contento por lo que había dicho.

Cuando llegaron a la estatua de Aquiles ella se dio la vuelta. Había una compasión en sus ojos que se convirtió en risa en sus labios. Movió la cabeza frente a él.

—¡Estás loco, Jim, completamente loco! Un chico mal educado, eso es todo. ¿Cómo puedes decir esas cosas tan horribles? No sabes de lo que estás hablando. Sencillamente estás celoso y poco amable. ¡Ah, ojalá te enamoraras! El amor hace buena a la gente, y lo que dijiste fue muy perverso.

—Tengo dieciséis años —contestó él—, y sé lo que soy. Madre no te va a ayudar. No sabe el modo de cuidarte. Desearía ahora no irme a Australia. Tengo muchas ganas de mandar todo a paseo. Lo haría si no estuviera firmado mi contrato.

—¡Oh Jim, no estés tan serio! Tú eres como uno de esos héroes de los melodramas estúpidos que madre acostumbra a interpretar tan encantada. No voy a discutir contigo. Lo he visto, y verlo es la felicidad perfecta. No discutiremos. Sé que tú no harías daño a alguien que yo amara, ¿verdad?

—No mientras le ames, supongo, fue la triste contestación.

—Le amaré siempre —exclamó ella.

—¿Y él?

—¡Para siempre también!

—Será mejor para él.

Ella se horrorizó. Luego se rio y puso la mano sobre su brazo. Era un niño simplemente.

En Marble Arch llamaron al autobús, les dejaba cerca de su miserable casa en Euston Road. Eran las cinco pasadas y Sibyl tenía que acostarse durante un par de horas antes de actuar. Jim insistió en que debería hacerlo. Dijo que se despediría de ella antes, cuando su madre no estuviera presente. Con seguridad haría una escena y él odiaba las escenas de esa clase.

Se despidieron en la habitación de Sibyl. Había celos en el corazón del muchacho y un odio intenso y asesino al extraño que, según le parecía a él, se había interpuesto entre ellos. Sin embargo, cuando los brazos de ella rodearon su cuello y sus dedos se perdían en su pelo, él se suavizó y la besó con auténtico afecto. Había lágrimas en sus ojos cuando bajaba las escaleras.

Su madre le estaba esperando abajo. Según entraba se quejó de su falta de puntualidad. Él no contestó sino que se sentó a comer su pobre comida. Las moscas zumbaban alrededor de la mesa y andaban sobre el mantel manchado. A través del ruido de los autobuses y del estrépito de los cabriolés, él podía oír la voz que como un murmullo le devoraba cada minuto.

Después de un rato, retiró el plato y puso la cabeza entre sus manos. Sentía que tenía derecho a saberlo. Se lo deberían haber dicho antes si era como él sospechaba. Llevada por el miedo, su madre le observaba. Las palabras caían de su boca de forma mecánica. Un andrajoso pañuelo de encaje crispaba en sus dedos. Cuando el reloj dio las seis, él se levantó y fue hacia la puerta. Luego se dio la vuelta y la miró. Sus ojos se encontraron. En los de ella vio una súplica frenética de piedad. Esto le enfureció.

—Madre, tengo que preguntarte algo —dijo. Sus ojos vagaban por la habitación. Ella no contestó—. Dime la verdad. Tengo derecho a saberlo. ¿Estabas casada con mi padre?

Ella exhaló un gran suspiro. Era un suspiro de alivio. El momento terrible, el momento que noche y día, durante semanas y meses, había temido, había llegado al final, y sin embargo no sentía temor. De hecho, en cierta medida era una decepción para ella. La pregunta directa y sencilla pedía una respuesta directa. La situación no había sido conducida de forma gradual. Era cruda. Le recordaba un mal ensayo.

—No —contestó, admirándose de la dura simplicidad de la vida.

—¡Entonces mi padre era un sinvergüenza! —gritó el muchacho, apretando los puños.

Ella sacudió la cabeza.

—Yo sabía que él no era libre. Nos amábamos muchísimo. Si hubiera vivido habría atendido nuestras necesidades. No hables en contra de él, hijo mío. Era tu padre y un caballero. De hecho estaba muy bien relacionado.

Un juramento salió de sus labios.

—No te preocupes por mí —exclamó—, pero no dejes que Sibyl... Es un caballero, ¿no?, el que está enamorado de ella, o dice que lo es. Muy bien relacionado también, supongo.

Por un momento un horrible sentido de humillación le llegó a la mujer. Su cabeza cayó. Se secó los ojos con las manos temblorosas.

—Sibyl tiene una madre —murmuró—. Yo no tuve ninguna.

El muchacho se sintió herido. Fue hacia ella y, agachándose, la besó.

—Siento si te he hecho daño preguntándote por mi padre —dijo—, pero no pude evitarlo. Tengo que irme ahora. Adiós. No olvides que ahora tienes sólo una hija que cuidar y créeme que, si este hombre daña a mi hermana, descubriré quién es, le localizaré y le mataré como a un perro. Te lo juro.

La locura exagerada de la amenaza, el gesto de enfado que la acompañó, las palabras melodramáticas furiosas, hizo que le pareciera la vida más intensa. Le era familiar la atmósfera. Ella respiró con más libertad y por primera vez en muchos meses admiraba realmente a su hijo. Le hubiera gustado continuar la escena en la misma escala emocional, pero él la cortó pronto. Había que bajar las maletas y buscar bufandas. El criado de la pensión trabajaba activamente dentro y fuera. Había que regatear con el cochero. El momento se perdió en detalles vulgares. Con un sentimiento de decepción renovado, ella agitó el andrajoso pañuelo de encaje desde la ventana según se marchaba en coche su hijo. Era consciente de que se había perdido una gran oportunidad. Se consoló a sí misma diciéndole a Sibyl lo solitaria que sentía iba a ser su vida, ahora que ella tenía sólo un hijo que cuidar. Ella recordó la frase. Le había complacido. De la amenaza no dijo nada. Fue expresada de una forma viva y dramática. Pensaba que todos ellos se reirían de ello algún día.

CAPÍTULO VI

—Supongo que has oído la noticia, Basil —dijo lord Henry esa tarde mientras le mostraba a Hallward una pequeña habitación privada en el Bristol donde había cena para tres.

—No, Harry —contestó el artista según le daba su sombrero y su abrigo al camarero que le hizo una reverencia—. ¿Qué es? Nada de políticos, espero. No me interesan. Apenas hay una sola persona en la Cámara de los Comunes que merezca un retrato. Sin embargo, a muchos de ellos les estaría bien un encalado.

—Dorian Gray se ha comprometido en matrimonio —dijo lord Henry, mirándole mientras le hablaba.

Hallward se sobresaltó y luego frunció el ceño.

—Dorian Gray comprometido en matrimonio —exclamó—. ¡Imposible!

—Es totalmente cierto.

—¿Con quién?

—Con una pequeña artista.

—No puedo creerlo. Dorian es muy sensato.

—Dorian es muy prudente como para no hacer locuras ni ahora ni luego, mi querido Basil.

—El matrimonio apenas es algo que uno pueda hacer ahora o luego, Harry.

—Excepto en América —dijo lord Henry reincorporándose lánguidamente—. Pero no dije que estuviera casado. Dije que está comprometido en matrimonio. Hay una gran diferencia. Tengo un recuerdo claro de estar casado, pero no recuerdo del todo haber estado comprometido. Me inclino a pensar que nunca he estado comprometido.

—Pero piensa en el nacimiento de Dorian y en su posición y en su riqueza. Sería absurdo por su parte casarse con alguien de posición mucho más baja que él.

—Si quieres hacer que se case con esta chica, díselo, Basil. Seguro que lo hará entonces. Siempre que un hombre hace algo completamente estúpido, siempre es por los motivos más nobles.

—Espero que la chica sea buena, Harry. No quiero ver a Dorian atado a alguna criatura vil que pudiera degradar su carácter y arruinar su intelecto.

—¡Oh, ella es mejor que buena, ella es bonita! —murmuró lord Henry, bebiendo a sorbos un vaso de vermut y naranja—. Dorian dice que es bonita, y no se suele equivocar en cosas de esa clase. Tu retrato de él ha acelerado su apreciación por la apariencia personal de otras personas. Ha tenido ese efecto excelente, entre otros. Vamos a verla esta noche, si ese chico no olvida su cita.

—¿Hablas en serio?

—Muy en serio, Basil. Sería deplorable si pensara que nunca hubiera sido tan serio como lo soy ahora, en este momento.

—¿Pero lo apruebas, Harry? —preguntó el pintor, paseando de un lado para otro de la habitación y mordiéndose el labio—. No puedes aprobarlo, posiblemente. Es algún enamoramiento estúpido.

—Yo nunca apruebo ni desapruebo, ni nada por el estilo. Es tomar la vida con una actitud absurda. No hemos sido enviados al mundo para airear nuestros prejuicios morales. Nunca presto atención a lo que dice la gente corriente y nunca interfiero en lo que hace la gente encantadora. Si una personalidad me fascina, cualquier forma de expresión que elija esa personalidad es absolutamente deliciosa para mí. Dorian Gray se enamora de una chica bonita que interpreta a Julieta y le propone casarse con ella. ¿Por qué no? Si se casara con Mesalina sería interesante a pesar de todo. Sabes que no soy un defensor del matrimonio. El inconveniente auténtico del matrimonio es que hace a uno desinteresado. Y la gente desinteresada no tiene color. Ellos carecen de individualidad. Sin embargo, hay ciertos caracteres que el matrimonio hace más complejos. Conservan su egoísmo y le añaden otros muchos egos. Están obligados a tener más de una vida. Llegan a estar mucho mejor organizados, y estar mucho más organizados es, imagino, el objeto de la existencia del hombre. Por otro lado, cada experiencia tiene valor, y cualquier cosa que se diga contra el matrimonio es verdaderamente una experiencia. Espero que Dorian Gray haga a esta chica su esposa. La adore apasionadamente durante seis meses y luego, de repente, se encuentre fascinado por alguien más. Sería un estudio maravilloso.

—Tú no piensas un sola palabra de todo eso, Harry. Sabes que no. Si la vida de Dorian Gray se estropeara, nadie lo sentiría más que tú. Eres mucho mejor de lo que aparentas ser.

Lord Henry se rio.

—La razón por la que a todos nos gusta pensar tan bien de los demás es que todos nos tememos a nosotros mismos. La base del optimismo es un pánico total. Creemos que somos generosos porque atribuimos a nuestro vecino la posesión de esas virtudes que van a ser probablemente beneficiosas para nosotros. Ensalzamos al banquero que puede girar en descubierto nuestra cuenta, y hallar cualidades buenas en el salteador de caminos con la esperanza de que pueda perdonar nuestros bolsillos. Pienso todo lo que he dicho. Siento el desprecio más grande por el optimismo. En relación a una vida estropeada, ninguna vida se estropea a excepción de aquella cuyo crecimiento se detiene. Si quieres echar a perder un carácter, sólo tienes que reformarlo. En relación al matrimonio, por supuesto que sería estúpido, pero hay otros vínculos, y más interesantes, entre los hombres y las mujeres. Les animaré con toda seguridad. Tienen el atractivo de ser elegantes. Pero aquí está Dorian. Él te contará más de lo que yo puedo.

—Querido Harry, querido Basil, ¡tenéis que felicitarme los dos! —dijo el muchacho, quitándose su sombrero de tarde con alas de raso, dando la mano a sus amigos por turno—. Nunca he sido tan feliz. Por supuesto que es repentino: todas las cosas realmente encantadoras lo son. Y todavía me parece que es algo que siempre he estado buscando en mi vida. —Se sonrojó excitado de placer; parecía extraordinariamente atractivo.

—Espero que siempre seas muy feliz, Dorian —dijo Hallward— pero no te perdono por no haberme hecho saber tu compromiso. Permitiste que Harry lo supiera.

—Y yo no te perdonaré por haber llegado tarde a cenar —interrumpió lord Henry, poniendo su mano sobre el hombro del muchacho y sonriéndole mientras hablaba—. Vamos, sentémonos y probemos cómo es el nuevo chef de aquí, y luego nos contarás cómo sucedió todo.

—No hay mucho que contar —dijo Dorian, según tomaban asiento en la pequeña mesa redonda—. Lo que ocurrió fue sencillamente esto. Después de que te dejé ayer por la tarde, Harry, me vestí, cené algo en ese pequeño restaurante italiano de la calle Rupert que me enseñaste y bajé a las ocho en punto al teatro. Sibyl estaba interpretando a Rosalinda. Por supuesto el escenario era horrible y el Orlando, absurdo. ¡Pero Sibyl! ¡Deberíais haberla visto! Cuando se puso las ropas de chico estaba realmente maravillosa. Llevaba puesto un jubón de terciopelo color musgo con mangas canela, calzas finas marrones con ligas, una elegante gorra verde con una pluma de halcón cogida con una joya y un manto con capucha forrada de rojo mate. Nunca me pareció ella tan deliciosa. Tenía toda la gracia de esa figurilla de Tanagra que tienes en tu estudio, Basil. Su pelo arracimado alrededor de su cara como hojas oscuras alrededor de una rosa pálida. En relación a su actuación... bueno, la veréis esta noche. Sencillamente nació artista. Me senté en el sórdido palco absolutamente cautivado. Olvidé que estaba en Londres y en el siglo XIX. Estaba lejos con mi amor en un bosque que ningún hombre había visto antes. Después de terminar la representación fui al camerino y hablé con ella. Al sentarnos juntos, de repente vino a sus ojos una mirada que nunca había visto antes. Mis labios se movieron hacia los suyos. Nos besamos. No puedo describiros lo que sentí en ese momento. Me parecía que toda mi vida se había reducido a un punto perfecto de alegría color de rosa. Ella tembló y se agitó como un narciso blanco. Luego se arrodilló y besó mis manos. Creo que no debería contaros todo esto, pero no puedo evitarlo. Por supuesto nuestro compromiso es un secreto absoluto. Ella ni siquiera se lo ha dicho a su madre. Yo no sé lo que dirán mis tutores. Lord Radley seguro que se pondrá furioso. No me importa. Seré mayor de edad en menos de un año y luego puedo hacer lo que me plazca. He hecho bien, Basil, en sacar a mi amor de la poesía y encontrar a mi esposa en las obras de Shakespeare, ¿verdad? Los labios a los que Shakespeare enseñó a hablar han susurrado sus secretos en mi oído. He tenido los brazos de Rosalinda alrededor de mí y he besado a Julieta en la boca.

—Sí, Dorian, supongo que has hecho bien —dijo Hallward lentamente.

—¿La has visto hoy? —preguntó lord Henry.

Dorian Gray sacudió la cabeza.

—La he dejado en el jardín de Arden y la encontraré en un huerto de Verona.

Lord Henry sorbió su champaña de forma meditabunda.

—¿En qué momento en particular mencionaste la palabra matrimonio, Dorian, y qué respondió ella? Quizá olvidaste todo acerca de ello.

—Mi querido Harry, yo no lo traté como una transacción de negocios y no hice una proposición formal. Le dije que la amaba y ella dijo que no era digna de ser mi esposa. ¡No era digna! ¿Por qué? El mundo entero no es nada en comparación con ella.

—Las mujeres son maravillosamente prácticas —murmuró lord Henry—, mucho más prácticas de lo que somos nosotros. En situaciones de esa clase a menudo olvidamos decir algo sobre el matrimonio, y ellas siempre nos lo recuerdan.

Hallward puso la mano sobre su brazo.

—Basta Harry, molestas a Dorian. Él no es como los otros hombres. Nunca llevaría la desgracia a nadie. Su carácter es demasiado delicado para eso.

Lord Henry miró al otro lado de la mesa.

—Dorian nunca se enfada conmigo —contestó—. Hice la pregunta por la mejor razón posible, por la única razón, de hecho, que excusa a uno de hacer alguna pregunta: simplemente curiosidad. Tengo la teoría de que son siempre las mujeres las que se nos ofrecen a nosotros, y no nosotros los que nos ofrecemos a las mujeres. Excepto, por supuesto, en la vida de la clase media. Pero las clases medias no son modernas.

Dorian Gray se rio y echó la cabeza para atrás.

—Eres completamente incorregible, Harry, pero no importa. Es imposible enfadarse contigo. Cuando veas a Sibyl sentirás que el hombre que pudiera hacerle daño sería una bestia, una bestia sin corazón. No puedo entender cómo alguien puede desear deshonrar lo que ama. Amo a Sibyl Vane. Quiero colocarla en un pedestal de oro y ver que el mundo adora a la mujer que es mía. ¿Qué es el matrimonio? Un voto irrevocable. Te burlas de ello por eso. ¡Ah!, no te burles. Es un voto irrevocable lo que quiero hacer. Su confianza me hace fiel, su fe me hace bueno. Cuando estoy con ella, lamento todo lo que me has enseñado. Soy diferente a lo que tú has conocido de mí. He cambiado, y el simple toque de las manos de Sibyl Vane me hace olvidarme de ti y de todas tus teorías equivocadas, fascinantes, venenosas y encantadoras.

—¿Y esas son...? —preguntó lord Henry mientras se servía un poco de ensalada.

—Pues tus teorías sobre la vida, tus teorías sobre el amor, tus teorías sobre el placer. En realidad todas tus teorías, Harry.

—El placer es lo único que tiene algún valor para hacer una teoría sobre él —contestó Harry con su voz lenta y melodiosa—. Pero me temo que no puedo proclamar mi teoría como mía propia. Pertenece a la naturaleza, no a mí. El placer es el examen de la naturaleza, su signo de aprobación. Cuando somos felices somos buenos, pero cuando somos buenos no siempre somos felices.

—¡Ah! ¿Pero, qué quieres decir con bueno? —exclamó Basil Hallward.

—Sí —repitió Dorian, echándose para atrás en la silla y mirando a lord Henry por entre espesos ramos de lirios púrpuras que estaban colocados en el centro de la mesa—, ¿qué quieres decir con bueno, Harry?

—Ser bueno es estar en armonía con uno mismo —replicó tocando el fino borde de su vaso con sus dedos pálidos y delgados—. La discordia está obligada a estar en armonía con otros. La propia vida de uno: eso es lo importante. En cuanto a las vidas de los vecinos, si uno desea ser un mojigato o un puritano, uno puede hacer alarde de sus ideas morales sobre ellos, pero no le conciernen. Por otro lado, el individualismo tiene, sin duda, el objetivo más elevado. La moralidad moderna consiste en aceptar el modelo de la época. Considero que para cualquier hombre culto aceptar el modelo de su época es la forma más grande de inmoralidad.

—Pero seguro que si uno vive simplemente para sí mismo, Harry, paga un precio terrible por hacer eso —sugirió el pintor.

—Sí, estamos cobrando de más por todo hoy en día. Me imagino que la tragedia real de los pobres es que no se pueden permitir el lujo de nada excepto de la abnegación. Los pecados hermosos, como las cosas hermosas, son privilegio de los ricos.

—Se puede pagar de otra forma que no sea con dinero.

—¿De qué forma, Basil?

—Me imagino que con remordimiento, con sufrimiento, con... bueno, con la conciencia de la degradación.

Lord Henry se encogió de hombros.

—Mi querido amigo, el arte medieval es encantador, pero las emociones medievales están anticuadas. Uno puede utilizarlas en la ficción, por supuesto. Pero entonces lo único que puede utilizarse en la ficción es lo que se ha dejado de utilizar en la realidad. Créeme. Ningún hombre civilizado se arrepiente nunca de un placer y ningún hombre incivilizado sabe nunca lo que es el placer.

—Yo sé lo que es el placer —dijo Dorian Gray—. Es adorar a alguien.

—Eso es mejor sin duda que ser adorado —contestó mientras acariciaba algunas frutas—. Ser adorado es un fastidio. Las mujeres nos tratan igual que la humanidad trata a sus dioses. Ellas nos adoran y nos están molestando siempre para que hagamos algo por ellas.

—Debería decir que, cualquier cosa que piden, ellas nos la han dado antes a nosotros —murmuró el muchacho con gravedad—. Ellas crean el amor en nuestra naturaleza. Tienen derecho a pedir que se les devuelva.

—Es totalmente cierto, Dorian —asintió Hallward.

—Nada es totalmente cierto —dijo lord Henry.

—Esto lo es —interrumpió Dorian—. Tienes que admitir, Harry, que las mujeres dan a los hombres todo el oro de sus vidas.

—Posiblemente —suspiró—, pero invariablemente ellas quieren que se les devuelva a cambio de algo muy pequeño. Ese es el problema. Las mujeres, como algún francés agudo dijo una vez, nos inspiran con el deseo de hacer obras maestras y siempre nos impiden que nos las llevemos afuera.

—¡Harry, eres horrible! No sé por qué te tengo tanto afecto.

—Me lo tendrás siempre, Dorian —replicó—. ¿Tomaréis café, amigos...? Camarero, traiga café, champán y algunos cigarrillos. No, cigarrillos no. Tengo algunos. Basil, no te puedo permitir que fumes puros. Tienes que fumar un cigarrillo. Un cigarrillo es la forma perfecta del placer perfecto. Es exquisito y le deja a uno insatisfecho. ¿Qué más se puede desear? Sí, Dorian, siempre estarás encantado conmigo. Represento todos los pecados que tú nunca habrás tenido el valor de cometer.

—¡Qué tonterías dices, Harry! —exclamó el muchacho encendiendo el pitillo con un dragón de plata que echaba fuego y que el camarero había colocado en la mesa.

—Bajemos al teatro. Cuando Sibyl salga al escenario tendrás un nuevo ideal de vida. Ella representará algo para ti que nunca has conocido.

—Lo he conocido todo —dijo lord Henry, con una mirada cansada en sus ojos—, pero siempre estoy preparado para una emoción nueva. Sin embargo, me temo que para mí, en todo caso, no será tal cosa. Tranquilo, tu maravillosa chica quizá me emocione. Me gustan las actuaciones. Son mucho más reales que la vida. Vayamos. Dorian, vendrás conmigo. Lo siento mucho, Basil, pero sólo hay sitio para dos en la berlina. Has de seguirnos en un cabriolé.

Se levantaron y se pusieron sus abrigos, sorbiendo su café en pie. El pintor estaba callado y preocupado. Había tristeza en él. No podía soportar este matrimonio, y sin embargo le parecía preferible a otras muchas cosas que hubieran podido suceder. Después de unos minutos, bajaron todos. Subió solo al coche, como se había dispuesto, y vio frente a él las luces intermitentes de la pequeña berlina. Le vino un extraño sentimiento de pérdida. Sentía que Dorian Gray nunca sería otra vez para él todo lo que había sido en el pasado... Sus ojos se oscurecieron y las calles concurridas y resplandecientes se empañaron ante sus ojos. Cuando el cabriolé se acercaba al teatro, le parecía que había envejecido muchos años.

CAPÍTULO VII

Por una u otra razón, el teatro estaba concurrido aquella noche, y el gordo director judío que los recibió en la puerta se hallaba radiante, sonriendo de oreja a oreja con una expresión zalamera y trémula. Les escoltó hasta su palco con humildad pomposa, moviendo sus enjoyadas y gordezuelas manos y hablando a voces. Dorian Gray le aborreció más que nunca. Se sentía como si hubiera ido a ver a Miranda y se hubiera encontrado a Calibán. A lord Henry, en cambio, le gustó bastante. Al final declaró que así era e insistió en estrecharle la mano y le aseguró que estaba orgulloso de conocer a un hombre que había descubierto a un genio auténtico y que había ido a la bancarrota por un poeta. Hallward se divertía por dentro mirando las caras del patio de butacas. El calor era terriblemente opresivo y la enorme lámpara lucía como una dalia monstruosa con pétalos de fuego amarillo. Los jóvenes del gallinero se habían quitado los abrigos y chalecos y los habían colgado a un lado. Se hablaban unos a otros en el teatro y compartían sus naranjas con las chicas chillonas que se sentaban al lado de ellos. Algunas mujeres se estaban riendo en el patio de butacas. Sus voces eran terriblemente chillonas y discordantes. El sonido de los taponazos llegaba desde el bar.

—¡Qué lugar para encontrar la divinidad dentro! —dijo lord Harry.

—¡Sí! —contestó Dorian Gray—. Aquí fue donde la encontré, y ella es la más divina de todos los seres vivos. Cuando actúe olvidarás todo. Esta gente, corriente y ruda, con caras toscas y gestos brutales, se convierten en algo diferente cuando ella está sobre el escenario. Están sentados en silencio y la observan. Lloran o ríen a su voluntad. Ella los hace tan sensibles como un violín. Los espiritualiza, y sientes que son de tu misma carne y sangre».

—¡De tu misma carne y sangre! ¡Oh, espero que no! —exclamó lord Henry, que estaba explorando a los ocupantes del gallinero con sus gemelos de ópera.

—No le hagas caso, Dorian —dijo el pintor—. Entiendo lo que quieres decir y yo creo en esa chica. Cualquiera que te ame tiene que ser maravillosa, y cualquier chica que tenga el efecto que tú describes tiene que ser hermosa y noble. Espiritualizar la época de uno: eso es hacer algo de valor. Si esta chica puede dar alma a los que han vivido sin ella, si puede crear el sentido de la belleza en la gente cuyas vidas han sido sórdidas y feas, si puede quitarles sus egoísmos y prestarles lágrimas para penas que no son suyas, ella merece toda la adoración, merece la adoración de todo el mundo. Este matrimonio está muy bien. No pensaba así al principio, pero lo admito ahora. Los dioses hicieron a Sibyl Vane para ti. Sin ella hubieras estado incompleto.

—Gracias, Basil —contestó Dorian Gray, apretándole la mano—. Sabía que me entenderías. Harry es tan cínico... Me horroriza. Pero aquí está la orquesta. Es realmente espantosa, pero sólo dura unos cinco minutos. Luego se levantará el telón y verás a la chica a quien voy a dar toda mi vida, a quien he dado todo lo bueno que hay en mí.

Un cuarto de hora después, entre un extraordinario alboroto de aplausos, Sibyl Vane salió al escenario. Sí, verdaderamente era hermoso mirarla... Una de las criaturas más encantadoras que nunca había visto, pensó lord Henry. Había algo de cervatillo en sus graciosos ojos tímidos y asustados. Un rubor débil, como la sombra de una rosa en un espejo de plata, subió a sus mejillas cuando miró a la concurrida y entusiasta sala. Dio unos pasos para atrás y sus labios parecían temblar. Basil Hallward dio un brinco y comenzó a aplaudir. Sin moverse, como en un sueño, Dorian Gray estaba sentado observándola. Lord Henry miró a través de los gemelos murmurando:

—¡Encantadora, encantadora!

La escena era de la casa de los Capuleto y Romeo con su ropa de peregrino había entrado con Mercucio y sus otros amigos. La banda, pues era eso, entonó unos cuantos compases musicales y empezó el baile. Entre la multitud de actores desgarbados y de aspecto andrajoso, Sibyl Vane se movía como una criatura procedente de un mundo más hermoso. Su cuerpo oscilaba mientras bailaba como un planta oscila en el agua. Las curvas de su cuello eran las curvas de un lirio blanco. Sus manos parecían estar hechas de frío marfil.

Sin embargo, se mostraba curiosamente decaída. No demostró signo de alegría cuando sus ojos se fijaron en Romeo. Las pocas palabras que tenía que decir:

Buen peregrino, sois muy injusto con vuestra mano,
que muestra en esto una devoción cortés,
pues hasta los santos tienen manos que tocan las manos de los
[peregrinos,

y es un sagrado beso este contacto...

con el breve diálogo que sigue, fueron pronunciadas de una forma completamente artificial. La voz era exquisita, pero en lo que se refiere al tono era absolutamente falso. No había color. Le quitó toda la vida al verso. Hizo irreal la pasión.

Dorian Gray palideció según la miraba. Estaba desconcertado e inquieto. Ninguno de sus amigos se atrevió a decirle nada. Ella les parecía absolutamente incompetente. Les decepcionó muchísimo.

Sin embargo, sentían que el verdadero examen de cualquier Julieta está en la escena del balcón del segundo acto. Esperaron a eso. Si fallaba allí, no había nada en ella.

Parecía encantadora cuando salió a la luz de la luna. Eso no se podía negar. Pero la puesta en escena de su actuación era insoportable y fue empeorando a continuación. Sus gestos se hicieron absurdamente artificiales. Daba un énfasis exagerado a todo lo que decía. El hermoso pasaje:

Sabes que tengo sobre el rostro la máscara de la noche,
si no un rubor virginal pintaría mis mejillas
por lo que me has oído decir esta noche...

fue declamado con la penosa precisión de una escolar a la que le ha enseñado a recitar algún profesor de declamación de segunda clase. Cuando se inclinó en el balcón y llegaron estas líneas maravillosas:

Aunque tengo en ti mi alegría,
no gozo con este compromiso nocturno;
es demasiado precipitado, demasiado loco, demasiado repentino
como un relámpago, que deja de serlo antes de que se
pueda decir: «Relumbra». ¡Amor, buenas noches!
Este capullo de amor, por el aliento estival
quizá resulte una bella flor la próxima vez que nos encontremos...

ella pronunció las palabras como si no transmitieran ningún significado. No eran nervios. De hecho, más que nerviosa, parecía absolutamente dueña de sí misma. Era sencillamente mal arte. Era un completo fracaso.

Incluso la audiencia vulgar e inculta del patio de butacas y del gallinero perdieron el interés en la obra. Se inquietaron y comenzaron a hablar en alto y a silbar. El director judío, que estaba en la parte de atrás del piso principal, pateaba y juraba con rabia. La única persona que no se movía era la chica.

Cuando se acabó el segundo acto vino una tormenta de silbidos y lord Henry se levantó de la silla y se puso su abrigo.

—Ella es bastante bonita, Dorian —dijo—, pero no sabe actuar. Vámonos.

—Voy a ver la obra entera —contestó el muchacho con una voz severa y amarga—. Siento profundamente que hayáis perdido esta tarde. Os pido disculpas a los dos.

—Mi querido Dorian, creo que la señorita Vane está enferma —interrumpió Hallward—. Vendremos alguna otra noche.

—Ojalá estuviera enferma —repitió—. Pero me parece que es sencillamente insensible y fría. Ha cambiado por completo. Anoche era una gran artista. Esta tarde es simplemente una actriz corriente y mediocre.

—No hables así de nadie a quien ames, Dorian. El amor es algo más maravilloso que el arte.

—Los dos son meras formas de imitación —señaló lord Henry—. Pero vámonos. Dorian, no tienes que quedarte aquí más tiempo. No es bueno para la moral ver malas actuaciones. Por otro lado, supongo que no querrás que tu esposa actúe. Así pues, ¿qué importa que interprete a Julieta como una muñeca de madera? Es encantadora y si sabe tan poco de la vida como de actuar, será una experiencia deliciosa. Hay sólo dos clases de gente que son realmente fascinantes: la gente que lo sabe absolutamente todo y la gente que no sabe absolutamente nada. ¡Por Dios, mi querido chico, no seas tan trágico! El secreto para mantenerse joven es no tener nunca una emoción que sea impropia. Ven al club con Basil y conmigo. Fumaremos cigarrillos y beberemos por la belleza de Sibyl Vane. Es bonita. ¿Qué más puedes querer?

—Vete, Harry —exclamó el muchacho—. Quiero estar solo. Basil, tienes que irte. ¡Ah! ¿No podéis ver que mi corazón se ha roto? —Lágrimas calientes vinieron a sus ojos. Sus labios temblaron y, acercándose hacia la parte de atrás del palco, se apoyó contra la pared, ocultando la cara entre sus manos.

—Vámonos, Basil —dijo lord Henry con una extraña amabilidad en su voz. Y los dos jóvenes salieron juntos.

Unos momentos después las luces se encendieron y se levantó el telón para el tercer acto. Dorian Gray regresó a su asiento. Parecía pálido, orgulloso e indiferente. La obra se alargaba y parecía interminable. La mitad de la audiencia se fue, pisando pesadamente y riéndose. Todo fue un fiasco. El último acto se representó prácticamente para butacas vacías. El telón se bajó con risas disimuladas y alguna protesta.

Tan pronto como terminó, Dorian Gray se fue por detrás del escenario y entró en el camerino. La chica estaba allí sola, con una mirada de triunfo en su rostro. Sus ojos estaban iluminados con un fuego exquisito. Estaba radiante. Sus labios entreabiertos estaban sonriendo a algún secreto.

Cuando entró, ella le miró y una expresión de alegría infinita iluminó su rostro.

—¡Qué mal he actuado esta noche, Dorian! —exclamó.

—¡Horrible! —contestó él, mirándola asombrado...—. Ha sido espantoso. ¿Estás enferma? No tienes ni idea de lo que ha sido. No tienes ni idea de lo que he sufrido.

La chica sonrió.

—Dorian —contestó ella tardando en pronunciar su nombre con voz musical y prolongada, como si fuera más dulce que la miel en los pétalos rojos de su boca—. Dorian, deberías comprender. Pero comprenderás ahora ¿verdad?

—¿Comprender qué? —preguntó enfadado.

—Por qué he sido tan mala esta noche. Por qué seré mala siempre. Por qué no actuaré nunca más.

Él se encogió de hombros.

—Estás enferma, supongo. Cuando estés enferma no deberías actuar. Quedaste en ridículo. Mis amigos se aburrieron. Yo me aburrí.

Ella parecía no escucharle. Estaba transformada de alegría. Un éxtasis de felicidad la dominaba.

—Dorian, Dorian —dijo—, antes de conocerte, actuar era la única realidad de mi vida. Vivía sólo para el teatro. Pensaba que todo era verdad. Era Rosalinda una noche y Porcia la siguiente. La alegría de Beatriz era mi alegría y las penas de Cordelia eran las mías también. Creía en todo. La gente corriente que actúa conmigo me parecían como dioses. Las escenas pintadas eran mi mundo. No conocía otra cosa que no fueran sombras y pensaba que eran reales. Tú viniste, ¡oh, mi hermoso amor!, y liberaste a mi alma de la prisión. Me enseñaste lo que es la auténtica realidad. Esta noche, por primera vez en mi vida, vi a través de la falsedad, de la imitación, de la estupidez del espectáculo vacío en el que había actuado siempre. Esta noche, por primera vez, fui consciente de que Romeo era espantoso y viejo y pintado, que la luz de la Luna en la orquesta era falsa, que el escenario era vulgar y que las palabras que tenía que decir eran irreales, no eran mis palabras, no eran lo que yo quería decir. Me has traído algo más elevado, algo de lo que todo el arte no es más que un reflejo. Me has hecho comprender que existe realmente el amor. ¡Mi amor, mi amor! ¡Príncipe Encantador! ¡Príncipe de vida! He crecido enferma entre sombras. Eres para mí más de lo que nunca será el arte. ¿Qué tengo que hacer con las marionetas de una obra? Cuando entré esta noche, no podía comprender el modo en el que me había venido todo. Pensaba que iba a ser maravilloso. Descubrí que no podía hacer nada. De repente caí en la cuenta de lo que significaba todo. El conocimiento fue exquisito para mí. Los oí silbar y sonreí. ¿Qué pueden saber ellos de un amor como el nuestro? Llévame lejos, Dorian... Llévame contigo donde podamos estar completamente solos. Odio el escenario. Debo imitar una pasión que no siento, pero no puedo imitar la que me consume como un fuego. ¡Oh!, Dorian, ¿entiendes ahora lo que significa? Incluso si pudiera hacerlo, sería una profanación para mí representar estar enamorada. Me has hecho ver eso.

Él se dejó caer sobre el sofá y volvió la cara.

—Has matado mi amor —dijo entre dientes.

Ella le miró asombrada y se rio. Él no contestó. Ella se acercó a él y con sus pequeños dedos le acarició el pelo. Se arrodilló y apretó sus manos contra sus labios. Él las quitó y un escalofrío le atravesó.

Luego dio un salto y fue hacia la puerta.

—¡Sí! —gritó—, has matado mi amor. Solías excitar mi imaginación. Ahora no excitas ni siquiera mi curiosidad. Sencillamente no me produces ningún efecto. Te amaba porque eras maravillosa, porque tenías talento e inteligencia, porque hacías realidad los sueños de los grandes poetas y dabas forma y sustancia a las sombras del arte. Lo has tirado todo. Eres superficial y estúpida. ¡Dios mío! ¡Qué locura ha sido amarte! ¡Qué loco he sido! Ahora no eres nada para mí. No te veré nunca más. Nunca pensaré en ti. Nunca pronunciaré tu nombre. No sabes lo que fuiste para mí una vez. Por qué una vez... ¡Oh, no puedo soportar pensar en ello! ¡Ojalá nunca me hubiera fijado en ti! Has estropeado el romance de mi vida. ¡Qué poco sabes del amor, si dices que él echa a perder tu arte! Sin tu arte no eres nada. Te hubiera hecho famosa, espléndida, magnífica. El mundo te hubiera adorado y hubieras llevado mi nombre. ¿Qué eres ahora? Una actriz de tercera clase con una cara bonita.

La chica se puso blanca y tembló. Se apretó las manos y su voz parecía que se quebraba en su garganta.

—No hablas en serio, Dorian —murmuró ella—. Estás actuando.

Se levantó, y, con una expresión patética de dolor en su rostro, cruzó la habitación en dirección a él. Puso la mano en su brazo y le miró a los ojos. Él retrocedió.

—¡No me toques! —gritó.

Un lamento bajo salió de ella, se arrojó a sus pies y se quedó allí como una flor pisoteada.

—¡Dorian, Dorian, no me dejes! —suspiró—. Siento tanto no haber actuado bien. Estaba pensando en ti todo el tiempo. Pero lo intentaré, sí, lo intentaré. Vino tan repentino mi amor por ti. Creo que nunca lo hubiera sabido si no me hubieras besado, si no nos hubiéramos besado. Bésame otra vez, amor mío. No te vayas de mí. No podría soportarlo. ¡Oh!, no te vayas de mí. Mi hermano... No, no importa. Él no quiso decirlo. Él estaba bromeando... Pero tú, ¿no puedes perdonarme por lo de esta noche? Trabajaré duro e intentaré mejorar. No seas cruel conmigo porque te ame más que a nada en el mundo. Después de todo sólo ha sido una vez la que no te he complacido. Pero tienes mucha razón, Dorian. Debería haberme mostrado yo misma más que a una artista. Fue una locura por mi parte, y sin embargo no pude evitarlo. Oh, no me dejes, no me dejes.

Un arranque de sollozos apasionados la asfixiaba. Estaba agachada en el suelo como un herido, y Dorian Gray, con sus hermosos ojos, la miró y sus labios cincelados se curvaron con desdén. Siempre hay algo ridículo en las emociones de la persona que has dejado de amar. Sibyl Vane le parecía absurdamente melodramática. Sus lágrimas y sollozos le molestaban.

—Me voy —dijo al final, con su voz calmada y clara—. No quiero ser descortés, pero no puedo verte de nuevo. Me has decepcionado.

Ella lloró en silencio y no contestó, pero se acercó. Estiró sus pequeñas manos a ciegas y parecía que le buscaban. Él giró sobre sus talones y abandonó la habitación. En pocos minutos estaba fuera del teatro.

Apenas sabía por dónde había andado. Recordó haber vagado por calles poco alumbradas, haber pasado por lúgubres arcadas de sombras negras y casas de aspecto funesto. Mujeres de voces roncas y carcajadas ásperas le habían llamado por detrás. Los borrachos se tambaleaban y maldecían y charlaban entre ellos como monos monstruosos. Había visto niños grotescos apiñados sobre felpudos y había oído gritos y juramentos que procedían de patios oscuros.

Cuando despuntaba el alba descubrió que estaba cerca de Covent Garden. La oscuridad aumentaba y disminuía la claridad tenue, el cielo se abría en una perla perfecta. Enormes carros llenos de lilas se balanceaban haciendo ruido al bajar por la calle vacía y reluciente. El aire estaba cargado del perfume de las flores y su belleza parecía traerle un calmante para su dolor. Siguió hasta el mercado y observó a los hombres descargando los carros. Un carretero con bata blanca le ofreció algunas cerezas. Él se lo agradeció, preguntándose por qué había rechazado aceptar algún dinero por ellas y empezó a comérselas distraídamente. Habían sido arrancadas a medianoche y la frialdad de la Luna había entrado en ellas. Una larga fila de chicos que transportaban cajones de tulipanes desnudos y de rosas amarillas y rojas desfilaron frente a él, entre los enormes montones color verde jade de los vegetales. Bajo el pórtico, con sus pilares grises blanqueados por el sol, merodeaba un grupo de sucias chicas con la cabeza descubierta, esperando a que se acabara la subasta. Otros concurrían alrededor de las puertas batientes del café de la plaza. Los caballos de los carros se resbalaban y pateaban sobre las piedras bastas, agitando sus campanillas y arreos. Algunos conductores estaban tumbados sobre un montón de sacos durmiendo. Las palomas con cuello de lirio y patas color rosa corrían para coger semillas.

Después de un rato llamó a un coche y se fue a casa. Se detuvo por un momento sobre el felpudo, mirando alrededor de la silenciosa plaza con sus ventanas vacías y cerradas y sus persianas fijas. El cielo era ahora puro ópalo y los tejados de las casas relucían como plata. Desde alguna chimenea de enfrente subía una fina espiral de humo. Se rizaba una cinta violeta a través del aire teñido de nácar.

En el brillante farol veneciano, arrancado de alguna embarcación, que colgaba del techo de la gran entrada forrada de roble, las luces estaban encendidas todavía con las tres llamas vacilantes. Parecían finos pétalos de llamas azules, cubiertos de escarcha con fuego blanco. Los apagó y, habiendo arrojado su sombrero y su capa sobre la mesa, atravesó la biblioteca hacia la puerta de su dormitorio, una habitación grande octogonal en el piso de abajo que, en su sentimiento de lujo recién nacido, acababa de decorar él mismo, y había colgado algunos tapices curiosos renacentistas que había descubierto almacenados en un ático abandonado de Selby Royal. Según estaba girando el pomo de la puerta, sus ojos se fijaron en el retrato que Basil Hallward le había pintado. Retrocedió sorprendido. Luego continuó hacia su habitación, mirando algo desconcertado. Después de que se hubo desabrochado los botones de su abrigo, pareció alterarse. Finalmente regresó, se acercó al cuadro y lo examinó. A la tenue luz detenida que luchaba a través de las persianas de seda color crema, le parecía que el rostro había cambiado un poco. La expresión parecía diferente. Se diría que había un toque de crueldad en la boca. Era muy extraño, sin duda.

Se volvió y, andando hacia la ventana, levantó la persiana. El amanecer luminoso inundó la habitación y barrió las sombras fantásticas de los rincones oscuros, donde permanecían estremeciéndose. Pero la expresión extraña que había advertido en el rostro del retrato parecía persistir allí, incluso era más intensa. La temblorosa luz del sol ardiente le mostró las líneas de crueldad alrededor de la boca de una forma tan clara como si hubiera estado mirándose en un espejo después de haber hecho algo espantoso.

Puso mala cara y, tomando de la mesa unas lentes ovaladas enmarcadas con cupidos de marfil, uno de los muchos regalos de lord Henry, observó rápidamente el fondo barnizado. Ninguna línea como aquella desvirtuaba sus labios rojos. ¿Qué significaba aquello?

Se frotó los ojos, se acercó al cuadro y lo examinó otra vez. No había signos de ningún cambio cuando miró a la pintura ahora y, sin embargo, no había duda de que toda la expresión había cambiado. No eran imaginaciones suyas. Era horriblemente evidente.

Se dejó caer en una silla y empezó a pensar. De repente le pasó por la cabeza lo que había dicho en el estudio de Basil Hallward el día que se terminó el cuadro. Sí, lo recordaba perfectamente. Había expresado el deseo descabellado de que él se mantuviera joven y de que el retrato se hiciera viejo, que su propia belleza no se manchara y la cara del lienzo soportara la carga de sus pasiones y sus pecados, que la imagen pintada se endureciera con las líneas del sufrimiento y del pensamiento y que él mantuviera el brillo delicado y el encanto de su infancia consciente. ¿Seguro que se había cumplido su deseo? Esas cosas eran imposibles. Parecía monstruoso incluso pensar en ellas. Y, sin embargo, ahí estaba el cuadro delante de él, con el toque de crueldad en la boca.

¡Crueldad! ¿Había sido cruel? Era culpa de la chica, no de él. Él había soñado que ella era una gran artista, le había dado su amor porque había pensado en su grandeza. Luego le había decepcionado. Ella había sido superficial e indigna. Y, sin embargo, un sentimiento de arrepentimiento infinito le vino cuando pensaba en ella postrada a sus pies sollozando como una niña. Recordaba con qué insensibilidad la había mirado. ¿Por qué le habían hecho así? ¿Por qué le habían dado a él un alma así? Pero él había sufrido también. Durante las terribles horas que había durado la obra, había vivido siglos de dolor, eternidades de tortura. Su vida era de mucho valor para ella. Si ella le había herido por un momento, él la había lastimado durante mucho tiempo. Por otro lado, las mujeres están mejor dotadas para soportar las penas que los hombres. Viven de sus emociones. Ellas sólo piensan en sus emociones. Cuando tienen amantes, es simplemente para tener a alguien y poder hacer escenas. Lord Henry le había dicho eso y lord Henry conocía a las mujeres. ¿Por qué se preocupaba por Sibyl Vane? Ella no era nada para él ahora.

¿Pero el cuadro? ¿Qué pensar sobre eso? El cuadro mantenía el secreto de su vida y contaba su historia. Él le había enseñado a amar su propia belleza. ¿Le enseñaría a odiar su propia alma? ¿Le miraría de nuevo?

No. Era una mera ilusión forjada en sus sentidos trastornados. La noche horrible que había pasado había dejado fantasmas tras ella. De repente había caído sobre su cerebro esa motita diminuta escarlata que hace enloquecer a los hombres. El cuadro no había cambiado. Era una locura pensar eso.

Sin embargo, el cuadro le estaba mirando, con su hermosa cara reflejada y su sonrisa cruel. Su pelo brillante centelleaba a la luz temprana del Sol. Los ojos azules se encontraron con los suyos. Una sensación de piedad infinita, no por él mismo, sino por su imagen pintada, le vino a él. Había cambiado ya y cambiaría más. Su pelo dorado se convertiría en gris. Sus rosas rojas y blancas morirían. Por cada pecado que cometiera, una mancha salpicaría y destruiría la belleza del cuadro. Pero él no pecaría. El cuadro, cambiara o no cambiara, sería para él el emblema visible de su conciencia. Resistiría a la tentación. No vería a lord Henry nunca más; en todo caso, no escucharía esas teorías sutiles y venenosas que por primera vez en el jardín de Basil Hallward habían agitado en él la pasión por cosas imposibles. Regresaría a Sibyl Vane, harían las paces, se casaría con ella, intentaría amarla de nuevo. Sí, era su deber hacerlo así. Ella tiene que haber sufrido más que yo. ¡Pobre chica! Había sido egoísta y cruel con ella. La fascinación que había ejercido sobre él volvería. Serían felices juntos. Su vida con ella sería hermosa y pura.

Se levantó de la silla y colocó un gran biombo justo enfrente del retrato, estremeciéndose según le miraba. «¡Qué horrible!», murmuró, y se encaminó hacia la ventana y la abrió. Cuando dio unos pasos afuera hacia la hierba, respiró profundamente. El aire fresco de la mañana parecía haberse llevado todas sus pasiones sombrías. Pensó solamente en Sibyl. Un eco ligero de su amor regresó a él y repitió su nombre una y otra vez. Los pájaros cantaban en el jardín empapados por el rocío y parecían estar hablando a las flores sobre ella.

CAPÍTULO VIII

Era muy pasado el mediodía cuando se despertó. Su ayuda de cámara había entrado varias veces de puntillas en la habitación para ver si se movía, y se había preguntado qué habría hecho su joven señor para dormir hasta tan tarde. Finalmente sonó la campanilla y Víctor entró suavemente con una taza de té y un montón de cartas sobre una antigua bandeja de Sèvres, y descorrió las cortinas de satén color aceituna con forro azul brillante que colgaban frente a las tres altas ventanas.

—El señor ha dormido bien esta mañana —dijo sonriendo.

—¿Qué hora es, Víctor? —preguntó Dorian Gray adormecido.

—La una y cuarto, señor.

¡Qué tarde era! Se sentó y, después de tomar el té, revisó el correo. Había una carta de lord Henry; la habían traído en mano por la mañana. Él se inquietó por un momento y luego la colocó aparte. Abrió las otras apáticamente. Contenían la típica colección de tarjetas, invitaciones para cenar, entradas para visitas privadas, programas de conciertos de caridad y otras similares que colmaban a los hombres jóvenes de moda cada mañana durante la temporada. Había una factura bastante elevada por un juego de tocador engastado en plata estilo Luis XV, que no había tenido el valor todavía de enviar a sus tutores, quienes eran unas personas anticuadas en extremo y no se daban cuenta de que vivimos en una época en la que las cosas innecesarias son nuestras únicas necesidades, y había varias comunicaciones muy corteses de los prestamistas de la calle Jermyn ofreciéndose a adelantar alguna cantidad de dinero al momento y al porcentaje de interés más razonable.

Después de unos diez minutos se levantó y, vistiéndose con una elaborada bata de cachemir bordada en seda, pasó al baño solado de ónice. El agua fría le refrescó después de haber dormido tanto. Parecía haber olvidado todo lo que había sucedido. La sensación vaga de haber tomado parte en alguna tragedia extraña le vino una o dos veces, pero era como la irrealidad de un sueño.

Tan pronto como se vistió, fue a la biblioteca y se sentó para tomar un desayuno francés ligero que le habían puesto en una pequeña mesa redonda cerca de la ventana abierta. Era un día espléndido. El aire cálido parecía cargado de especias. Una abeja entró volando y zumbó alrededor del dragón azul que, lleno de rosas color amarillo azufre, estaba delante de él. Se sentía completamente feliz.

De repente se fijó en el biombo que había colocado delante del retrato y se sobresaltó.

—¿Demasiado frío, señor? —preguntó su ayuda de cámara, poniendo una tortilla en la mesa—. ¿Cierro la ventana?

Dorian sacudió la cabeza.

—No tengo frío —murmuró.

¿Era todo cierto? ¿Había cambiado realmente el retrato? O simplemente había sido su propia imaginación la que le había hecho ver una mirada del mal donde había habido una mirada de alegría. ¿Seguro que un lienzo no podía cambiar? El asunto era absurdo. Serviría como cuento para contarle a Basil algún día. Le haría sonreír.

Y, sin embargo, ¡qué vivo estaba su recuerdo de todo ello! Primero a media luz y luego a la luz luminosa del amanecer, él había visto el toque de crueldad alrededor de los labios desvirtuados. Casi temía que su ayuda de cámara abandonara la habitación. Sabía que cuando estuviera solo tendría que examinar el retrato. Tenía miedo de la certeza. Cuando le trajo el café y los cigarrillos y el hombre se dio la vuelta para irse, sintió un deseo incontrolable de decirle que se quedara.

Nada más cerrarse la puerta tras él le volvió a llamar. El hombre estuvo en pie esperando sus órdenes. Dorian le miró un momento.

—No estoy en casa para nadie, Víctor —dijo con un suspiro. El hombre hizo una inclinación y se retiró.

Luego se levantó de la mesa, encendió un cigarrillo y se tiró sobre un sofá con cojines lujosos que estaba colocado de cara al biombo. El biombo era antiguo, de cuero dorado español, estampado y trabajado en un estilo Luis XIV bastante florido. Lo examinó con curiosidad, preguntándose si alguna vez antes había ocultado el secreto de la vida de un hombre.

¿Lo movería a un lado, después de todo? ¿Por qué no dejar que se quedara allí? ¿Qué utilidad tenía el saberlo? Si era cierto, era terrible. Si no era cierto, ¿por qué preocuparse de ello? Pero, ¿y si, por el destino o casualidad más perniciosa, ojos que no fueran los suyos espiaran detrás y vieran el horrible cambio? ¿Qué haría él si Basil Hallward viniera a pedirle ver su propio cuadro? Estaba seguro de que Basil lo haría. No, tenía que examinarlo de una vez. Cualquier cosa sería mejor antes que quedarse con la horrible duda.

Se levantó y cerró con llave las dos puertas. Al menos estaría solo cuando mirara la máscara de su sombra. Luego retiró el biombo a un lado y se vio a sí mismo cara a cara. Era completamente cierto. El retrato había cambiado.

Como recordó con frecuencia después, y siempre con gran asombro, se descubrió a sí mismo observando el retrato con un sentimiento de interés casi científico. Que aquel cambio hubiera tenido lugar era increíble para él. Y sin embargo era un hecho. ¿Había alguna afinidad misteriosa entre los átomos químicos que daban forma y color al lienzo y el alma que había en él? ¿Podía ser que lo que el alma pensaba, ellos se daban cuenta? ¿Que lo que se soñaba, ellos lo hacían realidad? ¿O había allí alguna otra razón más terrible? Se estremeció y sintió temor, y, regresando al sofá, se tumbó, observando el cuadro con miedo deprimente.

Sin embargo, sintió que había hecho algo por él. Le había hecho consciente de lo injusto, de lo cruel que había sido con Sibyl Vane. No era demasiado tarde para reparar aquello. Ella podía ser todavía su esposa. Su amor irreal y egoísta cedería a alguna influencia más elevada, se transformaría en alguna pasión más noble, y el retrato que Basil Hallward había pintado de él sería una guía para él en la vida, sería para él lo que la santidad es para unos y la conciencia para otros, y el temor de Dios para todos nosotros. Había opio para el remordimiento, drogas que podían calmar el sentido moral para dormir. Pero aquí estaba el símbolo visible de la degradación del pecado. Aquí estaba el signo siempre presente que los hombres perdidos traen a sus almas.

Dieron las tres, y las cuatro, y a la media hora sonaron los dos repiques, pero Dorian Gray no se movió. Estaba tratando de recoger los hilos escarlata de la vida y tejerlos en un dibujo. Encontrar su camino a través del laberinto sanguinario de la pasión por el que había estado vagando. No sabía qué hacer ni qué pensar. Finalmente, fue hacia la mesa y escribió una carta apasionada a la joven que había amado, rogándole su perdón y acusándose a sí mismo de locura. Cubrió página tras página de palabras frenéticas de dolor y palabras aún más frenéticas de pena. Es un lujo reprocharse a uno mismo. Cuando nos culpamos a nosotros mismos sentimos que nadie más tiene el derecho a culparnos. Es la confesión y no el sacerdote el que da la absolución. Cuando Dorian hubo terminado la carta, sintió que había sido perdonado.

De repente llamaron a la puerta y oyó afuera la voz de lord Henry.

—Mi querido muchacho, tengo que verte. Déjame entrar de una vez. No puedo soportar que te encierres de esta forma.

Al principio no contestó, sino que se mantuvo completamente inmóvil. Los golpes continuaban todavía y se hacían más fuertes. Sí, sería mejor dejar entrar a lord Henry y explicarle la nueva vida que iba a llevar, discutir con él si había necesidad de discutir, separarse si la separación era inevitable. Dio un salto, corrió el biombo deprisa tapando el cuadro y abrió la puerta.

—Siento tanto todo, Dorian   dijo lord Henry según entraba—. Pero no tienes que pensar demasiado en ello.

—¿Te refieres a Sibyl Vane? —preguntó el muchacho.

—Sí, por supuesto —contestó lord Henry, desplomándose en una silla y tirando lentamente de sus guantes amarillos—. Es espantoso, desde cierto punto de vista, pero no fue por tu culpa. Dime, ¿fuiste al camerino a verla después de que terminó la obra?

—Sí.

—Estaba seguro de que lo harías. ¿Tuviste una escena con ella?

—Fui un bruto, Harry, un perfecto bruto. Pero ahora todo va bien. No me arrepiento de nada de lo que ha ocurrido. Me ha enseñado a conocerme mejor a mí mismo.

—¡Ah, Dorian, me alegro tanto de que hayas tomado ese camino! Tenía miedo de descubrir que te hundieras en el remordimiento y te arrancaras ese bonito pelo rizado tuyo.

—Ya ha pasado todo —dijo Dorian, sacudiendo la cabeza y sonriendo—. Soy totalmente feliz ahora. Para empezar sé lo que es la conciencia. No es lo que me dijiste que era. Es lo más divino de nosotros. No la desprecies nunca más, Harry, al menos delante de mí. Quiero ser bueno. No puedo soportar la idea de que mi alma sea repelente.

—¡Una base artística muy encantadora para la ética, Dorian! Te felicito. Pero, ¿cómo empezarás?

—Casándome con Sibyl Vane.

—¡Casándome con Sibyl Vane! —gritó lord Henry levantándose y mirándole con asombro—. Pero, mi querido Dorian...

—Sí, Harry, sé lo que vas a decirme. Algo espantoso sobre el matrimonio. No lo digas. No me vuelvas a decir nada de eso parecido otra vez. Hace dos días pedí a Sibyl que se casara conmigo. No voy a romper mi palabra. Será mi esposa.

—¡Tu esposa! ¡Dorian...! ¿No tienes mi carta? Te escribí esta mañana y te envié una nota.

—¿Tu carta? ¡Oh, sí, recuerdo! No la he leído todavía, Harry. Temía que hubiera algo en ella que no me gustara. Tú cortas la vida en trozos con tus epigramas.

—¿No sabes nada, entonces?

—¿Qué quieres decir?

Lord Henry cruzó la habitación y, sentándose al lado de Dorian Gray, le tomó las manos entre las suyas y las sostuvo fuertemente.

—Dorian —dijo—, mi carta, no te asustes, era para decirte que Sibyl Vane ha muerto.

Un grito de dolor salió de los labios del muchacho y se echó a sus pies, quitando sus manos del alcance de lord Henry.

—¡Muerta! ¡Sibyl muerta! ¡No es cierto! ¡Es una horrible mentira! ¿Cómo te atreves a decir eso?

—Es totalmente cierto, Dorian —dijo lord Henry con gravedad—. Está en todos los periódicos de la mañana. Te escribí para pedirte que no vieras a nadie hasta que yo llegara. Habrá una investigación, por supuesto, y tú no debes mezclarte en ello. Cosas como estas hacen a un hombre estar de moda en París. Pero en Londres la gente tiene tantos prejuicios... Aquí no se debe comenzar nunca con un escándalo, eso se reserva para dar interés a la vejez. Supongo que ellos no saben tu nombre en el teatro. Si no lo saben, todo irá bien. ¿Te vio alguien merodeando su habitación? Ese es un punto importante.

Dorian no contestó durante un momento. Estaba aturdido por el horror. Finalmente tartamudeó con voz ahogada.

—Harry, ¿dijiste una investigación? ¿Qué quieres decir con eso? ¿Fue Sibyl...? ¡Oh, Harry, no puedo soportarlo! Pero rápido, cuéntame todo de una vez.

—No dudo de que no fue un accidente, Dorian, aunque se tendrá que decir así al público. Parece ser que, según abandonaba el teatro con su madre, sobre las doce y media o así, dijo que había olvidado algo en el piso de arriba. Su madre la esperó un rato, pero no bajaba.

Al final la encontraron tendida, muerta en el suelo de su camerino. Había ingerido algo por equivocación, alguna cosa espantosa que utilizan en el teatro. No sé lo que era, pero tenía dentro ácido prúsico o albayalde. Me imagino que sería ácido prúsico, ya que parece que murió instantáneamente.

—¡Harry, Harry, es terrible! —gritó el muchacho.

—Sí, es muy trágico, por supuesto, pero tú no te tienes que mezclar en ello. Veo por *The Standard* que tenía diecisiete años. Hubiera pensado que era más joven. Parecía una niña y parecía saber tan poco sobre actuar... Dorian, no tienes que permitir que esto te ponga nervioso. Tienes que venir a cenar conmigo y después pasaremos por la ópera. Es la noche de Patti y todo el mundo estará allí. Puedes venir al palco de mi hermana. Vendrán con ella algunas mujeres elegantes.

—Así que he asesinado a Sibyl Vane —dijo Dorian Gray, casi para sí mismo—. La he asesinado, sin duda, como si le hubiera cortado su pequeño cuello con un cuchillo. Sin embargo, las rosas no son menos encantadoras por todo eso. Los pájaros cantan exactamente igual de felices en mi jardín. Y esta noche voy a cenar contigo, y luego iremos a la ópera y supongo que después tomaremos una cena ligera en algún sitio. ¡Qué extraordinariamente dramática es la vida! Si hubiera leído todo esto en un libro, Harry, creo que hubiera llorado sobre él. Por alguna razón, ahora que ha ocurrido en realidad, a mí me parece demasiado maravilloso para las lágrimas. Aquí está la primera carta de amor apasionada que he escrito en mi vida. Qué extraño que la primera carta de amor apasionado hubiera sido dirigida a una chica muerta. Me pregunto si ellos pueden sentir a esa persona blanca y callada que nosotros llamamos difunto. ¡Sibyl! ¿Puede ella sentir, saber o escuchar? ¡Oh, Harry, cómo la amé una vez! Ahora me parece que fue hace siglos. Era todo para mí. Luego llegó esa noche espantosa, fue en realidad la pasada noche, cuando ella actuó tan mal y mi corazón casi se rompe. Me lo explicó todo. Fue terriblemente patético. Pero no me conmovió en lo más mínimo. Creía que ella era superficial. De repente algo ocurrió que me hizo sentir miedo. No puedo decirte lo que fue, pero fue terrible. Dije que volvería a ella. Siento que me he equivocado. Y ahora está muerta. ¡Dios mío, Dios mío! Harry, ¿qué haré? No sabes el peligro que corro y no hay nada que me mantenga seguro. Ella lo ha hecho por mí. No tenía derecho a matarse. Fue culpa suya.

—Mi querido Dorian —contestó lord Henry, sacando un ciga-rrillo de su pitillera y mostrando una caja de cerillas dorada—, de la única forma que una mujer puede reformar siempre a un hombre es aburriéndole de tal forma que él pierda todo interés posible en la vida. Si te hubieras casado con esta chica hubieras sido desgraciado. Por supuesto que tú la hubieras tratado con amabilidad. Se puede ser amable siempre con la gente que no te preocupa. Pero hubiera descu-bierto pronto que tú eras absolutamente indiferente a ella. Y cuando una mujer descubre eso en su marido, o se hace desaliñada de forma espantosa, o lleva sombreros muy elegantes que algún marido de otra mujer le ha pagado. No digo nada del error social, que hubiera sido despreciable y que, por supuesto, no hubiera permitido, pero te asegu-ro que en cualquier caso todo hubiera sido un fracaso absoluto.

—Supongo que sí —dijo el muchacho entre dientes, paseándose por la habitación y horriblemente pálido—. Pero pensaba que era mi deber. No es culpa mía que esta terrible tragedia me haya evitado ha-cer lo que era justo. Recuerdo que me dijiste una vez que hay una fatalidad en los buenos propósitos... que siempre se hacen demasiado tarde. Los míos lo han sido, sin duda.

—Los buenos propósitos son intentos inútiles de interferir las le-yes científicas. Su origen es pura vanidad. Su resultado es absoluta-mente nulo. Nos dan, de cuando en cuando, algunas de esas emocio-nes sensuales estériles que tienen una cierta atracción por lo débil. Eso es todo lo que se puede decir de ellas. Son simples cheques que los hombres giran contra un banco donde no tienen cuenta.

—Harry —dijo Dorian Gray, yendo a sentarse a su lado—, ¿por qué no puedo sentir esta tragedia tanto como yo quisiera? No creo que no tenga corazón, ¿verdad?

—Has hecho demasiadas cosas descabelladas durante los últimos quince días para tener derecho a darte ese nombre tú mismo, Dorian —contestó lord Henry con su sonrisa dulce y melancólica.

El muchacho frunció el ceño.

—No me gusta esa explicación —respondió—, pero me alegro de que no pienses que no tengo corazón. No soy de esa clase. Sé que no lo soy. Y sin embargo tengo que admitir que lo que ha sucedido no me afecta como debería. Me parece que es simplemente el final mara-villoso de una obra maravillosa. Tiene toda la terrible belleza de una tragedia griega, una tragedia en la que yo he tomado una gran parte, pero que no me ha herido.

—Es una cuestión interesante —dijo lord Henry, que encontraba un placer delicioso en aprovecharse del egoísmo inconsciente del muchacho—, una cuestión extremadamente interesante. Me imagino que la verdadera explicación es esta: A menudo sucede que las tragedias reales de la vida ocurren de una forma tan poco artística que nos hieren con su cruda violencia, su incoherencia absoluta, su absurda falta de significado, su total ausencia de estilo. Nos afectan exactamente igual que la vulgaridad. Nos da la impresión de fuerza bruta auténtica y nos rebelamos contra eso. Sin embargo, algunas veces, una tragedia que posee elementos artísticos de belleza cruza por nuestras vidas. Si estos elementos de belleza son reales, todo el hecho atrae sencillamente a nuestro sentido de efecto dramático. De repente descubrimos que no seremos actores durante más tiempo, sino espectadores de la obra. O al menos seremos las dos cosas. Nos miramos a nosotros mismos y el mero asombro del espectáculo nos cautiva. En este caso, ¿qué ha ocurrido realmente? Alguien se ha matado por amor a ti. Ojalá no tenga una experiencia como esa. Me hubiera hecho amar el amor para el resto de mi vida. Las personas que me han adorado, que no han sido demasiadas, pero ha habido algunas, han insistido siempre en seguir viviendo, muchas después de haber cesado yo de preocuparme por ellas, o ellas de preocuparse por mí. Ellas se han hecho fuertes y tediosas, y cuando las he encontrado de nuevo venían a buscar recuerdos enseguida. Esa tremenda memoria de las mujeres, ¡qué espantosa es! ¡Y qué estancamiento intelectual tan absoluto revela! Uno puede absorber el color de la vida, pero nunca puede recordar sus detalles. Los detalles son vulgares siempre.

—Tengo que sembrar adormideras en mi jardín —susurró Dorian.

—No es necesario —contestó su acompañante—. La vida tiene siempre adormideras en sus manos. Por supuesto, ahora y siempre, hay cosas que tardan. Una vez sólo llevé puestas violetas durante toda una estación, como forma de mañana artística para un amor que no moriría. Sin embargo, al final murió. Olvidé lo que le mató. Creo que fue su propósito de sacrificar el mundo entero por mí. Ese es siempre un momento espantoso. Le llena a uno de temor a la eternidad. Bueno... ¿Lo creerías...? Hace una semana en casa de *lady* Hampshire me encontraba sentado en la cena al lado de la dama en cuestión, y ella insistía en volver de nuevo, desenterrar el pasado y rastrear el futuro. Yo había enterrado mi romance en una cama de asfódelo. Ella lo sacó de nuevo y me aseguró que había echado a perder su vida. Debo afirmar que ella cenó abundantemente, así que yo no sentí ninguna inquietud. Pero, ¡qué falta de gusto demostró! El único encanto del pasado es que es el pasado. Pero las mujeres nunca saben cuándo cae el telón. Ellas siempre quieren un sexto acto, y tan pronto como el interés por la obra está totalmente acabado ellas proponen que continúe. Si se les permitiera hacerlo a su modo, cada comedia tendría un final trágico, y cada tragedia culminaría en una farsa. Son encantadoramente artificiales, pero no tienen sentido del arte. Eres más afortunado que yo. Te aseguro, Dorian, que ninguna de las mujeres que he conocido ha hecho por mí lo que Sibyl Vane hizo por ti. Las mujeres corrientes siempre se consuelan a sí mismas. Algunas de ellas lo hacen llevando colores sentimentales. Nunca confíes en una mujer que lleve malva, cualquiera que sea su edad, o una mujer de unos treinta y cinco años a la que le encanten las cintas rosas. Siempre significa que tienen una historia. Otras encuentran un gran consuelo en el descubrimiento repentino de las buenas cualidades de sus maridos. Ellas hacen alarde de su felicidad conyugal en la cara de uno, como si fuera el pecado más fascinante. La religión consuela a algunas. Sus misterios tienen todo el encanto de un flirteo, me dijo una vez una mujer, y apenas puedo entenderlo. Por otro lado, nada le hace a uno tan vano como que le digan que es un pecador. La conciencia nos hace egoístas a todos. Sí, en realidad no hay fin para los consuelos que las mujeres encuentran en la vida moderna. De hecho, yo no he mencionado el más importante de todos.

—¿Cuál es, Harry? —dijo el muchacho distraídamente.

—Oh, el consuelo obvio. Robarle el admirador a otra cuando se pierde el propio. En la buena sociedad esto rejuvenece siempre a una mujer. Pero en realidad, Dorian, ¡qué diferente tenía que haber sido Sibyl Vane de todas las mujeres que se encuentra uno! Hay algo muy hermoso para mí sobre su muerte. Me alegro de vivir en un siglo donde ocurren tales maravillas. Le hacen creer a uno en la realidad de las cosas con las que todos jugamos, tales como la aventura amorosa, la pasión y el amor.

—Fui terriblemente cruel con ella. Olvidas eso.

—Me temo que las mujeres aprecian la crueldad, la verdadera crueldad, más que cualquier otra cosa. Tienen instintos maravillosamente primitivos. Nosotros las hemos emancipado, pero continúan siendo esclavas buscando a sus señores, siempre lo mismo. Que su amor sea dominado. Seguro que eres espléndido. En realidad nunca te he visto totalmente enfadado, pero me puedo imaginar qué encantador parecerías. Y, después de todo, me dijiste algo anteayer que me pareció en ese momento que era simple fantasía, pero lo que veo ahora es que era absolutamente cierto y tiene la llave de todo.

—¿Qué fue, Harry?

—Me dijiste que Sibyl Vane representaba para ti a todas las heroínas de un romance: que era Desdémona una noche y Ofelia a la siguiente, que si moría como Julieta, volvía a la vida como Imogen.

—Ahora no volverá a la vida —dijo entre dientes el muchacho, ocultando la cara entre sus manos.

—No, nunca volverá a la vida. Ha interpretado su último papel. Pero tienes que pensar sencillamente que la muerte solitaria en el sucio camerino fue un fragmento extraño y sensacionalista de alguna tragedia jacobea o una escena maravillosa de Webster, Ford o Cyril Tourneur. En realidad la chica no vivía, y por tanto en realidad ella nunca ha muerto. Para ti al menos ella fue siempre un sueño, un fantasma que revoloteaba a través de las obras de Shakespeare y las dejaba más hermosas por su presencia, como ese fantasma por el cual los dramas de Shakespeare son más ricos y más llenos de alegría. En el momento en que tocó la vida real, ella la echó a perder y la vida la echó a perder a ella, y de esa forma se fue. Llora por Ofelia, si quieres. Pon cenizas sobre tu cabeza porque Cordelia fue estrangulada. Grita contra el cielo porque murió la hija de Brabantio. Pero no malgastes tus lágrimas por Sibyl Vane. Ella era menos real que las otras.

Hubo silencio. La tarde oscurecía en la habitación. Sin ruido y con pies de plata, las sombras se deslizaban desde el jardín. Los colores teñían las cosas cansadamente.

Después de un rato Dorian Gray levantó la mirada.

—Tú te has explicado por mí, Harry —murmuró con un suspiro de alivio—. Siento en mí todo lo que has dicho, pero de alguna forma lo temo y no puedo expresarlo para mí mismo. ¡Qué bien me conoces! Pero no hablaremos otra vez de lo que ha sucedido. Ha sido una experiencia maravillosa. Eso es todo. Me pregunto si la vida me tiene todavía reservado algo más maravilloso.

—La vida tiene todo reservado para ti, Dorian. No hay nada que tú no seas capaz de hacer con esa extraordinaria buena apariencia.

—Pero, supón, Harry, que me torno ojeroso, viejo, arrugado. ¿Entonces qué?

—Ah, entonces —dijo lord Henry, levantándose para irse—, entonces, mi querido Dorian, tendrías que luchar por tus victorias. Por decirlo así, te las traen. No, tienes que mantener tu buena apariencia. Vivimos en una época en la que se lee demasiado para ser sabio y en la que se piensa demasiado para ser hermoso. No podemos prescindir de ti. Y ahora vístete mejor, vayamos al club. Se nos hace tarde.

Creo que me reuniré contigo en la ópera, Harry. Me siento muy cansado para comer algo. ¿Cuál es el número de palco de tu hermana?

—El veintisiete, creo. Está en el piso principal. Verás su nombre en la puerta. Pero siento que no vengas a cenar.

—No me siento capaz —dijo Dorian indiferentemente—. Pero te estoy terriblemente agradecido por todo lo que me has dicho. Eres sin duda mi mejor amigo. Nadie me ha comprendido nunca como tú.

—Estamos solamente al principio de nuestra amistad, Dorian —contestó lord Henry, estrechándole la mano—. Adiós. Te veré antes de las nueve y media, espero. Recuerda, Patti va a cantar.

Nada más cerrar la puerta tras él, Dorian Gray tocó la campanilla y en pocos minutos Víctor apareció con las lámparas y bajó las persianas. Esperaba impacientemente a que se fuera. Parecía que el hombre se tomaba un tiempo interminable en hacer todo.

Tan pronto como se fue, se acercó hacia al biombo y lo retiró. No, no había más cambios en el cuadro. Había recibido las noticias sobre la muerte de Sibyl Vane antes de que él mismo tuviera conocimiento de ello. Era consciente de los hechos de la vida tal como ocurren. La crueldad depravada que desfiguraba las finas líneas de la boca sin duda había aparecido en el mismo momento en que la chica se había bebido el veneno, cualquiera que fuera. ¿O era indiferente a los resultados? ¿Tenía conocimiento simplemente de lo que pasaba dentro del alma? Él se preguntaba y esperaba que algún día vería cómo el cambio tenía lugar delante de sus propios ojos. Se estremeció según lo esperaba.

¡Pobre Sibyl! ¡Qué novela había sido todo! A menudo había imitado a la muerte en el escenario. Luego, la propia muerte la tocó y se la llevó con ella. ¿Cómo había representado ella esa última escena espantosa? ¿Le había maldecido según moría? No, ella había muerto de amor por él y el amor sería para él un sacramento ahora. Ella había expiado por todo a través del sacrificio que había hecho de su vida. Él no pensaría nunca más sobre lo que ella le había hecho sufrir en aquella horrible noche en el teatro. Cuando pensara en ella, sería como un figura trágica maravillosa enviada al escenario del mundo para mostrar la suprema realidad del amor. ¿Una figura trágica maravillosa? Lágrimas llegaron a sus ojos al recordar su mirada infantil, sus modales atractivos y fantásticos y su gracia tímida y trémula. Se las quitó sin reflexionar y miró de nuevo al cuadro.

Sentía que había llegado la hora realmente de hacer su elección. ¿O había hecho ya su elección? Sí, la vida había decidido por él, la vida y su propia curiosidad infinita por la vida. La juventud eterna, la pasión infinita, los placeres sutiles y secretos, alegría desenfrenada y pecados más desenfrenados, él iba a tener todas estas cosas. El retrato iba a soportar el peso de su vergüenza, eso era todo.

Un sentimiento de dolor se adueñó de él al pensar en la profanación que estaba reservada para el rostro hermoso del lienzo. Una vez, en una parodia infantil de narcisismo, él había besado, o había fingido besar, esos labios pintados que ahora le sonreían de forma tan cruel. Una mañana tras otra se había sentado frente al retrato maravillándose de su belleza, casi enamorado de él, como le parecía algunas veces. ¿Iba a cambiar ahora por cada humor que produjera? ¿Se convertiría en algo monstruoso y odioso para tener que ocultarlo en una habitación cerrada con llave, encerrado a la luz del sol que tan a menudo había convertido en oro brillante la ondulación de su maravilloso su pelo? ¡Qué pena, qué pena!

Por un momento pensó en rezar para que cesara la horrible afinidad que existía entre él y el cuadro. Había cambiado en contestación a un ruego; quizá en contestación a un ruego se mantuviera inalterable. Y, sin embargo, ¿quién, que conociera algo sobre la vida, abandonaría la oportunidad de mantenerse siempre joven, o con qué consecuencias proféticas debería llenarse? Por otro lado, ¿estaba en realidad bajo control? ¿Había sido el ruego el que había producido la sustitución?

¿No habría alguna razón científica curiosa para todo ello? Si el pensamiento pudiera ejercer su influencia sobre el organismo vivo, ¿no debería el pensamiento ejercer influencia sobre las cosas muertas e inorgánicas? Sin pensamiento ni deseo consciente, ¿no deberían vibrar al unísono las cosas externas a nosotros y nuestros humores y pasiones, el átomo que llama al átomo en amor secreto o afinidad extraña? Pero la razón no era importante. Nunca volvería a tentar a ningún poder terrible por medio de un ruego. Si el cuadro iba a cambiar, cambiaría. Eso era todo. ¿Por qué preocuparse tanto por él?

Porque era un auténtico placer mirarlo. Sería capaz de seguir a su mente hasta sus lugares secretos. Este retrato sería para él el más mágico de todos los espejos. Igual que le había revelado su propio cuerpo, le revelaría su propia alma. Y cuando le llegara el invierno, él estaría todavía en el lugar donde la primavera tiembla a las puertas del verano. Cuando la sangre fuera desapareciendo de su rostro, y dejara detrás una máscara de tiza pálida y ojos hundidos, él mantendrá el encanto de la adolescencia. Ninguna flor de su belleza se marchitaría nunca. No se debilitaría nunca el pulso de su vida. Como los dioses de los griegos, sería fuerte, veloz y alegre. ¿Qué le importaría lo que le sucediera a la imagen de color del lienzo? Él estaría seguro. Eso era todo.

Volvió a correr el biombo a su lugar enfrente del cuadro y sonreía mientras lo hacía; pasó a su habitación, donde su ayuda de cámara le estaba esperando ya. Una hora más tarde estaba en la ópera y lord Henry estaba inclinado hacia su silla.

CAPÍTULO IX

Cuando estaba sentado para desayunar a la mañana siguiente, Basil Hallward se presentó en la habitación.

—Me alegro tanto de haberte encontrado, Dorian... —dijo con gravedad—. Te llamé anoche y me dijeron que estabas en la ópera. Por supuesto supe que era imposible. Pero ojalá hubieras dejado dicho adónde habías ido en realidad. Pasé una tarde espantosa, medio asustado de que una tragedia siguiera a otra. Creo que deberías haberme telegrafiado cuando lo supiste. Lo leí casi por casualidad en una edición vespertina de *The Globe,* que leí en el club. Vine aquí enseguida y me sentí fatal al no encontrarte. No puedo decirte lo destrozado que está mi corazón por todo esto. Sé lo que tienes que sufrir. Pero, ¿dónde estabas? ¿Bajaste a ver a la madre de la chica? Por un momento pensé en seguirte allí. Daban la dirección en el periódico. En algún lugar de Euston Road, ¿no? Pero temía inmiscuirme en una pena que no podía aliviar. ¡Pobre mujer! ¡En qué estado tenía que estar! ¡Y su hija única, además! ¿Qué dijo de todo ello?

—Mi querido Basil, ¿cómo puedo saberlo? —murmuró Dorian Gray, sorbiendo un poco de vino amarillo pálido de un vaso veneciano con delicadas burbujas doradas, y con el aspecto de estar muy aburrido—. Estaba en la ópera. Tendrías que haber venido. Me encontré por primera vez con *lady* Gwendolen, la hermana de Harry. Estuvimos en su palco. Es realmente encantadora y Patti cantó divinamente. No hables de temas odiosos. Si uno no habla de una cosa, nunca ha sucedido. Es sencillamente la expresión, como dice Harry, la que da realidad a las cosas. Debo decir que no era la única hija de la mujer. Hay un hijo, un muchacho encantador, creo. Pero él no se dedica al escenario. Es marinero o algo así. Y ahora, háblame de ti y de lo que estás pintando.

—¿Fuiste a la ópera? —dijo Hallward, hablando muy despacio y con un toque tenso de dolor en su voz—. ¿Tú fuiste a la ópera mientras Sybil Vane yacía muerta en alguna sórdida pensión? ¿Puedes hablarme de que otras mujeres son encantadoras y de que Patti cantó divinamente, antes incluso de que la chica a la que amabas tuviera la calma de una tumba para dormir en ella? ¡Cómo! ¡Y los horrores reservados para su pequeño cuerpo blanco!

—¡Alto, Basil! ¡No te escucharé! —gritó Dorian poniéndose en pie de un salto—. No tienes que decirme nada. Lo que está hecho, hecho está. Lo que es pasado es pasado.

—¿Llamas pasado al día de ayer?

—¿Qué tiene que ver con eso el verdadero paso del tiempo? Sólo la gente superficial necesita años para deshacerse de una emoción. Un hombre que es maestro de sí mismo puede terminar una pena con tanta facilidad como puede inventar un placer. No quiero estar a merced de mis emociones. Quiero utilizarlas, reírme de ellas y dominarlas.

—¡Dorian, esto es horrible! Algo te ha cambiado completamente. Pareces el mismo chico maravilloso que, día tras día, solía venir a mi estudio a posar para su cuadro. Pero entonces tú eras sencillo, natural y cariñoso. Eras la criatura más entera del mundo. Ahora no sé lo que ha sido de ti. Hablas como si no tuvieras corazón ni piedad. Es todo influencia de Harry. Me doy cuenta.

El muchacho se ruborizó y, yendo hacia la ventana, miró por un momento hacia afuera, al jardín verde, oscilante y bañado por el sol.

—Debo mucho a Harry, Basil —dijo al fin—, más de lo que te debo a ti. Tú sólo me enseñaste a ser vanidoso.

—Bueno, sufro castigo por eso, Dorian... o lo sufriré algún día.

—No sé lo que quieres decir, Basil —exclamó dándose la vuelta—. No sé lo que quieres. ¿Qué quieres?

—Quiero al Dorian Gray que solía pintar —dijo el artista tristemente.

—Basil —dijo el muchacho, acercándose a él y poniendo la mano en su hombro—, has venido demasiado tarde. Ayer cuando oí que Sibyl Vane se había suicidado...

—¡Suicidado! ¡Santo cielo! ¿No hay duda sobre ello? —gritó Hallward, mirando hacia él con expresión de horror.

—¡Mi querido Basil! Seguro que no piensas que fue un vulgar accidente. Por supuesto que se suicidó.

El mayor de los dos hombres ocultó el rostro entre sus manos.

—¡Qué espanto! —murmuró y un escalofrío le recorrió el cuerpo.

—No —dijo Dorian Gray—, no hay nada espantoso en ello. Es una de las grandes tragedias de la época. Como norma, la gente que actúa lleva la vida más común. Son buenos maridos, o esposas fieles, o algo tedioso. Sabes lo que quiero decir, la virtud de la clase media y toda esa serie de cosas. ¡Qué diferente era Sibyl! Vivió la tragedia más hermosa. Siempre será una heroína. La última noche que actuó, la noche que la viste, actuó tan mal porque ella había conocido la realidad del amor. Cuando conoció su irrealidad, murió, como habría muerto Julieta. Pasó otra vez a la esfera del arte. Hay algo de mártir en ella. Su muerte tiene toda la inutilidad patética del martirio, toda su belleza desperdiciada. Pero, como estaba diciendo, no tienes que pensar que no he sufrido. Si hubieras venido ayer en un momento en particular, sobre las cinco y media, quizá, o las seis menos cuarto, me hubieras encontrado llorando. Incluso Harry, que estuvo aquí y que, de hecho, me dio la noticia, no tenía ni idea de lo que estaba pasando yo. Sufrí inmensamente. Luego se pasó. No puedo repetir una emoción. Nadie puede, excepto los sentimentales. Y tú eres muy injusto, Basil.

Vienes aquí a consolarme. Es encantador por tu parte. Me encuentras consolado y te pones furioso. ¡Qué persona tan comprensiva! Me recuerdas una historia que me contó Harry sobre cierto filántropo que tardó veinte años de su vida en intentar corregir un error, o cambiar alguna ley injusta, olvidé lo que era exactamente. Al final tuvo éxito y nada pudo superar su decepción. Ya no tenía absolutamente nada que hacer, casi muere de tedio y se convirtió en un misántropo confirmado. Y por otro lado, mi querido y viejo Basil, si realmente quieres consolarme, enséñame a olvidar lo que ha ocurrido o a verlo desde un punto de vista propiamente artístico. ¿No fue Gautier quien lo utilizó para escribir sobre la consolación de las artes? Recuerdo haber leído un libro pequeño con cubiertas de vitela en tu estudio un día y haber tropezado con esa maravillosa frase. Bueno, no soy como ese joven que dices que era cuando estábamos juntos en Marlow, el joven que solía decir que el satén amarillo podía consolar a uno de todas las desgracias de la vida. Amo las cosas hermosas que uno puede tocar y manejar. Los brocados antiguos, los bronces verdes, las obras lacadas, marfiles tallados, contornos exquisitos, lujosos, pomposos, hay mucho que conseguir de todo esto. Pero la sensibilidad artística que crean, o que de todos modos revelan, es todavía más para mí. Convertirse en el espectador de tu propia vida, como dice Harry, es escapar al sufrimiento de la vida. Sé que te sorprendes porque te hablo así. No te has dado cuenta de cómo he desarrollado. Era un colegial cuando me conociste. Ahora soy un hombre. Tengo pasiones nuevas, pensamientos nuevos, ideas nuevas. Soy diferente, pero no te tengo que gustar menos. He cambiado, pero tienes que ser siempre mi amigo. Por supuesto que Harry me encanta. Pero sé que tú eres mejor que él. Tú no eres tan fuerte, tú temes demasiado a la vida, pero eres mejor. ¡Y qué felices solíamos ser juntos! No me abandones, Basil, y no discutas conmigo. Soy lo que soy. No hay nada más que decir.

El pintor se sintió conmovido de forma extraña. El muchacho le era muy querido y su personalidad había sido el gran momento crucial de su arte. No podía soportar la idea de reprocharle nada más. Después de todo su indiferencia era probablemente un simple capricho que se pasaría. Había tanto en él que era bueno, tanto en él que era noble...

—Bueno, Dorian —dijo finalmente con una sonrisa triste—. Después de hoy no te hablaré más sobre este horrible asunto. Sólo confío en que tu nombre no sea mencionado en relación con ello. La investigación tiene lugar esta tarde. ¿Te han llamado?

Dorian sacudió la cabeza y una mirada de fastidio pasó por su rostro al oír mencionar la palabra «investigación». Hay algo tan crudo y vulgar sobre estas cosas...

—Ellos no sabían mi nombre —contestó.

—Pero seguro que ella sí.

—Mi nombre de pila solamente, y estoy casi seguro de que nunca se lo mencionó a nadie. Me dijo una vez que todos tenían una gran curiosidad en saber quién era yo, y que ella siempre les decía que mi nombre era Príncipe Encantador. Fue bonito por su parte. Tienes que hacerme un dibujo de Sibyl, Basil. Me gustaría tener algo más de ella aparte del recuerdo de los pocos besos y algunas palabras patéticas y entrecortadas.

—Intentaré hacer algo, Dorian, si eso te agrada. Pero tienes que venir a posar para mí otra vez. No puedo hacerlo sin ti.

—Nunca posaré otra vez, Basil. ¡Es imposible! —exclamó, retrocediendo.

El pintor le miró fijamente.

—Mi querido muchacho, ¡qué tontería! —exclamó—. ¿Quieres decir que no te gusta lo que hice de ti? ¿Dónde está? ¿Por qué has puesto un biombo enfrente de él? Déjame verlo. Es la mejor obra que he hecho nunca. Quita el biombo, Dorian. Es sencillamente desagradecido por parte de tu sirviente ocultar mi obra de esa manera. Noté que la habitación parecía diferente cuando entré.

—Mi sirviente no tiene nada que ver, Basil. ¿Te imaginas que le permito decorar mi habitación? Coloca las flores por mí algunas veces, eso es todo. No, lo hice yo mismo. La luz era demasiado fuerte para el retrato.

—¡Demasiado fuerte! Seguro que no, mi querido amigo. Es un sitio admirable para él. Déjame verlo.

Y Hallward se dirigió hacia el rincón de la habitación.

Un grito de terror salió de los labios de Dorian Gray y se precipitó entre el pintor y el biombo.

—Basil —dijo con aspecto muy pálido—, no debes mirarlo. No quiero que lo hagas.

—¡Que no mire mi propia obra! No hablas en serio. ¿Por qué no debo verlo? —exclamó Hallward riéndose.

—Si intentas mirarlo, Basil, palabra de honor que nunca volveré a hablarte de nuevo mientras viva. Hablo totalmente en serio. No te doy ninguna explicación y tú no me pedirás ninguna. Pero, recuerda, si tocas este biombo, todo ha terminado entre nosotros.

Hallward estaba atónito. Miró a Dorian Gray con un asombro absoluto. No le había visto así antes. El muchacho estaba pálido de rabia. Sus manos estaban apretadas y las pupilas de sus ojos eran como discos de fuego azul. Estaba temblando.

—¡Dorian!

—¡No hables!

—Pero, ¿qué pasa? Por supuesto que no lo miraré si tú no quieres —dijo con bastante frialdad, girando sobre sus talones y yendo hacia la ventana—. Pero realmente me parece bastante absurdo no ver mi propia obra, especialmente porque voy a exhibirla en París en otoño. Probablemente tendré que darle otra capa de barniz antes de eso, así que tengo que verlo algún día. ¿Y por qué no hoy?

—¡Exhibirlo! ¿Quieres exhibirlo? —exclamó Dorian Gray, sacudido por una extraña sensación de terror. ¿Iba a ver el mundo su secreto? ¿Se iba a quedar boquiabierta la gente ante la desgracia de su vida? Eso era imposible. Algo tenía que hacer y no sabía el qué.

—Sí, supongo que no te opondrás a eso. Georges Petit va a reunir mis mejores cuadros para una exposición especial en la Rue de Seze, que abrirá la primera semana de octubre. El retrato sólo estará lejos un mes. Creo que podrás prescindir de él fácilmente durante ese tiempo. De hecho, seguro que estarás fuera de la ciudad. Y si lo guardas siempre detrás de un biombo, no te importará.

Dorian Gray se pasó la mano por la frente. Había gotas de sudor. Sentía que estaba al borde de un peligro horrible.

—Me dijiste hace un mes que nunca lo exhibirías —dijo—. ¿Por qué has cambiado de opinión? La gente como tú que adopta firmeza en su ser tiene exactamente los mismos caprichos que los demás. La única diferencia es que tus caprichos carecen de bastante sentido. No puedes haber olvidado que me aseguraste solemnemente que nada en el mundo te induciría a enviarlo a ninguna exposición. Dijiste a Harry exactamente lo mismo.

—De repente paró y un destello de luz vino a sus ojos. Recordó que lord Henry le había dicho una vez, medio en serio medio en broma: «Si quieres tener un cuarto de hora extraño, consigue que Basil te diga por qué no exhibirá el cuadro. Él me dijo por qué no lo haría y fue una revelación para mí». Sí, quizá Basil tenía su secreto también. Le preguntaría y lo intentaría.

—Basil —dijo, acercándose bastante y mirándole directamente a la cara—, los dos tenemos un secreto. Déjame saber el tuyo y te contaré el mío. ¿Cuál era la razón para negarte a exhibir el cuadro?

El pintor se estremeció a su pesar.

—Dorian, si te lo dijera, quizá disminuyera el aprecio que me tienes y sin duda te reirías de mí. No podría soportar que hicieras ninguna de las dos cosas. Si quieres que nunca mire tu cuadro otra vez, estoy de acuerdo. Siempre te tengo a ti para mirarte. Si quieres que la mejor obra que he hecho nunca esté oculta al mundo, estoy satisfecho. Tu amistad es más querida para mí que cualquier fama o reputación.

—No, Basil, tienes que contármelo —insistió Dorian Gray—. Creo que tengo derecho a saberlo.

Su sentimiento de terror había pasado y la curiosidad había ocupado su lugar. Estaba decidido a descubrir el misterio de Basil Hallward.

—Sentémonos, Dorian —dijo el pintor con aspecto preocupado—. Sentémonos. Y sólo contéstame a una pregunta. ¿Has notado algo curioso en el cuadro...? ¿Algo que no te llamara la atención al principio probablemente, pero que se te ha revelado de repente?

—¡Basil! —gritó el muchacho, apretando los brazos de la silla con manos temblorosas y mirándole con ojos extraviados y asustados.

—Veo que sí. No hables. Espera hasta que te diga lo que tengo que decirte. Dorian, desde el momento en que te conocí, tu personalidad tuvo la influencia más extraordinaria sobre mí. Estaba dominado por ti en alma, cerebro y facultades. Te convertiste para mí en la encarnación visible de ese ideal invisible cuya memoria perseguimos los artistas como un sueño exquisito. Te adoraba. Me hice celoso de cualquiera que te hablara. Quería tenerte todo para mí. Sólo era feliz cuando estaba contigo. Cuando te alejabas de mí tú estabas todavía presente en mi arte... Por supuesto nunca permití que supieras nada de esto. Hubiera sido imposible. No lo hubieras comprendido. Apenas lo comprendo yo mismo. Sólo sabía que había visto la perfección cara a cara y que el mundo se había hecho maravilloso a mis ojos, demasiado maravilloso, quizá, porque en estas adoraciones desenfrenadas hay peligro, el peligro de perderlas, que no es menor que el peligro de mantenerlas... Pasaron semanas y semanas, yo crecía más y más absorto en ti. Entonces algo cambió. Yo te había pintado como a Paris con armadura primorosa, y como a Adonis con manto de cazador y jabalina pulida. Coronado con abundantes ramos de loto tú te habías sentado sobre la proa de la barcaza de Adriano, contemplando el Nilo verde y turbio. Tú te habías inclinado sobre el estanque tranquilo de algún bosque griego y habías mirado en el silencio del agua plateada la maravilla de tu propio rostro. Y hubiera sido todo lo que sería el arte, inconsciente, ideal y remoto. Un día, un día fatídico pensaba algunas veces, decidí pintar un retrato tuyo maravilloso como lo eres ahora, no con las ropas de épocas muertas, sino con nuestra propia ropa y en nuestra propia época. No puedo decir si fue el realismo del método o el mero asombro de tu propia personalidad; así se presentó a mí, directamente, sin bruma ni velo. Pero sé que como yo lo trabajé, cada parte y cada capa de color me parece que revela mi secreto. Creció mi miedo de que otros conocieran mi idolatría. Siento, Dorian, que he contado demasiado, que he puesto demasiado de mí mismo en él. Luego fue cuando decidí no permitir nunca que se exhibiera el cuadro. Tú estabas un poco enfadado, pero luego no te diste cuenta de todo lo que significaba para mí. Harry, a quien le hablé de esto, se rio de mí. Pero no me importó. Cuando terminé el cuadro y me senté yo solo con él, sentí que tenía razón... Bueno, después de unos días abandonó mi estudio y, tan pronto como me deshice de la fascinación inadmisible de su presencia, me pareció que yo había sido un loco imaginando que había visto algo en él, más de lo que tiene tu buena apariencia y lo que yo supe pintar. Incluso ahora no puedo evitar sentir que es un error pensar que la pasión que uno siente en la creación está siempre demostrada en realidad en la obra que creas. El arte es siempre más abstracto de lo que imaginamos. La forma y el color no hablan de la forma y el color: eso es todo. A menudo me parece que el arte oculta al artista mucho más de lo que siempre le revela. Así que cuando me llegó esta oferta de París, decidí hacer de tu retrato la obra principal de mi exposición. Nunca se me hubiera ocurrido que te negaras. Veo ahora que es verdad. El cuadro no se mostrará. No tienes que enfadarte conmigo, Dorian, por lo que te he dicho. Como dije a Harry una vez, tú estás hecho para ser adorado.

Dorian Gray respiró hondo. El color volvió a sus mejillas y una sonrisa jugueteó en sus labios. El peligro había terminado. Estaba seguro de momento. Sin embargo, no podía evitar el sentimiento de una infinita lástima por el pintor que acababa de hacerle esta confesión tan extraña y se preguntaba si él estaría alguna vez tan dominado por la personalidad de un amigo. Lord Henry tenía atractivo para ser muy peligroso. Pero eso era todo. Era demasiado listo y demasiado cínico para estar realmente encantado. ¿Habría alguien alguna vez que le llenara de esta idolatraría extraña? ¿Sería una de las cosas que le tenía reservada la vida?

—Me parece extraordinario, Dorian —dijo Hallward—, que hubieras visto esto en el retrato. ¿Lo has visto realmente?

—Vi algo en él —contestó—, algo que me pareció muy curioso.

—Bueno, ahora no te importará que lo mire.

Dorian sacudió la cabeza.

—No debes pedirme eso, Basil. Es imposible que puede dejarte estar en pie delante de ese cuadro.

—Lo harás algún día, seguro.

—Nunca.

—Bueno, quizá tengas razón. Y ahora adiós, Dorian. Tú has sido la única persona de mi vida que realmente ha influido en mi arte. Cualquier cosa que haya hecho buena te lo debo a ti. ¡Ah! No sabes lo que me costó contarte todo lo que te he contado.

—Mi querido Basil —dijo Dorian—, ¿qué me has contado? Simplemente que sentiste que me admirabas demasiado. Eso no es ni siquiera un cumplido.

—No tenía la intención de que fuera un cumplido. Era una confesión. Ahora que la he hecho, parece que algo se ha ido de mí. Quizá uno nunca debiera poner en palabras su adoración por alguien.

—Es una confesión muy decepcionante.

—¿Por qué? ¿Qué esperabas, Dorian? No viste nada más en el cuadro, ¿verdad? ¿No hay nada más que ver?

—No, no hay nada más que ver. ¿Por qué lo preguntas? Pero no tienes que hablar de adoración. Es descabellado. Tú y yo somos amigos, Basil, y tenemos que mantenernos así siempre.

—Tú tienes a Harry —dijo el pintor con tristeza.

—¡Oh, Harry! —exclamó el muchacho con un murmullo de risa—. Harry pasa sus días diciendo lo que es increíble y sus tardes haciendo lo que es improbable. Justo el tipo de vida que me gustaría llevar. Pero todavía creo que no acudiría a Harry si tuviera problemas. Antes iría a ti, Basil.

—¿Posarás para mí otra vez?

—¡Imposible!

—Echarás a perder mi vida de artista con tu negativa, Dorian. Ningún hombre va tras dos ideales. A pocos se le cruza uno.

—No puedo explicártelo, Basil, pero nunca podré posar para ti otra vez. Hay algo funesto en el retrato. Tiene vida propia. Iré a tomar el té contigo. Será igual de agradable.

—Agradable para ti, me temo —dijo entre dientes Hallward con pesar—. Y ahora adiós. Siento que no me permitas ver el cuadro una vez más. Pero no se puede evitar. Entiendo muy bien lo que sientes por él.

Cuando abandonó la habitación, Dorian Gray se sonrió a sí mismo. ¡Pobre Basil! ¡Qué poco sabía de la auténtica razón! Y qué extraño era que, en vez de haber sido forzado a revelar su propio secreto, ¡él había tenido éxito, casi por casualidad, en arrancar un secreto de su amigo! ¡Cuánto le explicaba a él esa extraña confesión! La absurda capacidad para los celos del pintor, su devoción ardiente, sus panegíricos extravagantes, sus reservas curiosas; ahora las comprendía todas y se compadeció. Le parecía que era algo trágico en una amistad tan llena de romanticismo.

Suspiró y tocó la campanilla. El retrato tenía que estar oculto a toda costa. No podía correr el riesgo de que se descubriera de nuevo. Había sido una locura por su parte permitir que permaneciera, ni siquiera durante una hora, en una habitación a la que cualquiera de sus amigos tenía acceso.

CAPÍTULO X

Cuando entró su sirviente le miró fijamente y se preguntó si él habría pensado en asomarse detrás del biombo. El hombre estaba completamente impasible y esperaba sus órdenes. Dorian encendió un cigarrillo, se acercó al espejo y lo observó. Podía ver el reflejo de la cara de Víctor perfectamente. Era como una máscara apacible de servilismo. No había nada que temer allí. Sin embargo, pensó que estaría mejor bajo su protección.

Hablando muy despacio, le comentó que dijera al ama de llaves que quería verla y que luego fuera al que hacía los marcos y le pidiera que enviara a dos de sus hombres enseguida. Le pareció que, según abandonaba la habitación, sus ojos se desviaban en la dirección del biombo. ¿O era simplemente su propia imaginación?

Después de unos minutos, la señora Leaf, con su vestido de seda negra y con manoplas anticuadas ensartadas en sus manos arrugadas, se apresuró a entrar en la biblioteca. Él le pidió la llave de la sala de clase.

—¿La vieja sala de clase, señor Dorian? —exclamó—. Porque está llena de polvo. Tengo que arreglarla y ponerla en orden antes de que entre. No está en condiciones para que la vea, señor. No lo está, seguro.

—No quiero ponerla en orden, Leaf. Sólo quiero la llave.

—Bien, señor, se llenará de telarañas si entra. No se ha abierto desde hace casi cinco años, desde que murió su señoría.

Él hizo una mueca de dolor ante la mención de su abuelo. Tenía recuerdos odiosos de él.

—No importa —contestó—. Sólo quiero ver el lugar, eso es todo. Deme la llave.

—Pues aquí está la llave, señor —dijo la anciana, volcando el contenido de su manojo con manos inseguras y temblorosas—. Aquí está la llave. La sacaré del manojo en un momento. Pero ¿no pensará quedarse allí, señor, con lo cómodo que está aquí?

—No, no —protestó malhumorado—. Gracias Leaf. Eso quería.

Ella se quedó un momento charlando sobre algunos detalles domésticos. Él suspiró y le dijo que actuara como pensaba que era mejor. Ella abandonó la habitación con una gran sonrisa.

Una vez que se cerró la puerta Dorian puso la llave en su bolsillo y miró alrededor de la habitación. Sus ojos se fijaron en una gran colcha de raso púrpura con abundantes bordados en oro, una pieza espléndida de estilo veneciano tardía del siglo XVII que su abuelo había encontrado en un convento cerca de Bolonia. Sí, serviría para envolver el objeto espantoso. Quizá habría servido a menudo de paño mortuorio para los difuntos. Ahora iba a esconder algo que tenía corrupción en sí mismo, peor que la propia corrupción de la muerte, algo que alimentaría horrores y sin embargo nunca moriría. Lo que los gusanos eran para el cuerpo, serían sus pecados para la imagen pintada en el lienzo. Estropearían su belleza y se comerían su gracia. Lo profanarían y lo harían vergonzoso. Y sin embargo el objeto todavía vivirían. Siempre estaría vivo.

Se estremeció y por un momento se arrepintió de no haberle contado a Basil la verdadera razón por la que deseaba esconder el cuadro. Basil le hubiera ayudado a resistir la influencia de lord Harry y las influencias todavía más peligrosas que surgirían de su propio temperamento. El amor que le profesaba, porque realmente era amor, no tenía nada en él que no fuera noble e intelectual. No era mera admiración física de la belleza que nace de los sentidos y que muere cuando los sentidos se cansan. Era un amor como el que habían conocido Miguel Ángel y Montaigne, y Winckelmann, y el mismo Shakespeare. Sí, Basil podía haberle salvado. Pero ahora era demasiado tarde. El pasado siempre podía aniquilarse. El arrepentimiento, el rechazo o el olvido podían hacer eso. Pero el futuro era inevitable. Había pasiones en él que encontrarían terribles salidas, sueños que ensombrecerían su auténtica perversidad.

Cogió del sofá la gran tela de púrpura y oro que lo cubría y, sosteniéndola en sus manos, pasó delante del biombo. ¿Era el rostro del lienzo más vil que antes? Le parecía que no había cambiado y, sin embargo, se intensificó su aversión hacia él. Cabello dorado, ojos azules y labios de rosa roja, todo estaba allí. Era solamente la expresión la que había cambiado. Era horrible su crueldad. Comparado con lo que vio en él de censura o reproche, ¡qué superficiales habían sido los reproches de Basil sobre Sibyl Vane! ¡Qué superficiales y de tan poca importancia! Su propia alma le estaba mirando desde el lienzo y le llamaba a juicio. Una mirada de dolor le atravesó y echó el rico paño mortuorio sobre el cuadro. Según hacía esto llamaron a la puerta. Salió al tiempo que entraba su sirviente.

—Los operarios están aquí, señor.

Pensó que debía deshacerse de aquel hombre enseguida. No tenía que permitir que supiera adónde iban a llevar el cuadro. Había algo malicioso en él y tenía ojos atentos y traicioneros. Sentándose en el escritorio, escribió deprisa una nota a lord Henry para pedirle que le enviara algo para leer y recordándole que iban a encontrarse a las ocho y cuarto esa tarde.

—Espera contestación —dijo mientras se la daba—, y haz pasar a los hombres.

A los dos o tres minutos llamaron otra vez; el mismo señor Hubbard, el famoso fabricante de marcos de la calle South Audley, entró con un empleado joven con apariencia un poco ruda. El señor Hubbard era un hombre pequeño colorado con patillas rojizas, cuya admiración por el arte se había moderado considerablemente por la mayoría de los artistas pobres empedernidos que trataban con él. Normalmente nunca abandonaba la tienda. Esperaba que la gente fuera a él. Pero siempre hacía una excepción con Dorian Gray. Había algo en Dorian Gray que encantaba a todo el mundo. Era un placer incluso verle.

—¿Qué puedo hacer por usted, señor Gray? —dijo frotándose sus manos gruesas y pecosas—. Pensé en hacerme el honor de venir en persona. Acabo de conseguir una belleza de marco, señor. En una subasta. Florentino antiguo. Viene de Fonthill, creo. Apropiado de forma admirable para un tema religioso, señor Gray.

—Siento mucho que se haya tomado la molestia de venir, señor Hubbard. Sin duda pasaré y veré el marco, aunque no me dedico mucho actualmente al arte religioso, pero hoy sólo quiero que trasladen un cuadro a la parte de arriba de la casa. Es bastante pesado, así que pensé en pedirle prestados a dos de sus hombres.

—No hay problema, señor Gray. Estoy encantado de serle de algún servicio. ¿Cuál es la obra de arte?

—Esta —respondió Dorian moviendo el biombo—. Puede moverlo tal como está, cubierto y todo. No quiero que se estropee escaleras arriba.

—No habrá dificultad, señor —dijo el afable fabricante de marcos, comenzando a descolgar el cuadro, con la ayuda de su empleado, de las largas cadenas de cobre amarillo de las que estaba suspendido—. Y ahora, ¿adónde lo trasladaremos, señor Gray?

—Le mostraré el camino, señor Hubbard, si tiene la amabilidad de seguirme. O quizá mejor vaya delante. Es justo en la parte más alta de la casa. Subiremos por la escalera principal, ya que es más ancha.

Mantuvo la puerta abierta y salieron ellos a la entrada y comenzaron a ascender. La elaboración del marco había hecho al cuadro extremadamente pesado, y de cuando en cuando, a pesar de las protestas obsequiosas del señor Hubbard, que tenía la auténtica aversión fogosa del hombre de negocios de ver al caballero haciendo algo útil, Dorian les echó una mano para ayudarles.

—Buena carga para transportar, señor —jadeó el hombre pequeño cuando alcanzó el suelo de la parte de arriba. Y se limpió la frente brillante.

—Me temo que es bastante pesado —murmuró Dorian, según abría con la llave la puerta que daba a la habitación que iba a guardar por él el curioso secreto de su vida y ocultar su alma a los ojos de los hombres.

No había entrado en el lugar desde hacía más de cuatro años, de hecho desde que la había utilizado primero como cuarto de juegos cuando era un niño y luego como estudio cuando se hizo algo más mayor. Era una habitación grande y bien proporcionada, construida especialmente por el último lord Kelso para el uso de su pequeño nieto a quien, por su extraño parecido con su madre, y también por otras razones, él siempre había odiado y deseado mantener a distancia. Le pareció a Dorian que había cambiado muy poco. Había una enorme *cassone* italiana, con sus paneles pintados fantásticamente y sus molduras doradas deslustradas en las que se había escondido tantas veces cuando era un niño. Allí estaba la estantería de satén llena de sus libros escolares sobados. En la pared de detrás estaba colgado el mismo tapiz flamenco deshilachado, donde un rey y una reina descoloridos jugaban al ajedrez en un jardín, mientras un grupo de halconeros pasaban a caballo y llevaban pájaros tapados sobre sus muñecas enguantadas. ¡Qué bien recordaba todo aquello! Cada momento de su infancia solitaria volvía a él según miraba alrededor. Se acordaba de la pureza inmaculada de su vida infantil y le parecía horrible que fuera aquí donde iba a ocultar el retrato funesto. En aquellas horas muertas, ¡qué poco había pensado en todo lo que había en reserva para él!

Pero no había otro lugar en la casa como este tan seguro de los ojos fisgones. Él tenía la llave y nadie más podía entrar allí. Bajo el paño mortuorio púrpura, el rostro pintado sobre el lienzo podía hacerse bestial, embrutecido y sucio. ¿Qué importaba? Nadie podría verlo. Él tampoco lo veía. ¿Por qué iba a mirar la corrupción repugnante de su alma? Él mantenía su juventud, eso era suficiente. Y, por otro lado, ¿no podría mejorar su carácter, después de todo? No había razón para que el futuro estuviera tan lleno de vergüenza. Algún amor cruzaría por su vida y le purificaría y le escudaría de esos pecados que parecían estar ya provocándole en espíritu y en carne, esos curiosos pecados indescriptibles cuyo verdadero misterio les presta su sutileza y su encanto. Quizá, algún día, el aspecto cruel de la boca sensual escarlata desaparecería y él mostraría al mundo la obra maestra de Basil Hallward.

No, eso era imposible. Hora tras hora, semana tras semana, la criatura del lienzo se haría más vieja. Escaparía a la fealdad espantosa del pecado, pero la fealdad espantosa de la edad estaba reservada para él. Las mejillas se hundirían y se harían flácidas. Patas de gallo amarillentas ribetearían los ojos apagados y los harían horribles. El pelo perdería su brillo, la boca se entreabriría o se inclinaría, sería descabellada o enorme, como las bocas que tienen los ancianos. Allí estaría el cuello arrugado, las manos frías y con venas azules, el cuerpo desfigurado, que él recordaba en su abuelo, el cual había sido tan severo con él en su infancia. El cuadro tenía que ocultarse. No había otro remedio.

—Métalo, señor Hubbard, por favor —dijo dándose la vuelta con cansancio—. Siento retenerle tanto tiempo, pero estoy pensando en algo más.

—Siempre me alegro de tener un descanso, señor Gray —contestó el fabricante de marcos que todavía estaba jadeando al respirar—. ¿Dónde lo pondremos?

—¡Oh!, en cualquier parte. Aquí estará bien. No quiero tenerlo colgado. Sólo apóyelo sobre la pared. Gracias.

—¿Me permite que mire la obra de arte, señor?

Dorian se sobresaltó.

—No es interesante para usted, señor Hubbard —dijo manteniendo la mirada sobre el hombre. Se sentía preparado para saltar sobre él y tirarle al suelo si se atrevía a levantar el magnífico paño que ocultaba el secreto de su vida—. No le molestaré más ahora. Le agradezco mucho su amabilidad al venir.

—No hay de qué, no hay de qué, señor Gray. Siempre dispuesto a hacer algo por usted, señor.

—Y el señor Hubbard bajó las escaleras haciendo ruido, seguido de su empleado, quien se volvió a observar a Dorian con una expresión de asombro tímida en su rostro rudo y falto de gracia. Nunca había visto a alguien tan maravilloso.

Cuando el sonido de sus pasos había desaparecido a lo lejos, Dorian cerró con llave la puerta y puso la llave en su bolsillo. Ahora se sentía seguro. Nunca vería nadie el horrible objeto. Ningún ojo excepto el suyo vería nunca su vergüenza.

Al llegar a la biblioteca se encontró que eran ya más de las cinco y habían traído el té. Sobre una mesita de madera oscura perfumada con incrustaciones de nácar, regalo de *lady* Radley, la esposa de su tutor, una hermosa profesional inválida que había pasado el invierno anterior en El Cairo, había una nota de lord Henry y al lado de ella un libro encuadernado en papel amarillo, la cubierta ligeramente rasgada y los bordes sucios. Habían colocado una copia de la tercera edición de *The St. James's Gazette* sobre la bandeja del té. Era evidente que Víctor había regresado. Se preguntaba si se habría encontrado a los hombres en la entrada según dejaban la casa y si les habría insinuado a ellos para que dijeran qué habían estado haciendo. Seguramente echaría de menos el cuadro, sin duda ya lo había echado de menos, mientras estuvo colocando los utensilios de té. No había colocado el biombo y un espacio en blanco era visible sobre la pared. Quizá alguna noche le encontraría deslizándose escaleras arriba para intentar forzar la puerta de la habitación. Era algo horrible tener un espía en tu propia casa. Había oído a hombres ricos que algún sirviente les había hecho chantaje durante toda la vida, por haber leído una carta o haber escuchado una conversación, o haber recogido una tarjeta con una dirección, o haber encontrado debajo de la almohada una flor seca, o un trozo de encaje arrugado.

Él suspiró y, habiéndose derramado un poco de té encima, abrió la nota de lord Henry. Era simplemente para decirle que le había enviado el periódico de la tarde y un libro que le interesaría y que estaría en el club a las ocho y cuarto. Abrió *The St. James's* lánguidamente y le echó una mirada. Una marca de lápiz rojo en la página cinco le llamó la atención. Prestó atención al siguiente párrafo:

«Investigación sobre una actriz.—El señor Danby, forense del Distrito, llevó a cabo una investigación esta mañana en Bell Tavern, Hoxton Road, sobre el cuerpo de Sibyl Vane, una joven actriz recientemente contratada por el Teatro Real, Holbord. Se dictó un veredicto de muerte por accidente. Expresó su condolencia a la madre de la difunta, que estuvo muy afectada mientras hacía su propia declaración, así como el doctor Birrel, que había hecho el examen *post mortem* a la difunta».

Frunció el ceño y, rasgando el periódico en dos, atravesó la habitación y tiró los trozos. ¡Qué feo era todo! ¡Y qué horrible y auténtica fealdad creaban las cosas! Se sintió un poco enfadado con lord Henry por haberle enviado el reportaje. Y había sido realmente estúpido por su parte haberlo marcado con lápiz rojo. Víctor podía haberlo leído. El hombre sabía inglés más que suficiente para eso.

Quizá lo hubiera leído y hubiera empezado a sospechar algo. Y, aun así, ¿qué importaba? ¿Qué tenía que ver Dorian Gray con la muerte de Sibyl Vane? No había nada que temer. Dorian Gray no la había matado.

Su mirada recayó sobre el libro amarillo que le había enviado lord Henry. Se preguntaba qué sería. Fue hacia el velador octogonal color perla que siempre le había parecido a él la obra de alguna abeja egipcia extraña que trabajaba en plata y, cogiendo el volumen, se dejó caer en el sofá y comenzó a pasar las páginas. Después de unos minutos estaba absorto. Era el libro más extraño que había leído nunca. Le parecía que, con una vestimenta exquisita y al delicado son de las flautas, los pecados del mundo pasaban como un espectáculo mudo ante él. Las cosas que había soñado vagamente de repente se le hicieron reales. Las cosas que nunca había soñado se estaban revelando gradualmente.

Era una novela sin argumento y, con un personaje solamente, era, de hecho, simplemente un estudio psicológico de cierto joven parisiense que pasaba su vida intentando realizar en el siglo XIX todas las pasiones y formas de pensamiento que pertenecían a cualquier siglo excepto al suyo, y resumir así en sí mismo las distintas formas a través de las cuales el espíritu del mundo ha pasado siempre, amando por su mera artificialidad aquellas renuncias que los hombres han llamado de forma insensata virtud, así como esas rebeliones naturales que los hombres sabios todavía llaman pecado. El estilo en el que estaba escrito era ese curioso estilo adornado, vivo y oscuro al mismo tiempo, lleno de argot y de arcaísmos, de expresiones técnicas y de paráfrasis elaboradas que caracterizan la obra de alguno de los artistas más admirables de la escuela francesa de los simbolistas. Había en él metáforas tan monstruosas como las orquídeas y tan sutiles de color. La vida de los sentidos se describía en términos de filosofía mística. Algunas veces apenas se sabía si estaba leyendo el éxtasis espiritual de algún santo medieval o las confesiones morbosas de un pecador moderno. Era un libro venenoso. Un fuerte olor a incienso parecía pegarse a las páginas y afectaban al cerebro. La mera cadencia de las oraciones, la monotonía sutil de su música, como si estuviera llena de estribillos complejos y movimientos repetidos de forma elaborada, producían en la mente del muchacho, según pasaba capítulo tras capítulo, una forma de ensueño, una enfermedad de sueño, que no le hizo consciente de que caía el día y se deslizaban las sombras.

Sin nubes y perforado por una estrella solitaria, un cielo verde cobre brilló a través de las ventanas. Él continuó leyendo con su luz débil hasta que no pudo leer más. Luego, después de que le había recordado su ayuda de cámara varias veces que se hacía tarde, se levantó y, entrando en la habitación de al lado, dejó el libro en la mesita florentina que siempre estaba al lado de su cama y comenzó a vestirse para cenar.

Eran casi las nueve cuando llegó al club, donde encontró a lord Henry sentado solo, en la habitación de las mañanas, con aspecto muy aburrido.

—Lo siento mucho, Harry —dijo—, pero en realidad ha sido culpa tuya totalmente. Ese libro que me has enviado me ha fascinado tanto que olvidé cómo pasaba el tiempo.

—Sí, pensé que te gustaría —contestó su anfitrión levantándose de la silla.

—No he dicho que me gustara, Harry. Dije que me fascinaba. Hay una gran diferencia.

—¡Ah! ¿Has descubierto eso? —murmuró lord Henry. Y pasaron al comedor.

CAPÍTULO XI

Durante años, Dorian Gray no pudo liberarse de la influencia de este libro. O quizá sería más preciso decir que nunca buscó liberarse a sí mismo de él. Le proporcionaron desde París nada menos que nueve copias de gran tamaño de la primera edición y las había encuadernado en diferentes colores; de esta forma armonizarían con estados de ánimo varios e imaginaciones cambiantes de un carácter sobre el que parecía, a veces, que casi había perdido totalmente el control. El héroe, el maravilloso joven parisiense, en el que los temperamentos romántico y científico estaban tan extrañamente ligados, se convirtieron para él en una especie de modelo prefigurado de él mismo. Y, de hecho, todo el libro le parecía a él que contenía la historia de su propia vida, escrita antes de que la hubiera vivido.

En cierto punto él era más afortunado que el héroe fantástico de la novela. Nunca conoció (de hecho, nunca tuvo razón para conocer) el pavor grotesco a los espejos y a las superficies metálicas pulidas, e incluso al agua, que había aparecido en el joven parisiense tan temprano en su vida, terror ocasionado por la repentina decadencia de su belleza que, por lo visto, había sido tan destacable una vez. Con una alegría casi cruel (y quizá casi alegría completa, como en realidad la crueldad ocupa su lugar en cada placer) él solía leer la última parte del libro, con un análisis realmente trágico, y algo enfático, sobre la pena y la desesperación de alguien que perdió lo que en otros, y en el mundo, había valorado tanto.

Porque la maravillosa belleza que había fascinado tanto a Basil Hallward, y a muchos otros después de él, parecía que nunca le abandonaría. Incluso aquellos que habían oído las cosas peores en contra de él, y de cuando en cuando corrieron por Londres extraños rumores sobre su forma de vida, que se convirtieron en la charla de los clubes, no podían creer nada de su deshonor cuando le veían. Tenía siempre la mirada del que se mantiene inmaculado al mundo. Los hombres que hablaban groseramente se callaban cuando Dorian Gray entraba en el salón. Había algo en la pureza de su rostro que los reprendía. Su mera presencia parecía recordarles la inocencia que ellos habían mancillado. Se preguntaban cómo alguien que era tan encantador y con tanta gracia podía haber escapado a la suciedad de una época que era al mismo tiempo, sórdida y sensual.

A menudo, al volver a casa de una de esas ausencias misteriosas y prolongadas que daban lugar a conjeturas extrañas entre sus amigos, o pensaban que lo eran, él se deslizaba escaleras arriba hacia la habitación cerrada con llave, abría la puerta con la llave que nunca abandonaba y, en pie, con un espejo delante del retrato que le había pintado Basil Hallward, miraba ahora al rostro malvado y envejecido del lienzo, y luego al rostro joven y hermoso que se reía desde el cristal pulido. La agudeza del contraste aceleraba su sensación de placer. Él estaba cada vez más enamorado de su propia belleza y cada vez más interesado en la corrupción de su propia alma. Examinaba minuciosamente, y algunas veces con deleite monstruoso y terrible, las líneas espantosas que surcaban la frente arrugada o avanzaban lentamente alrededor de la boca gruesa y sensual, preguntándose algunas veces cuáles eran más horribles, si las señales del pecado o las señales de la edad. Ponía sus manos blancas al lado de las manos bastas e hinchadas del cuadro y sonreía. Se burlaba del cuerpo deforme y de los labios caídos.

De hecho, había momentos por la noche, cuando estaba tumbado despierto en su habitación delicadamente perfumada, o en la habitación sórdida de la pequeña taberna de mala fama cerca de Docks, que acostumbraba a frecuentar con nombre falso y disfrazado, que pensaba en la desgracia que había llegado a su alma, con una pena que era tanto más patética cuanto que era puramente egoísta. Pero momentos como estos eran raros. Esa curiosidad por la vida que lord Henry le avivó por primera vez cuando estaban sentados juntos en el jardín de su amigo parecía incrementarse con satisfacción. Cuanto más conocía, más deseaba conocer. Tenía locos apetitos que crecían más voraces según los alimentaba.

Sin embargo, no era realmente desconsiderado, al menos en sus relaciones con la sociedad. Una o dos veces al mes durante el invierno, y todos los miércoles por la tarde mientras duraba la estación, abría al mundo su hermosa casa y tenía a los músicos más célebres del momento para encantar a sus invitados con las maravillas de su arte. Sus pequeños banquetes, en cuyos preparativos siempre le ayudaba lord Henry, eran famosos tanto por la cuidadosa selección y colocación de los invitados, como por el exquisito gusto que mostraba en la decoración de la mesa, con sus sutiles combinaciones sinfónicas de flores exóticas, manteles bordados y platos antiguos de oro y plata. De hecho, había muchos, especialmente entre los más jóvenes, que veían o imaginaban ver en Dorian Gray la verdadera realización de un modelo que ellos habían soñado con frecuencia en sus días de Eton y Oxford, un modelo que era para combinar algo de la cultura auténtica de un erudito con toda la gracia, distinción y modales perfectos de un ciudadano del mundo. A ellos les parecía que era uno de los compañeros a los que describe Dante y que buscaba «hacerse perfecto por la adoración a la belleza». Como Gautier, era uno de aquellos para quienes «existía el mundo visible».

Y, sin duda, para él la vida misma era lo primero, lo más grande de las artes y por ello el resto de las artes parecía ser sólo una preparación de ella. La moda, por la cual lo que es realmente fantástico se convierte en universal por un momento, y el dandismo, que, a su manera, es un intento de afirmar la modernidad absoluta de la belleza, tenía, por supuesto, su fascinación para él. Su forma de vestir, y su estilo particular, que afectaba de cuando en cuando, tenía una influencia notable en los jóvenes elegantes de los bailes de Mayfair y de las ventanas del club Pall Mall, que le copiaban todo lo que hacía e intentaban reproducir el encanto fortuito de su gracia, aunque para él eran sólo afectaciones poco serias.

Porque, aunque estaba demasiado preparado para aceptar la posición de su mayoría de edad, que le ofrecieron casi de inmediato, y encontrase, de hecho, un placer sutil al pensar que realmente se convertiría para el Londres de su época en lo que había sido el autor del *Satiricón* en la Roma imperial de Nerón, sin embargo, en lo más hondo de su corazón deseaba ser algo más que un mero *árbitro de la elegancia* para que le consultaran cómo llevar puesta una joya o el nudo de una corbata, o el manejo de un bastón. Buscaba crear algún esquema de vida nuevo que tuviera su filosofía razonada y sus principios ordenados, y descubrir en la espiritualidad de los sentidos su realización más elevada.

La adoración a los sentidos ha sido criticada a menudo, y con mucha justicia. Hombres que sienten un instinto de terror natural ante las pasiones y sensaciones que parecen más fuertes que ellos mismos, y que ellos son conscientes de que los comparten con las formas organizadas de existencia menos elevadas. Pero a Dorian Gray le parecía que la verdadera naturaleza de los sentidos nunca se ha comprendido, y que ellos habían permanecido salvajes y animales simplemente porque el mundo había pretendido matarlos de hambre en la sumisión o matarlos de dolor, en vez de ayudar a hacerlos elementos de una espiritualidad nueva, de la cual un fino instinto por la belleza sería la característica dominante. Según miraba al hombre moviéndose a través de la historia, se vio atrapado por un sentimiento de pérdida. ¡Cuántos fueron vencidos! ¡Y con qué propósito tan pequeño! Había habido rechazos locos y deliberados, formas monstruosas de torturarse a sí mismo y de negarse a sí mismo, cuyo origen era el temor y cuyo resultado era una degradación desde la cual, en su ignorancia, habían tratado de escapar; la naturaleza, con su ironía maravillosa, fuerza al anacoreta a alimentarse con los animales salvajes del desierto y da a los eremitas las bestias de campo como compañeros.

Sí, iba a ser, como había profetizado lord Henry, un nuevo hedonismo que iba a recrear la vida y salvarla de esa severidad, el puritanismo falto de gracia que está resurgiendo de forma curiosa en nuestros días. Sin duda iba a ser un servicio del intelecto; sin embargo, no iba a aceptar nunca una teoría o sistema que incluyera el sacrificio como forma de experiencia apasionada. Su fin iba a ser la experiencia misma, y no los frutos de la experiencia, dulces o amargos como solían ser. Del escepticismo que extingue los sentidos, y del libertinaje vulgar que los embota, no se iba a saber nada. Sin embargo, se iba a enseñar al hombre a concentrarse sobre los momentos de la vida que por sí sola dura un momento.

Pocos de nosotros no se han despertado antes del alba algunas veces, o después de una de esas noches sin sueños que casi nos hacen enamorarnos de la muerte, o una de esas noches de terror y alegría deformada, cuando por las habitaciones del cerebro se arrastran fantasmas más horribles que la realidad misma e impulsados por esa vida intensa que se esconde en todo lo grotesco y que presta al arte gótico su sufrida vitalidad, ya que uno pudiera imaginarse que este arte es especialmente el arte de aquellos cuyas mentes han sido turbadas por la enfermedad del ensueño. Progresivamente los dedos blancos se deslizaban por las cortinas y parecían temblar. Sombras mudas se arrastraban a los rincones de la habitación con formas negras fantásticas y se ponían en cuclillas allí. Afuera se oían los pájaros que cantaban entre las hojas o el sonido de los hombres que iban a sus trabajos, o el susurro y el sollozo del viento que bajaba de las colinas y vagaba por la silenciosa casa, como si temiera despertar a los que dormían, y que luego tendrían que llamar al sueño en su cueva púrpura. Se levantaba un velo tras otro de gasa fina y oscura, y poco a poco se restauraban las formas y colores de las cosas y vemos el amanecer rehaciendo al mundo con su antiguo modelo. Los espejos lívidos obtienen de nuevo su vida de imitación. Las velas sin llama están colocadas donde las habíamos dejado, y al lado de ellas apoyado el libro medio interrumpido que hemos estado estudiando o la flor con alambre que habíamos llevado al baile, o la carta que hemos temido leer o que hemos leído tantas veces. Nada parece que haya cambiado. Fuera de las sombras irreales de la noche regresa la vida real que habíamos conocido. Tenemos que volver a tomarla desde donde la habíamos dejado y se apodera de nosotros un sentimiento horrible de necesidad de que continúe la energía en el mismo círculo de costumbres estereotipadas y aburridas, o quizá un anhelo salvaje de que nuestros párpados se abran alguna mañana en un mundo que hubiera sido remodelado de nuevo en la oscuridad para placer nuestro, un mundo en el que las cosas tuvieran formas y colores nuevos, y cambiado y con otros secretos, un mundo en el que el pasado tendrían un lugar muy pequeño o ninguno, o sobreviviera de todos modos en una forma inconsciente de obligación o arrepentimiento, ya que hasta la rememoración de la alegría tiene su amargura y los recuerdos del placer tienen sus penas.

Era la creación de mundos como estos lo que Dorian Gray parecía tener como verdadero objetivo, o entre los objetivos verdaderos de su vida, y en su búsqueda de sensaciones que serían al mismo tiempo nuevas y deliciosas, y que poseyeran ese elemento de extrañeza que tan esencial es en la novela, a menudo adoptaría ciertos modos de pensamiento que sabía que serían totalmente extraños a su carácter, abandonándose a sus influencias sutiles, y luego, habiendo tomado su color y satisfecho su curiosidad intelectual, como así sería, las abandonaría con esa indiferencia curiosa que no es incompatible con un ardor auténtico de sensibilidad, y que de hecho, de acuerdo con ciertos psicólogos modernos, es a menudo una de sus condiciones.

Una vez se rumoreó de él que iba a abrazar la comunión católica romana y desde luego siempre había sentido una gran atracción por el ritual romano. El sacrificio diario, en realidad más horrible que todos los sacrificios del mundo antiguo, le conmovió tanto por su rechazo magnífico al testimonio de los sentidos como por la primitiva sencillez de sus elementos y el patetismo eterno de la tragedia humana que trataba de simbolizar. Le encantaba arrodillarse en las frías losas de mármol y observar al sacerdote, con su rígida dalmática adornada con flores, que con sus blancas manos movía despacio a un lado el velo del tabernáculo o alzaba la custodia enjoyada y con forma de farol que contiene la pálida hostia que, a veces, uno creería que es realmente el *panis caelestis,* el pan de los ángeles, o, ataviado con las vestiduras de la Pasión de Cristo, partiendo la hostia en el cáliz y dando golpes de pecho por sus pecados. Los incensarios humeantes, a los que unos niños solemnes, vestidos de rojo y con encajes, balanceaban en el aire como grandes flores doradas, tenían una sutil fascinación para él. Según salía, solía mirar con asombro a los confesionarios negros y sentarse largo rato a la sombra oscura de alguno de ellos y escuchar a los hombres y mujeres susurrar a través del resistente enrejado la verdadera historia de sus vidas.

Pero nunca cayó en el error de detener su desarrollo intelectual por la aceptación formal de alguna creencia o sistema, o de equivocarse, para una casa en la que vivir, una morada que es confortable sólo para permanecer una noche, o durante unas pocas horas de una noche en la que no hay estrellas y la luna está fatigada. El misticismo, con su maravilloso poder para hacernos comunes las cosas que son extrañas para nosotros, y la antinomia sutil que siempre parece acompañarle, le conmovió durante una época, y durante una época se inclinó por las doctrinas materialistas del movimiento darwinista de Alemania, y descubrió un curioso placer en calcar los pensamientos y pasiones de los hombres en alguna celda nacarada del cerebro. O algún nervio blanco del cuerpo, deleitándose en la concepción de la dependencia absoluta del espíritu sobre ciertas condiciones físicas, morbosas o sanas, normales o enfermas. Sin embargo, como habían dicho antes de él, ninguna teoría de la vida le parecía tan importante en comparación con la vida misma. Tenía una profunda conciencia de lo estéril que era toda una especulación intelectual cuando se la separa del acto y del experimento. Sabía que los sentidos, no menos que el alma, tienen que revelar sus misterios espirituales.

Luego se dedicó a estudiar perfumes, y los secretos de su elaboración, destilando aceites de perfume fuerte y quemando gomas olorosas del Oriente. Vio que no había un estado de ánimo que no tuviera su complemento en la vida sensorial, y le permitió descubrir sus relaciones auténticas, preguntándose qué hacía místico al incienso y qué había en el ámbar gris para que agitara las pasiones, y en las violetas para que despertara el recuerdo de romances muertos, y en el almizcle, que embotaba el cerebro y en el *champak,* que da color a la imaginación; a menudo buscaba elaborar una verdadera psicología de perfumes y estimar las influencias varias de las raíces de olor dulce y de las flores perfumadas cargadas de polen, de bálsamos aromáticos y de maderas oscuras y fragantes, del nardo, que hace enfermar, de la *hovenia,* que hace enloquecer a los hombres y de los áloes, de los que se dice que son capaces de expulsar del alma la melancolía.

En otra época se dedicó devotamente y por entero a la música, y en una gran habitación con celosías, con techo color bermellón y dorado y las paredes lacadas en verde oliva, solía dar conciertos singulares, en los cuales locas gitanas arrancaban una música salvaje de pequeñas cítaras, o tunecinos serios con chales amarillos hacían punteos en las tensas cuerdas de laúdes monstruosos, mientras que negros burlones golpeaban monótonamente tambores de cobre y, agachados sobre esteras escarlatas, indios delgados con turbantes soplaban largas flautas de caña o cobre amarillo, y encantaban, o simulaban encantar, grandes serpientes encapuchadas y horribles víboras cornudas. Los intervalos discordantes y las disonancias agudas de la música bárbara le excitaban a veces cuando la gracia de Schubert, la hermosa tristeza de Chopin y las armonías potentes del mismo Beethoven caían distraídamente sobre sus oídos. Él reunía de todas las partes del mundo los instrumentos más extraños que podía encontrar, o en las tumbas de naciones muertas o entre las pocas tribus salvajes que habían sobrevivido al contacto con las civilizaciones occidentales, y le encantaba tocarlos y probarlos. Tenía el misterioso *juruparis* de los indios de río Negro, que a las mujeres no les estaba permitido mirar y que incluso los jóvenes no debían ver hasta que hubieran sido sometidos al ayuno y al tormento, y las jarras de barro peruanas que tienen el sonido agudo de los cantos de los pájaros, y flautas de huesos humanos como las que oyó Alonso de Ovalle en Chile, y los sonoros jaspes verdes que se encuentran cerca de Cuzco y producen una nota de singular dulzura. Tenía calabazas pintadas llenas de guijarros que sonaban cuando se las agitaba; el largo *clarín* de los mexicanos, en el que no sopla el intérprete, sino que inhala el aire; el *ture* basto de las tribus amazónicas, al que hacen sonar los centinelas que están sentados todo el día sobre árboles altos, y se dice que se los puede oír a una distancia de tres leguas; el *teponaztli,* que tiene dos lengüetas de madera que vibran y que se golpean con dos palitos untados de goma elástica que se obtiene del jugo lechoso de plantas; las *yotl* o campanas de los aztecas, que están colgadas en racimos como las uvas, y un enorme tambor cilíndrico, cubierto de piel de grandes serpientes, como la que vio Bernal Díaz cuando entró con Cortés en un templo mexicano, y de cuyo sonido triste nos ha dejado una descripción tan viva. El carácter fantástico de estos instrumentos le fascinaba, y sentía un placer curioso al pensar que el arte, como la naturaleza, tiene sus monstruos, cosas en forma de bestia y con voces espantosas. Sin embargo, después de un tiempo, se cansó de ellas, y se sentaba en su palco de la Ópera, solo o con lord Henry, a escuchar absorto de placer *Tannhauser* y a ver en el preludio de esta gran obra de arte una presentación de la tragedia de su propia alma.

En una ocasión se dedicó al estudio de las joyas, y apareció en un baile disfrazado de Anne de Joyeuse, almirante de Francia, con un traje cubierto con quinientas sesenta perlas. Esta afición le cautivó durante años; de hecho, se podía decir que nunca la abandonó. Con frecuencia pasaba un día entero colocando y descolocando en sus cajas las piedras varias que había coleccionado, tales como el crisoberilo que se vuelve rojo a la luz de la lámpara, la cimofana con sus vetas plateadas, el peridoto color pistacho, topacios rosas y amarillos, rubíes de un fuerte escarlata con trémulas estrellas de cuatro rayos, las piedras de cinamomo de un rojo encendido, espinelas naranjas y violetas, y amatistas con capas alternas de rubí y zafiro. Le encantaba el rojo dorado de la piedra solar y la blancura de perla de la piedra lunar, y el arcoíris partido del ópalo lechoso. Consiguió de Amsterdam tres esmeraldas de un tamaño extraordinario ricas en color y tenía una turquesa *de la vieille roche* que era la envidia de todos los expertos.

También descubrió historias maravillosas sobre joyas. En la *Clericalis disciplina* de Alfonso se mencionaba una serpiente con ojos de jacinto auténtico y en una historia romántica de Alejandro, el conquistador de Emacia, se decía que había encontrado en el valle del Jordán serpientes «con collares de esmeraldas auténticas que crecían sobre sus dorsos». Había una gema en el cerebro del dragón, nos cuenta Filostrato, y «por la exhibición de las letras doradas y la indumentaria escarlata» el monstruo podía ser arrojado a un sueño mágico y morir. Según el gran alquimista Pierre de Boniface, el diamante hacía invisible al hombre, y la ágata de la India le hacía elocuente. La cornalina apaciguaba la cólera, el jacinto provocaba sueño y la amatista disipaba los vapores del vino. El granate expulsaba a los demonios y el hidrópico privaba de su color a la Luna. La selenita crecía y menguaba con la Luna, y al *meloceus,* que descubría ladrones, sólo le podía afectar la sangre de crías. Leonardus Camillus había visto una piedra blanca tomada del cerebro de un sapo que acababa de morir, que era un cierto antídoto contra el veneno. El bezoar que se encontró en el corazón de un venado árabe era un hechizo que podía curar la peste. Según Demócrito, en los nidos de pájaros de Arabia las piedras protegían a sus moradores del peligro del fuego.

El rey de Ceilán cabalgó por su ciudad con un gran rubí en la mano en la ceremonia de su coronación. Las verjas del palacio del profeta Juan estaban «hechas de sardónices, con el cuerno de la serpiente cornuda incrustado, de esa forma ningún hombre podía meter veneno». Sobre el gablete había «dos manzanas doradas en las que estaban incrustados dos carbúnculos», de esa forma las manzanas brillaban de día y los carbúnculos de noche. En la extraña novela de Lodge *A Margarite of America* se afirma que en la habitación de la reina se podía ver «a todas las damas castas del mundo, engastadas en plata, mirándose en espejos hermosos de crisólitos, carbúnculos, zafiros y esmeraldas verdes». Marco Polo había visto que los habitantes de Zipango colocaban perlas rosadas en las bocas de los difuntos. Un monstruo marino se había enamorado de la perla que el pescador llevó al rey Perozes, y mató al ladrón y lloró su pérdida durante siete lunas. Procopio nos cuenta la historia de que cuando los hunos atrajeron al rey al borde del gran precipicio, él saltó y nunca más se le encontró, aunque el emperador Anastasio ofreció cinco quintales de piezas de oro por él. El rey de Malabar había mostrado a cierto veneciano un rosario de trescientas cuatro perlas, una por cada dios al que él adoraba.

Cuando el duque de Valentinois, hijo de Alejandro VI, visitó a Luis XII de Francia, su caballo estaba cargado de hojas de oro, según Brantome, y su manto tenía dos filas de rubíes que arrojaban una gran luz. Carlos de Inglaterra había cabalgado con unos estribos engastados con cuatrocientos veintiún diamantes. Ricardo II tenía un abrigo, valorado en treinta mil marcos, que estaba cubierto de rubíes balajes. Hall describe a Enrique VIII en su camino hacia la Torre antes de su coronación. Llevaba «un jubón recamado en oro, un frente bordado con diamantes y otras piedras preciosas y un gran tahalí alrededor de su cuello de grandes balajes». Los favoritos de Jaime I llevaban pendientes de esmeraldas adornados con filigranas de oro. Eduardo II dio a Piers Gaveston un conjunto de armaduras de oro rojizo salpicadas de jacintos, un collar de rosas doradas adornado con turquesas y un yelmo *parsem* con perlas. Enrique II llevaba guantes con joyas que le llegaban hasta el codo, y tenía un guante de halcón cosido con doce rubíes y cincuenta y dos perlas finas grandes. El sombrero ducal de Carlos el Temerario, el último duque de Borgoña de su estirpe, iba adornado con perlas en forma de pera y lleno de zafiros.

¡Qué vida tan exquisita había existido una vez! ¡Qué espléndida en su pompa y adornos! Incluso leer sobre el lujo de los desaparecidos era maravilloso.

Luego prestó atención a los bordados y los tapices, que sustituían a los frescos de las habitaciones frías de las naciones del norte de Europa. Según estaba investigando sobre el tema (y siempre tenía una facultad extraordinaria para conseguir estar absorto totalmente en la época en la que emprendía cualquier cosa), estaba casi entristecido por el reflejo de la ruina que el tiempo llevaba sobre las cosas hermosas y maravillosas. De todos modos él había escapado a eso. Un verano seguía a otro, y los junquillos amarillos florecían y morían muchas veces, y las noches de terror repetían la historia de su vergüenza, pero él no cambiaba. Ningún invierno estropeó su rostro o tiñó su lozanía. ¡Qué diferente era con las cosas materiales! ¿Adónde habían ido? ¿Dónde estaba la gran vestidura color azafrán por la que habían luchado dioses contra gigantes, que había sido elaborada por jóvenes morenas para dar gusto a Atenea? ¿Dónde el enorme velarium que Nerón había extendido en el coliseo de Roma, esa vela titánica de púrpura sobre la que estaba representado un cielo estrellado y a Apolo llevando un carro tirado por corceles blancos con riendas doradas? Miraba detenidamente las curiosas servilletas traídas por el sacerdote del Sol, sobre las que se exponían todas las golosinas y viandas que se podían desear para una fiesta; el sudario mortuorio del rey Chilperico, con sus trescientas abejas doradas; las vestiduras fantásticas que avivaban la indignación del obispo de Pontus y en las que estaban representados «leones, panteras, osos, perros, bosques, rocas, cazadores..., en fin, todo lo que un pintor puede copiar de la naturaleza», y el abrigo que llevó puesto de Carlos de Orleans, sobre cuyas mangas estaban bordados los versos de una canción que empieza *Madame, je suis tout joyeux,* el acompañamiento musical de las palabras estaba cosido con hilo de oro y cada nota, de forma cuadrada en aquellos días, estaba formada con cuatro perlas. Leyó que la habitación preparada en el palacio de Reims para uso de la reina Juana de Borgoña estaba decorada «con 1321 loros bordados y blasonados con los escudos de armas de los reyes, y 561 mariposas, cuyas alas estaban adornadas de igual forma con los escudos de armas de la reina, todo trabajado en oro». Catalina de Médicis tenía un lecho de muerte hecho para ella de terciopelo negro salpicado de medias lunas y soles. Sus cortinas eran de damasco, con coronas de follaje y guirnaldas, representadas sobre un suelo de oro y plata, y ribeteadas con bordados de perlas, y en una habitación estaba colgado el emblema de la reina, en trozos cortados de terciopelo negro sobre una tela de plata. Luis XIV tenía en su habitación una cariátide bordada en oro de quince pies de alto. La lujosa cama de Sobieski, rey de Polonia, estaba hecha de brocado de oro de Esmirna con los versos del Corán bordados con turquesas. Sus soportes eran de plata dorada, bellamente engastados y con profusión de medallones esmaltados y de pedrería. Habían sido tomadas del campamento turco frente a Viena y el estandarte de Mahoma había permanecido bajo el dorado trémulo de su dosel.

Y así, durante un año, buscó acumular los ejemplares más exquisitos de labores textiles y bordadas que pudo encontrar, consiguiendo las delicadas muselinas de Delhi, finamente trabajadas con palmas de oro y cosidas sobre alas de escarabajos iridiscentes; las gasas de Dacca, que por su transparencia son conocidas en Oriente como «aire tejido», «agua que corre» y «rocío de la tarde»; extrañas telas estampadas de Java; tapices amarillos elaborados en China; libros encuadernados en satenes rojizos o sedas azules brillantes, y estampadas con *fleurs de lys,* pájaros e imágenes; velos de *lacis* trabajados en punto húngaro; brocados sicilianos y terciopelos tersos españoles; labores georgianas con sus creaciones doradas y *Foukousas* japonesas con oros verdosos y pájaros de maravilloso plumaje.

También tenía una pasión especial por las vestiduras eclesiásticas, así como por todo lo que se relacionara con el servicio de la Iglesia. En los amplios cofres de cedro que se alineaban en la galería occidental de su casa, había almacenado muchos ejemplares raros y hermosos de lo que es realmente la vestimenta de la Esposa de Cristo, que tiene que llevar puesto púrpura y joyas e hilos finos para que ella pueda ocultar el cuerpo macerado y pálido que ella misma busca y herido por el dolor voluntario. Poseía una capa espléndida de seda carmesí y damasco dorado, estampada con una serie repetida de granadas de oro colocadas sobre unas flores de seis pétalos, cuyos bordes eran unas piñas incrustadas de perlas pequeñas. Las franjas estaban divididas en grupos que representaban escenas de la vida de la Virgen, y la coronación de la Virgen estaba estampada en sedas de colores sobre la capucha. Era una obra italiana del siglo xv. Otra capa era de terciopelo verde, bordada con grupos de hojas de acanto en forma de corazón, desde las que salían flores blancas de tallo largo, los detalles estaban resaltados con hilo de plata y cristales de colores. El capillo llevaba una cabeza de serafín realzada con hilo de oro. Los bordes estaban tejidos en tela adamascada de seda roja y dorada y estaban salpicados de medallones de muchos santos y mártires, entre los que se hallaba san Sebastián. También tenía casullas de seda color ámbar, y de seda azul, y brocados dorados y de seda amarilla adamascada y de tela de oro, estampada con representaciones de la Pasión y Crucifixión de Cristo, y bordadas con leones y pavos reales y otros emblemas; dalmáticas de satén blanco y seda adamascada rosa, adornada con tulipanes y delfines y *fleurs de lys;* frontales de altares de terciopelo carmesí y tela azul, y muchos corporales, velos de cálices y sudarios. Había algo en los oficios místicos donde se utilizaban estas cosas que excitaba su imaginación.

Porque estos tesoros y todo lo que coleccionaba en su encantadora casa iban a ser para él medios para olvidar, formas por las que podía escapar, durante un tiempo, del temor que a veces le parecía casi demasiado grande para soportarlo. Sobre las paredes de la solitaria habitación cerrada con llave donde había pasado tanto tiempo en su infancia, había colgado con sus propias manos el terrible retrato cuyos rasgos cambiantes le mostraban la verdadera degradación de su vida, y a modo de cortina había cubierto el frente del cuadro con un paño de púrpura y oro. Durante semanas no fue allí, olvidó el espantoso objeto pintado y volvió la luz a su corazón, su maravillosa alegría, su absorción apasionada en la mera existencia. Luego, de repente, alguna noche se deslizaba fuera de la casa, bajaba a lugares horribles cerca de Blue Gate Fields y permanecía allí, día tras día, hasta que le echaban. A su vuelta se sentaba delante del cuadro, aborreciéndose a sí mismo, pero lleno, en otras ocasiones, de ese orgullo individualista que es la medio fascinación del pecado y sonriendo con un placer secreto a la sombra deformada que tenía que soportar la carga que hubiera sido la suya propia.

Después de unos años no pudo resistir estar durante mucho tiempo fuera de Londres y dejó la villa que había compartido con lord Henry en Trouville, así como la casita de paredes blancas de Argel donde más de una vez habían pasado el invierno. Odiaba separarse del cuadro que formaba parte de su vida y temía también que durante su ausencia alguien pudiera acceder a la habitación, a pesar de las barras forjadas que hizo poner en la puerta.

Era consciente totalmente de que esto no les diría nada. Era cierto que el retrato preservaba todavía un notable parecido a él mismo, bajo toda la repugnancia y fealdad de la cara, pero, ¿qué podían sacar de ello? Se reiría de cualquiera que tratara de mofarse. No lo había pintado. ¿Qué podía importarle la vileza y tanta vergüenza como aparecía? Incluso si lo contara, ¿le creerían?

Sin embargo, tenía miedo. Algunas veces cuando estaba en su gran casa de Nottinghamshire, entreteniendo a los hombres jóvenes elegantes de su propia clase, que eran sus principales compañeros, y asombrando al condado por el lujo desenfrenado y el magnífico esplendor de su forma de vida, de repente abandonaba a sus invitados y regresaba deprisa a la ciudad para comprobar que la puerta no había sido forzada y que el cuadro estaba allí todavía. ¿Qué pasaría si lo robaran? Sólo el pensarlo le dejaba frío de terror. Seguramente el mundo conocería su secreto entonces. Quizá el mundo ya lo sospechaba.

Porque, mientras fascinaba a muchos, había no pocos que desconfiaban de él. Estuvo muy cerca de ser excluido del club West End, aunque por su nacimiento y posición social tenía todo el derecho a ser miembro, y se decía que en una ocasión cuando un amigo le llevó a la sala de fumadores de Churchill, el duque de Berwick y otros caballeros se levantaron de una manera ostensible y se marcharon. Se hicieron habituales las historias extrañas sobre él después de haber cumplido los veinticinco años. Se rumoreaba que le habían visto pelearse con marineros extranjeros en una taberna barata de la apartada Whitechapel, que se reunía con ladrones y falsificadores de moneda, y que conocía los misterios de su comercio. Sus extraordinarias ausencias se hacían notables, y cuando reaparecía en sociedad los hombres susurraban entre sí en las esquinas o pasaban a su lado con desprecio, o le miraban con ojos fríos y penetrantes, como si hubieran determinado descubrir su secreto.

Él no prestaba atención, por supuesto, a tales insolencias y desaires intencionados, y en la opinión de la mayoría de la gente su manera franca y afable, su sonrisa infantil encantadora y su infinita gracia de la que la maravillosa juventud parecía que nunca le iba a abandonar, eran en sí mismas una respuesta suficiente a las calumnias, porque así las llamaban, que circulaban sobre él. Sin embargo, hay que señalar que algunos de aquellos que habían intimado más con él parecían rehuirle después de un tiempo. A las mujeres que tanto le habían adorado, y que por él habían hecho frente a toda censura social y la habían desafiado, se las vio palidecer de vergüenza o de horror cuando Dorian Gray entraba a la sala.

Sin embargo, a los ojos de muchos, estos escándalos sólo incrementaban su encanto extraño y peligroso. Su gran fortuna era un elemento cierto de su seguridad. La sociedad, la sociedad civilizada al menos, nunca está muy preparada para creer algo en detrimento de quienes son ricos y fascinantes a la vez. Se siente instintivamente que los modales tienen más importancia que la moral, y, en su opinión, la respetabilidad más elevada tiene mucho menos valor que la posesión de un buen chef. Y, después de todo, es un consuelo muy pobre que le digan a uno que el hombre que le ha dado mal de cenar, o un vino malo, es irreprochable en su vida privada. Incluso las virtudes cardinales no pueden compensar unas *entrées* medio frías, como señaló lord Henry una vez en una discusión sobre el tema, y posiblemente hay buena cantidad de cosas que decir al respecto. Porque los cánones de la buena sociedad son, o deberían ser, los mismos que los cánones del arte. La forma es absolutamente esencial. Tendría tanto la dignidad como la irrealidad de una ceremonia, y combinaría el carácter poco sincero de una obra romántica con el ingenio y la belleza que hacen que esas obras sean tan deliciosas para nosotros. ¿Es la falta de sinceridad algo tan terrible? Creo que no. Es simplemente un método por el cual podemos multiplicar nuestras personalidades.

Tal era, por lo menos, la opinión de Dorian Gray. Solía asombrarse de la psicología superficial de aquellos que conciben al ego en el hombre como algo simple, permanente, de confianza y de una única esencia. Para él, el hombre era un ser con vidas innumerables y sensaciones innumerables, una criatura compleja, con muchas formas, que soportaba en él extraños legados de pensamientos y pasiones, y cuya carne estaba contaminada de enfermedades mortales monstruosas. Le encantaba pasearse por la desnuda y fría galería de cuadros de su casa de campo y mirar los distintos retratos de aquellos cuya sangre fluía en sus venas. Allí estaba Philip Herbert, descrito por Francis Osborne en sus *Memoires on the Reigns of Queen Elizabeth and King James* (Memorias de los reinados de la reina Isabel y del rey Jacobo) como uno que fue «mimado por la Corte por su bello rostro, el cual no le acompañó mucho tiempo». ¿Era la vida del joven Herbert la que llevaba él algunas veces? ¿Había algún germen venenoso extraño que se deslizaba de un cuerpo a otro hasta que alcanzaba el suyo propio? ¿Era algún sentido oscuro de aquella gracia marchita la que le hizo proferir de repente, y casi sin motivo, en el estudio de Basil Hallward aquel ruego descabellado que había cambiado así su vida? Aquí, en el jubón rojo bordado en oro, con un manto de joyas y gorguera y los puños ribeteados en oro, sir Anthony Sherard mantenía a sus pies su armadura plateada y negra. ¿Cuál había sido el legado de este hombre? ¿Le había legado el amante de Giovanna de Nápoles alguna herencia de pecado y vergüenza? ¿Eran sus actos simples sueños que los difuntos no se habían atrevido a realizar? Aquí, desde el lienzo descolorido, sonreía *lady* Elizabeth Devereux, con su sombrero de gasa, su peto de perlas y sus mangas rosas acuchilladas. Había una flor en su mano derecha, y en la izquierda tenía cogido un collar esmaltado de rosas blancas. En una mesa de al lado había una mandolina y una manzana. Había grandes escarapelas verdes sobre sus zapatitos de punta. Conocía su vida y las historias extrañas que se contaron sobre sus amantes. ¿Había algo de su carácter en él? Esos ojos ovalados de párpados pesados parecía que le miraban con curiosidad. ¿Qué hay de George Willoughby, con su cabello empolvado y sus fantásticos lunares? ¡Qué malo parecía! Su rostro era saturnino y moreno, y los labios sensuales parecían estar arqueados con desdén. Delicados volantes de encajes caían sobre las manos amarillas y huesudas que estaban tan sobrecargadas de anillos. Había sido un petimetre del siglo XVIII y amigo en su juventud de lord Ferrars. ¿Qué hay del segundo lord Beckenham, el compañero del príncipe regente en sus días más alocados y uno de los testigos de su matrimonio secreto con la señora Fitzherbert? ¡Qué orgulloso y atractivo era, con sus rizos castaños y su postura insolente! ¿Qué pasiones había heredado? El mundo le había tenido como un infame. Él había dirigido las orgías en Carlton House. La estrella del Garter brillaba sobre su pecho. Al lado de él estaba colgado el retrato de su esposa, una mujer vestida de negro, pálida y con labios delgados. También su sangre estaba derramada en él. ¡Qué curioso parecía todo! Y su madre con la cara de *lady* Hamilton y sus labios húmedos como de vino (sabía lo que heredó de ella). Había heredado de ella su belleza, y su pasión por la belleza de los demás. Se reía de él con su vestido suelto de bacante. Había hojas de parra en su pelo. Se derramaba la púrpura de la copa que sostenía. Los claveles de la pintura se habían marchitado, pero los ojos eran maravillosos todavía con su profundidad y color brillante. Parecía que le seguían dondequiera que él fuese.

Sin embargo, se tienen antecesores en literatura, así como en la propia estirpe de uno, que quizá estén más próximos en tipo y carácter; muchos de ellos, con seguridad, ejercen una influencia más consciente. Había veces en las que le parecía a Dorian Gray que toda la historia era un mero recuerdo de su propia vida, no como él la había vivido en hechos y circunstancias, sino como si su imaginación la hubiese creado para él, como si hubiera estado en su cerebro y en sus pasiones. Sentía que él los había conocido a todos, aquellas extrañas figuras terribles que habían pasado por el escenario del mundo y habían hecho tan maravilloso al pecado y tan lleno de sutileza al mal. Le parecía que de alguna forma misteriosa sus vidas habían sido la suya propia.

El héroe de la maravillosa novela que le había influido tanto en su vida, había conocido por él mismo esta imaginación curiosa. En el capítulo siete cuenta cómo, coronado de laurel y por temor a que le hiriera un rayo, se había sentado como Tiberio en un jardín de Capri a leer libros vergonzosos de Elefantina, mientras que enanos y pavos reales se pavoneaban a su alrededor y el flautista se burlaba del balanceo del incensario, y, como Calígula, había estado de juerga en los establos con los jinetes de camisas verdes y cenó en un pesebre de marfil con un caballo con la frente llena de joyas, y, como Domiciano, había vagado por un corredor de espejos de mármol alineados, buscando alrededor con ojos extraviados el reflejo del puñal que iba a dar fin a sus días, enfermo de ese aburrimiento, ese terrible *taedium vitae* que llega a los que la vida no les niega nada; había mirado con atención, a través de la clara esmeralda, a las carnicerías del circo, y luego, en una litera de perlas y púrpura tirada por mulas con herraduras de plata, fue transportado por la calle de las Granadas a la Casa de Oro y oyó a los hombres que gritaban a Nerón césar según pasaba, y, cómo Heliogábalo, había pintado de colores su cara y manejado la rueca entre las mujeres, y trajo la Luna desde Cartago y la dio en matrimonio místico al Sol.

Una y otra vez Dorian solía leer este capítulo fantástico y los dos capítulos que seguían a continuación, en los cuales, como en algunos tapices curiosos o en esmaltes hábilmente labrados, estaban pintadas las formas feas y hermosas de aquellos a los que el vicio, la sangre y el aburrimiento les había hecho monstruos o locos: Filippo, duque de Milán, que asesinó a su esposa y pintó sus labios con un veneno escarlata para que el amante de ella absorbiese la muerte del cuerpo sin vida que él había amado; Pietro Barbi, el veneciano, conocido como Pablo II, que buscó en su vanidad asumir el título de *Formosus,* y cuya tiara, valorada en doscientos mil florines, fue comprada al precio de un terrible pecado; Gian Maria Visconti, que utilizaba podencos para cazar a hombres vivos y a cuyo cuerpo asesinado lo cubrió de rosas una ramera que le había amado; Borgia, sobre su caballo blanco, con Fratricide cabalgando a su lado, y su manto manchado con la sangre de Perotto; Pietro Riario, el joven cardenal y arzobispo de Florencia, hijo y favorito de Sixto IV, cuya belleza igualó a su libertinaje y quien recibió a Leonor de Aragón en un pabellón de seda blanca y carmesí, lleno de ninfas y centauros, y pintando a un niño de oro que le servía en la fiesta como Ganimedes o Hylas; Ezzelin, cuya melancolía sólo podía curarse con el espectáculo de la muerte y quien tenía pasión por el rojo sangre, como otros hombres la tienen por el rojo del vino (según contaron era el hijo del demonio y el que había engañado a su padre jugando a los dados cuando se estaba apostando con él su propia alma); Giambattista Cibo, quien en una burla tomó el nombre de Inocente, y en cuyas aletargadas venas le infundió un doctor judío la sangre de tres muchachos; Segismundo Malatesta, el amante de Isotta, y el señor de Rimini, cuya efigie fue quemada en Roma por ser enemigo de Dios y del hombre, que estranguló a Polisena con una servilleta y dio veneno a Ginevra d'Este en una copa de esmeraldas y, en honor a una pasión vergonzosa, construyó una iglesia pagana para el culto cristiano; Carlos VI, quien había adorado a la esposa de su hermano tan ardientemente que un leproso le avisó de la locura que le estaba entrando, y quien, cuando su cerebro enfermó y se hizo extraño, sólo podía aliviarse con unos naipes sarracenos pintados con las imágenes del amor, de la muerte y de la locura, y, con su elegante jubón y su sombrero con joyas y sus rizos como acantos; Grifonetto Baglioni, que asesinó a Astorre y a su prometida, y Simonetto con su paje, cuyo atractivo era tal que, cuando yacía a punto de morir en la plaza amarilla de Perugia, aquellos que le habían odiado no tuvieron más remedio que llorar, y Atlanta, que le había maldecido, le bendijo.

Había una fascinación horrible en todos ellos. Los veía de noche y turbaban su imaginación por el día. El Renacimiento conocía maneras extrañas de envenenamiento, envenenamiento por un yelmo y una antorcha encendida, por un guante bordado y un abanico con joyas, por una bola perfumada y por una cadena de ámbar. Dorian Gray había sido envenenado por un libro. Había momentos en los que miraba al mal simplemente como un medio a través del cual podía realizar su concepción de belleza.

CAPÍTULO XII

Era el 9 de noviembre, la víspera de su trigésimo octavo cumpleaños, como a menudo recordó más tarde.

Caminaba hacia casa sobre las once, venía de casa de lord Henry, donde había estado cenando, e iba arropado con gruesas pieles, ya que la noche era fría y había niebla. En la esquina de la plaza Grosvenor con la calle South Audley un hombre le pasó en la niebla, caminando muy deprisa y con el cuello de su amplio abrigo gris vuelto. Llevaba una bolsa en la mano. Dorian le reconoció. Era Basil Hallward. Un extraño sentimiento de temor, que no podía explicarse, se apoderó de él. No hizo ademán de reconocerle y continuó rápidamente, en dirección a su propia casa.

Pero Hallward le había visto. Dorian le oyó primero pararse en el pavimento y luego ir deprisa detrás de él. En breves instantes su mano estaba sobre su hombro.

—¡Dorian! ¡Qué suerte tan extraordinaria! Te he estado esperando en tu biblioteca desde las nueve. Al final me dio pena tu criado cansado y le dije que se fuera a la cama cuando me iba. Me voy a París en el tren de medianoche y quería verte en privado antes de irme. Pensé que eras tú, o al menos tu abrigo de piel, cuando pasaste. Pero no estaba completamente seguro. ¿No me reconociste?

—¿Con esta niebla, mi querido Basil? No puedo reconocer ni siquiera la plaza Grosvenor. Creo que mi casa está en algún lugar por aquí, pero no estoy completamente seguro. Siento que te vayas, ya que no te he visto desde hace siglos. Pero supongo que regresarás pronto, ¿no?

—No. Voy a estar fuera de Inglaterra seis meses. Trato de conseguir un estudio en París y encerrarme hasta que haya terminado un gran cuadro que tengo en la cabeza. Sin embargo, no era de mí de quien quería hablar. Ya estamos en tu puerta. Déjame entrar un momento. Tengo algo que decirte.

—Estaré encantado. Pero, ¿no perderás el tren? —dijo Dorian Gray lánguidamente, según subía los escalones y abría la puerta con la llave.

La luz de la lámpara luchaba contra la niebla y Hallward miró su reloj.

—Tengo tiempo de sobra —contestó—. El tren no sale hasta las doce y cuarto, y sólo son las once. De hecho, iba de camino hacia el club a buscarte cuando te encontré. Ya ves, no me retrasará el equipaje, ya que lo he enviado con los objetos pesados. Todo lo que tengo conmigo está en esta bolsa y puedo llegar fácilmente a Victoria en veinte minutos.

Dorian le miró y sonrió.

—¡Qué vestimenta para viajar un pintor elegante! ¡Un maletín y un abrigo amplio! Entra o la niebla penetrará en la casa. Y recuerda que no hablarás de nada serio. Nada es serio hoy en día. Al menos nada debería serlo.

Hallward sacudió la cabeza según entraba y siguió a Dorian a la biblioteca. Había un fuego brillante de leña ardiendo en el gran hogar descubierto. Las lámparas estaban encendidas y sobre una mesita de marquetería estaban colocados una licorera holandesa, algunos sifones de agua con soda y unos vasos largos tallados.

—Como ves, tu criado me hizo sentirme como en casa, Dorian. Me dio todo lo que quería, incluidos tus mejores cigarrillos de boquilla dorada. Es una criatura muy hospitalaria. Me gusta mucho más que ese francés que tenías. A propósito, ¿qué ha sido de él?

Dorian se encogió de hombros.

—Creo que se casó con la criada de *lady* Radley y se ha establecido en París de modista inglesa. He oído que la *anglomanie* está muy de moda allí ahora. Parece estúpido por parte del francés, ¿verdad? Pero, ¿sabes?, no era un mal criado después de todo. Nunca me gustó, pero no tengo nada de qué quejarme. A menudo uno se imagina cosas que son completamente absurdas. Realmente me tenía mucha devoción y parecía muy apenado cuando se marchó. ¿Tomas otro brandy con soda o te gustaría tomar vino del Rin con seltz? Yo siempre tomo vino del Rin con seltz. Seguro que hay algo en la habitación de al lado.

—Gracias, no tomaré nada más —dijo el pintor mientras se quitaba el sombrero y el abrigo, y los tiraba sobre la bolsa que había colocado en la esquina—. Y ahora, mi querido amigo, quiero hablarte seriamente. No frunzas el ceño así. Harás que sea mucho más difícil para mí.

—¿De qué se trata? —dijo Dorian con su habitual irritabilidad, echándose sobre el sofá—. Espero que no sea sobre mí. Estoy cansado de mí mismo esta noche. Me gustaría ser otro.

—Es sobre ti —contestó Hallward con su voz grave y profunda—, y tengo que decírtelo. Sólo te retendré media hora.

Dorian suspiró y encendió un cigarrillo.

—¡Media hora! —murmuró.

—No es pedirte demasiado, Dorian, y voy a hablar sólo por tu bien. Creo justo que sepas que se están diciendo las cosas más espantosas sobre ti en Londres.

—No deseo saber nada sobre ellas. Me encantan los escándalos sobre otras personas, pero los escándalos sobre mí mismo no me interesan. No tienen el encanto de la novedad.

—Tienen que interesarte, Dorian. Todo caballero está interesado en su buen nombre. No querrás que la gente hable de ti como de alguien vil y degradado. Por supuesto que tienes tu posición y tu fortuna, y toda esa clase de cosas. Pero la posición y la fortuna no es todo. En realidad yo no creo nada de esos rumores. Al menos, no puedo creerlos cuando te veo. El pecado es algo que se escribe en la cara de un hombre. No se puede ocultar. La gente habla algunas veces de vicios secretos. No hay tales cosas. Si un hombre despreciable tiene un vicio, lo muestra en las líneas de su boca, en la caída de sus párpados, incluso en el moldeado de sus manos. Alguien, no menciono el nombre, pero lo conoces, vino a verme el año pasado para que le hiciera su retrato. No le había visto nunca antes, y nunca había oído hablar de él hasta entonces, aunque he oído muchas cosas después.

Me ofreció un precio desorbitado. Me negué. Había algo en la forma de sus dedos que detestaba. Ahora sé que tenía mucha razón en lo que me imaginaba de él. Su vida es horrible. Pero tú, Dorian, con tu rostro puro, brillante e inocente, y tu maravillosa juventud intachable, no puedo creer nada en contra de ti. Y sin embargo, te veo raras veces y nunca vienes al estudio ahora, y cuando estoy lejos de ti y oigo todas esas cosas espantosas sobre ti que la gente susurra yo no sé qué decir. ¿Por qué, Dorian, un hombre como el duque de Berwick abandona la habitación de un club cuando entras tú? ¿Por qué hay tantos caballeros en Londres que ni van a tu casa ni te invitan a las suyas? Solías ser amigo de lord Staveley. Me lo encontré cenando la semana pasada. Tu nombre salió en la conversación en relación a las miniaturas que habías prestado a la exposición de Dudley. Staveley hizo un gesto con los labios y dijo que tienes un gusto muy artístico, pero que eres un hombre al que ninguna joven de mente pura se le debiera permitir conocer y junto al que ninguna mujer casta debería sentarse en la misma sala. Le recordé que yo era amigo tuyo y le pregunté qué quería decir. Él me contó. Me contó delante de todo el mundo. ¡Fue horrible! ¿Por qué es tu amistad tan fatídica para los hombres jóvenes? Ese chico desgraciado de la Guardia que se suicidó. Tú eras su gran amigo. Ese sir Henry Ashton que tuvo que abandonar Inglaterra con su nombre manchado. Tú y él erais inseparables. ¿Qué hay de Adrian Singleton y su espantoso fin? ¿Y del hijo único de lord Kent y de su carrera? Me encontré a su padre ayer en la calle de St. James. Estaba destrozado por la vergüenza y la pena. ¿Y del joven duque de Perth? ¿Qué clase de vida lleva ahora? ¿Qué caballero se relacionaría con él?

—Basta, Basil. Estás hablando de cosas de las que no sabes nada —dijo Dorian Gray mordiéndose el labio y con un tono de infinito desprecio—. Me preguntas por qué Berwick abandona la habitación cuando entro yo. Es porque sé todo sobre su vida, no porque él sepa algo de la mía. Con la sangre que lleva en sus venas, ¿cómo se podría limpiar su historia? Me preguntas sobre Henry Ashton y el joven Perth. ¿Le enseñé a uno sus vicios y al otro su libertinaje? Si el estúpido hijo de Kent tomó a su esposa de las calles, ¿qué tengo yo que ver? Si Adrian Singleton escribe el nombre de su amigo en una factura, ¿soy yo su guardián? Sé cómo murmura la gente en Inglaterra. Las clases medias airean su prejuicios morales sobre la mesa del comedor y cuchichean sobre lo que ellos llaman prodigalidad de sus superiores para tratar de aparentar que pertenecen a la sociedad elegante y que intiman con la gente a la que calumnian. En este país es suficiente que un hombre tenga distinción y cerebro para dar que hablar a todas las lenguas del vulgo. ¿Y qué clase de vida llevan esas personas, cuya posición de seres morales la establecen ellos mismos? Mi querido amigo, olvidas que estamos en la tierra natal de los hipócritas.

—Dorian —exclamó Hallward—, esa no es la cuestión. Inglaterra es bastante mala, lo sé, y toda la sociedad inglesa es injusta. Esa es la razón por la que quiero que seas bueno. Tú no has sido bueno. Uno tiene el derecho de juzgar a un hombre por el efecto que tiene sobre sus amigos. Los tuyos parecen perder todo sentido del honor, de la bondad y de la pureza. Los has llenado de una locura por el placer. Han caído en las profundidades. Tú los llevaste allí. Sí, tú los llevaste allí, y todavía puedes sonreír, como estás sonriendo ahora. Pero todavía hay más. Sé que Harry y tú sois inseparables. Seguro que es por esta razón, ya que no hay otra, por la que no hubieras debido hacer del nombre de su hermana una comidilla.

—Ten cuidado, Basil. Vas demasiado lejos.

—Tengo que hablar y tienes que escucharme. Escucharás. Cuando conociste a *lady* Gwendolen, ninguna sombra de escándalo le había tocado nunca. ¿Hay alguna mujer decente en Londres ahora que quiera ir con ella en coche por el parque? ¿Por qué ni siquiera permiten que sus hijos vivan con ella? Luego hay otras historias, historias en las que te han visto salir deslizándote de casas horribles al amanecer y entrar furtivamente y disfrazado en las guaridas más sucias de Londres. ¿Tienen razón? ¿Pueden tener razón? La primera vez que los oí me reí. Ahora los oigo y ellos me hacen estremecer. ¿Qué pasa con tu casa de campo y de la vida que llevas allí? Dorian, no sabes lo que se dice de ti. No te diré que no quiero sermonearte. Recuerdo que Harry dijo una vez que el hombre que se volvía un coadjutor aficionado empezaba siempre por decir eso y luego procedía a faltar a su palabra. Quiero sermonearte. Quiero que lleves una vida que haga que el mundo te respete. Quiero que tengas un nombre limpio y una historia bella. Quiero que te deshagas de la horrible gente con la que te relacionas. No encojas los hombros de esa manera. No seas tan indiferente. Tienes una maravillosa influencia. Deja que sea para bien, no para mal. Dicen que corrompes a todo el que intima contigo, y que es suficiente para ti entrar en una casa para que le siga después la vergüenza. No sé si es así o no. ¿Cómo lo sabría? Pero se dice de ti. Me han contado cosas que me parece imposible dudar. Lord Gloucester era uno de mis mejores amigos en Oxford. Me enseñó una carta que le había escrito su esposa cuando se estaba muriendo sola en su villa de Mentone. Tu nombre estaba implicado en la confesión más horrible que he leído nunca. Le dije que era absurdo, que te conocía a fondo y que eras incapaz de hacer algo de ese tipo. ¿Conocerte? Me pregunto si te conozco. Antes de poder contestar a eso, tendría que ver tu alma.

—¡Ver mi alma! —murmuró Dorian Gray, levantándose del sofá y volviéndose casi blanco por el miedo.

—Sí —contestó Hallward gravemente y con un tono de pena profunda en su voz—, ver tu alma. Pero sólo Dios puede hacerlo.

Una risa amarga de burla salió de los labios del más joven de los dos hombres.

—¡La verás tú mismo, esta noche! —exclamó, tomando una lámpara de la mesa—. Ven. Es obra de tus manos. ¿Por qué no habrías de verla? Puedes contar al mundo todo lo que quieras después, si quieres. Nadie te creería. Si ellos te creyeran, les gustaré más por ello. Conozco esta época mejor que tú, aunque hables sobre ello de forma tan tediosa. Ven, te digo. Has charlado bastante sobre la corrupción. Ahora la mirarás cara a cara.

Había un orgullo descabellado en cada palabra que pronunciaba. Pisaba el suelo de una manera insolente y pueril. Sintió una alegría terrible ante la idea de que alguien más fuera a compartir su secreto y que fuera el hombre que había pintado el retrato origen de toda su vergüenza; se le quedaría grabado para el resto de su vida el recuerdo horroroso de lo que había hecho.

—Sí —continuó, acercándose a él y mirando fijamente a sus ojos severos—. Te mostraré mi alma. Verás lo que imaginas que sólo Dios puede ver.

Hallward retrocedió.

—¡Eso es una blasfemia, Dorian! —exclamó—. No debes decir cosas así. Son horribles y no significan nada.

—¿Crees eso? —rio de nuevo.

—Sí. En cuanto a lo que te he dicho esta noche, te lo he dicho por tu bien. Sabes que he sido siempre un fiel amigo tuyo.

—No me toques. Termina lo que tienes que decir.

Una ráfaga de dolor pasó por la cara del pintor. Se detuvo un momento y un sentimiento de piedad enorme se apoderó de él. Después de todo, ¿qué derecho tenía él a fisgonear en la vida de Dorian Gray? Si él había hecho una décima parte de lo que se rumoreaba de él, ¡cuánto tenía que haber sufrido! Luego se levantó, caminó hacia el fuego y permaneció allí, mirando los troncos encendidos con sus cenizas como escarcha y al núcleo palpitante de las llamas.

—Estoy esperando, Basil —dijo el joven con una voz dura y clara. Se dio la vuelta.

—Lo que te tenía que decir era esto —exclamó—. Tienes que darme alguna respuesta a esos cargos horribles que se han hecho contra ti. Si me dices que son completamente falsos de principio a fin, te creeré. ¡Niégalos, Dorian, niégalos! ¿No eres capaz de ver lo que va a ser de mí? ¡Dios mío! No me digas que eres malo, corrupto y deshonrado.

Dorian Gray sonrió. Sus labios se curvaron con desprecio.

—Ven arriba, Basil —dijo con calma—. Guardo un diario de mi vida día a día, que nunca abandona la habitación donde lo he escrito. Te lo mostraré si vienes conmigo.

—Iré contigo, Dorian, si así lo deseas. Veo que he perdido el tren. No importa. Puedo ir mañana. Pero no me pidas que lea nada esta noche. Todo lo que quiero es una respuesta sencilla a mi pregunta.

—Te la daré arriba. No podría dártela aquí. No tendrás que leer mucho.

CAPÍTULO XIII

Salieron de la habitación y comenzaron a subir; Basil Hallward iba detrás. Caminaban suavemente como lo hacen los hombres instintivamente por la noche. La lámpara proyectaba sombras fantásticas sobre la pared y la escalera. El viento que soplaba hizo que sonaran algunas ventanas.

Cuando llegaron al descansillo de arriba, Dorian dejó la lámpara en el suelo y sacando la llave la metió en la cerradura.

—¿Insistes en saberlo, Basil? —preguntó en voz baja.

—Sí.

—Encantado —contestó sonriendo. Luego añadió ásperamente—: Eres el único hombre del mundo que tiene derecho a saber todo sobre mí. Has tenido que ver en mi vida más de lo que piensas —y, levantando la lámpara, abrió la puerta y entraron. Sintieron una corriente de aire frío, y la luz se convirtió por un momento en una llama naranja oscura. Él se estremeció.

—Cierra la puerta detrás de ti —susurró según colocaba la lámpara sobre la mesa.

Hallward miró a su alrededor con expresión de perplejidad. La habitación daba la sensación de no haberse habitado durante años. Un tapiz flamenco descolorido, un cuadro cubierto con una cortina, una vieja *cassone* italiana y una estantería para libros casi vacía, eso es todo lo que parecía contener, además de una silla y de una mesa. Cuando Dorian Gray encendió una vela medio consumida que había sobre la repisa de la chimenea, vio que todo el lugar estaba cubierto de polvo y que la alfombra tenía agujeros. Un ratón corrió y se arrastró detrás del zócalo. Había un olor húmedo por el moho.

—¿Crees que sólo Dios ve el alma, Basil? Corre la cortina y verás la mía.

La voz que hablaba era fría y cruel.

—Estás loco, Dorian, o representando un papel —murmuró Hallward con el ceño fruncido.

—¿No quieres? Entonces lo haré yo —dijo el joven y arrancó la cortina de la barra y cayó al suelo.

Una exclamación de horror salió de los labios del pintor cuando vio a la débil luz el rostro espantoso del lienzo, sonriendo burlonamente. Había algo en su expresión que le llenó de repugnancia y de aversión. ¡Dios Santo! ¡Era la propia cara de Dorian Gray la que estaba viendo! El horror, cualquiera que fuera, no había estropeado todavía por completo esa belleza maravillosa. Había todavía oro en su pelo ralo y escarlata en la boca sensual. Los ojos hinchados conservaban algo de su hermoso azul, las nobles curvas no habían desaparecido todavía por completo de su nariz cincelada y de su cuello modelado. Sí, era el mismo Dorian, pero, ¿quién lo había hecho? Creía reconocer sus propias pinceladas y el cuadro era diseño suyo. La idea era monstruosa, sin embargo, sintió miedo. Tomó la vela y se acercó al cuadro.

En la esquina izquierda estaba su propio nombre, con letras largas trazadas de color bermellón brillante.

Era alguna parodia odiosa, alguna sátira infame e innoble. Él nunca había hecho eso. Sin embargo, era su propio cuadro. Lo sabía y sentía como si su sangre hubiera cambiado en un momento de fuego a hielo pesado. ¡Su propio cuadro! ¿Qué significaba? ¿Por qué había cambiado? Se volvió y miró a Dorian Gray con ojos enfermizos. Su boca se crispó y su lengua reseca parecía incapaz de articular palabra. Se pasó la mano por la frente. Estaba húmedo de sudor pegajoso.

El joven estaba apoyado en la repisa de la chimenea, observándole con esa extraña expresión que uno ve en las caras de aquellos que están absortos en una obra cuando actúa algún gran artista. No había ni una pena, ni una alegría auténticas. Era simplemente la pasión del espectador, quizá con un parpadeo triunfal en sus ojos. Se había sacado la flor de su abrigo y la estaba oliendo, o simulaba hacerlo.

—¿Qué significa esto? —exclamó Hallward al fin. Su propia voz sonaba aguda y extraña en sus oídos.

—Hace años, cuando era un muchacho —dijo Dorian Gray estrujando la flor en su mano—, me conociste, me adulaste y me enseñaste a ser vanidoso por mi buena apariencia. Un día me presentaste a un amigo tuyo, que me explicó las maravillas de la juventud, y tú terminaste el retrato que me reveló las maravillas de la belleza. En un mal momento, del que, incluso ahora, no sé si me arrepiento o no, pedí un deseo, quizá tú podrías llamarlo un ruego...

—¡Lo recuerdo! ¡Lo recuerdo muy bien! ¡No! ¡Es imposible! La habitación está húmeda. El moho ha penetrado en el lienzo. Las pinturas que utilizaba tenían algún mineral venenoso malísimo. Te digo que esto es imposible.

—¡Ah! ¿Es imposible? —murmuró el joven yendo hacia la ventana y apoyando su frente contra el cristal frío y empañado por la niebla.

—Me dijiste que lo habías destruido.

—No era cierto. Él me ha destruido a mí.

—No creo que sea mi cuadro.

—¿No puedes ver tu ideal en él? —dijo Dorian amargamente.

—Mi ideal como tú lo llamas...

—Como tú lo llamabas.

—No había nada malo en él, ninguna vergüenza. Fuiste para mí un ideal como nunca encontraré de nuevo. Esta es la cara de un sátiro.

—Es la cara de mi alma.

—¡Cristo! ¡Qué cosa he adorado! Tiene los ojos de un demonio.

—Cada uno de nosotros tiene dentro el cielo y el infierno, Basil —exclamó Dorian con un gesto de desesperación.

Hallward volvió de nuevo al retrato y lo observó.

—¡Dios mío! ¡Si es cierto —exclamó—, y si esto es lo que has hecho con tu vida, tienes que ser peor incluso de lo que se imaginan que eres los que han hablado en contra de ti!

—Levantó la luz otra vez hacia el lienzo y lo examinó. La superficie parecía estar inalterable tal como él la había dejado. Aparentemente era de dentro de donde surgía la impureza y el horror. Por medio de alguna extraña vida interna resucitada, la lepra del pecado estaba comiéndose al objeto lentamente. La putrefacción de un cadáver en una tumba húmeda no era tan espantosa.

Su mano tembló y la vela cayó de su palmatoria al suelo y se quedó allí chisporroteando. Puso su pie encima y la apagó. Luego se dejó caer en la silla desvencijada que estaba al lado de la mesa y hundió la cara entre sus manos.

—¡Dios Santo, Dorian, qué lección! ¡Qué fea lección! —no hubo contestación, pero podía oír al joven sollozando en la ventana.

—Reza, Dorian, reza —murmuró—. ¿Qué es lo que le enseñan a decir a uno cuando es niño?: «No nos dejes caer en la tentación. Perdona nuestros pecados. Purifica nuestras iniquidades». Digámoslo juntos. La oración de tu orgullo tuvo contestación. La oración de tu arrepentimiento tendrá respuesta también. Te admiré en exceso. He sido castigado por ello. Te adorabas mucho a ti mismo. Los dos somos castigados.

Dorian Gray se dio la vuelta lentamente y le miró con los ojos llenos de lágrimas.

—Es demasiado tarde, Basil —dijo balbuceando.

—Nunca es demasiado tarde, Dorian. Arrodillémonos e intentémoslo si no podemos recordar una oración. ¿No hay un versículo en alguna parte que dice: «Aunque tus pecados sean escarlatas, todavía los puedes hacer blancos como la nieve?».

—Esas palabras no significan nada para mí ahora.

—¡Silencio!, no digas eso. Has hecho bastante mal en tu vida. ¡Dios mío! ¿No ves cómo nos mira de reojo esa maldita cosa?

Dorian Gray miró al cuadro y de repente se apoderó de él un sentimiento de odio hacia Basil Hallward, como si se lo hubiera propuesto la imagen del lienzo, susurrándole al oído aquellos labios burlones. La ira enloquecida de un animal cazado se agitaba dentro de él y aborrecía al hombre que estaba sentado a la mesa, más de lo que había aborrecido a alguien en toda su vida. Miró alrededor furiosamente. Algo brillaba encima del cofre pintado que tenía frente a él. Sus ojos se fijaron en ello. Sabía lo que era. Era un cuchillo que había llevado allí algunos días antes para cortar un trozo de cuerda y lo había olvidado. Se fue lentamente hacia él, pasando al lado de Hallward. Tan pronto como estuvo detrás de él, lo agarró y se dio la vuelta. Hallward se movió de la silla como si fuera a levantarse. Se precipitó hacia él y le clavó el cuchillo en la vena que hay al lado de la oreja, aplastando la cabeza sobre la mesa y apuñalándole una y otra vez.

Hubo un gemido apagado y el sonido horrible de alguien que se ahoga en sangre. Tres veces se agitaron con convulsiones los brazos extendidos, moviendo en el aire las manos grotescas de dedos rígidos. Le apuñaló dos veces más y el pintor no se movió ya. Algo comenzó a chorrear al suelo. Esperó un momento, presionando todavía más la cabeza. Luego tiró el cuchillo sobre la mesa y escuchó.

No pudo oír nada a excepción del goteo, el goteo sobre la alfombra raída. Abrió la puerta y salió al descansillo. La casa estaba en una calma absoluta. No había nadie por allí. Durante unos segundos se quedó inclinado sobre la barandilla y mirando con atención al agujero hirviente y negro de la oscuridad. Luego sacó la llave, volvió a la habitación y se encerró allí.

Estaba sentado todavía en la silla, apoyado sobre la mesa con la cabeza inclinada, encorvado y con los brazos colgando. Si no hubiera sido por el desgarro rojo y mellado de su cuello y por el charco negro coagulado que se extendía lentamente sobre la mesa, hubiera podido decirse que aquel hombre estaba sencillamente dormido.

¡Qué rápido se había hecho todo! Sintió una calma extraña y caminó hacia la ventana, la abrió y salió al balcón. El viento se había llevado lejos la niebla y el cielo era como una cola monstruosa de pavo real, estrellada con innumerables ojos dorados. Miró hacia abajo y vio a un policía que hacía su ronda y alumbraba con su linterna a las puertas de las silenciosas casas. La mancha carmesí de un coche que rondaba iluminó la esquina y luego se desvaneció. Una mujer con un chal que ondulaba se deslizaba lentamente junto a las verjas y se tambaleaba al andar. De cuando en cuando se paraba y miraba atrás. De pronto empezó a cantar con una voz ronca. El policía se acercó a ella y le dijo algo. Ella se fue tropezando y riéndose. Un viento glacial barrió la plaza. Las lámparas de gas vacilaron y se hicieron azules, y los árboles sin hojas agitaban sus ramas oscuras de un lado a otro. Él se estremeció y regresó cerrando la ventana tras de sí.

Cuando llegó a la puerta, metió la llave y la abrió. Ni siquiera echó una mirada al hombre asesinado. Sintió que el secreto del éxito consistía en no darse cuenta de lo sucedido. El amigo que había pintado el retrato funesto al que debía toda su desgracia se había ido de su vida. Eso era suficiente.

Luego recordó la lámpara. Era un extraña obra morisca, hecha de plata maciza, incrustada con arabescos de acero bruñido y llena de gruesas turquesas. Quizá su criado la echaría de menos y haría preguntas. Dudó un momento, luego se dio la vuelta y la cogió de la mesa. No pudo evitar ver al cadáver. ¡Qué tranquilo estaba! ¡Qué horriblemente blancas le parecían sus grandes y largas manos! Era como una espantosa figura de cera.

Después de cerrar la puerta con llave, se deslizó en silencio escaleras abajo. La tarima crujía y parecía que gritaba de dolor. Paró varias veces y esperó. No, todo estaba en calma. Era simplemente el sonido de sus propios pasos.

Cuando llegó a la biblioteca, vio la bolsa y el abrigo en un rincón. Tenía que esconderlos en alguna parte. Abrió un armario secreto que había en el zócalo y los puso dentro. Más adelante podría quemarlos fácilmente. Después sacó el reloj. Eran las dos menos veinte.

Se sentó y empezó a pensar. Cada año, cada mes, cada... En Inglaterra se ahorca a los hombres por hacer lo que había hecho él. Hubo en el aire una locura criminal. Alguna estrella roja se había acercado demasiado a la tierra... Y, sin embargo, ¿qué pruebas habría contra él? Basil Hallward había abandonado su casa a las once. Nadie le había visto entrar otra vez. La mayor parte de los criados estaban en Selby Royal. Su mayordomo se había ido a la cama... ¡París! Sí. Basil se había ido a París y en el tren de medianoche, como él pretendía. Con sus costumbres extrañas y reservadas, pasarían meses antes de que se levantaran sospechas. ¡Meses! Se podía destruir todo mucho antes.

Le cruzó un pensamiento repentino. Se puso su abrigo de piel y su sombrero y salió a la entrada. Allí se detuvo a escuchar el andar lento y pesado del policía por la acera, y a ver la luz de la diana de su linterna reflejada en la ventana. Esperó y contuvo la respiración.

Después de unos momentos descorrió el cerrojo y se deslizó afuera, cerrando la puerta tras él suavemente. Luego comenzó a tocar la campanilla. En unos cinco minutos, apareció su mayordomo a medio vestir; parecía muy soñoliento.

—Siento haber tenido que despertarle, Francis —dijo al entrar—, pero he olvidado mis llaves. ¿Qué hora es?

—Las dos y diez, señor —contestó el hombre, mirando al reloj y pestañeando.

—¿Las dos y diez? ¡Qué tarde es! Tienes que despertarme mañana a las nueve. Tengo trabajo que hacer.

—Bien, señor.

—¿Vino alguien esta tarde?

—El señor Hallward. Se quedó aquí hasta las once y luego se fue a tomar el tren.

—¡Oh!, siento no haberle visto. ¿Dejó algún mensaje?

—No, señor; sólo que le escribiría desde París, si no le encontraba a usted en el club.

—Está bien, Francis. No olvide llamarme a las nueve mañana.

—No, señor.

El hombre se fue por el pasillo arrastrando los pies con sus zapatillas.

Dorian Gray tiró su sombrero y su abrigo sobre la mesa y pasó a la biblioteca. Durante un cuarto de hora paseó por la habitación, arriba y abajo, mordiéndose el labio y pensando. Luego tomó una guía de direcciones de una de sus estanterías y comenzó a pasar las hojas. «Alan Campbell, calle Hertford, 152, Mayfair». Sí, ese era el hombre que quería.

CAPÍTULO XIV

A la mañana siguiente, a las nueve en punto, su criado entró con una taza de chocolate sobre una bandeja y abrió las contraventanas.

Dorian estaba durmiendo apaciblemente, apoyado sobre su lado derecho, con una mano debajo de la mejilla. Parecía un muchacho que se había cansado con el juego o con el estudio.

El mayordomo tuvo que tocarle dos veces en el hombro antes de que se despertara y, cuando abrió los ojos, una débil sonrisa cruzó sus labios, como si hubiera estado perdido en algún sueño delicioso. Sin embargo, no había soñado nada. La noche no había sido turbada por ninguna imagen de placer o de dolor. Pero el joven sonreía sin razón alguna. Era uno de sus principales encantos.

Se dio la vuelta y, apoyándose sobre el codo, comenzó a sorber el chocolate. El suave sol de noviembre inundaba la habitación. El cielo brillaba y había un calor vivificante en el aire. Era casi como una mañana de mayo.

Poco a poco se deslizaron en su cerebro los acontecimientos de la noche anterior, con pisadas silenciosas y ensangrentadas, y las reconstruyó allí con una precisión terrible. Puso mala cara al recuerdo de todo lo que había sufrido, y por un momento se apoderó de él el mismo sentimiento de odio hacia Basil Hallward, que le había hecho asesinarle cuando estaba sentado en la silla; se quedó frío y colérico. El cadáver también estaba allí todavía sentado, y ahora a la luz del sol. ¡Qué horrible era! Cosas tan horrorosas son para la oscuridad, no para el día.

Sentía que si seguía pensando en lo que había ocurrido enfermaría o se volvería loco. Había pecados que eran más fascinantes en el recuerdo que por el acto en sí. Extraños triunfos que gratificaban más al orgullo que a las pasiones, y daban al intelecto un sentido vivo de alegría, mayor que cualquier alegría que procuran o podrían procurar jamás los sentidos. Pero este no era uno de ellos. Era algo para expulsar fuera de la mente, drogarlo con adormideras o ahogarlo para que no le ahogara a él.

Cuando sonó la media, se pasó la mano por la frente y luego se levantó deprisa y se vistió con más esmero que de costumbre, prestando especial atención a la elección de su corbata y del alfiler, y cambiándose los anillos una y otra vez. También perdió mucho tiempo en el desayuno, probando varios platos, hablando con su mayordomo sobre las nuevas libreas que estaba pensando que se hicieran para los criados de Selby, mientras miraba su correspondencia. Sonrió ante algunas de las cartas. Tres de ellas le aburrieron. Una la leyó varias veces y luego la rompió con ligero gesto de enfado en su cara. «¡Qué horrible es la memoria de una mujer!», como dijo una vez lord Henry.

Después de beberse la taza de café solo, se limpió los labios lentamente con una servilleta e indicó a su criado que esperara, y yendo a la mesa se sentó y escribió dos cartas. Una se la metió en el bolsillo y la otra se la dio al mayordomo.

—Lleve esta a la calle Hertford, 152, Francis, y si el señor Campbell está fuera de la ciudad, que le den su dirección.

Tan pronto como se quedó solo, encendió un cigarrillo y comenzó a hacer un esbozo sobre un trozo de papel: primero dibujó flores y motivos arquitectónicos, y luego rostros humanos. De repente advirtió que todos los rostros que dibujaba se parecían mucho a Basil Hallward. Frunció el ceño y, levantándose, fue hacia la estantería y sacó un volumen al azar. Había decidido que no pensaría en lo que había ocurrido hasta que fuera absolutamente necesario.

Cuando se hubo tumbado en el sofá, miró la portada del libro *Emaux et Camées,* de Gautier, edición en papel japonés de Charpentier, con aguafuertes de Jacquemart. La encuadernación era de piel verde limón, con un diseño de enrejado dorado y granadas sombreadas. Se lo había regalado Adrian Singleton. Según pasaba las páginas, sus ojos se fijaron en un poema sobre la mano de Lacenaire, la mano fría y amarilla *du supplice encore mal lavée,* con su vello rojo y sus *doigts de faune.* Se contempló sus dedos blancos y delgados, y se estremeció ligeramente a pesar suyo, continuando hasta que llegó a esas maravillosas estrofas sobre Venecia:

> *Sur une gamme chromatique,*
> *le sein de perles ruisselant,*
> *la Vénus de l'Adriatique*
> *sort de l'eau son corps rose et blanc.*
>
> *Les dômes, sur l'azur des ondes*
> *suivant la phrase au pur contour,*
> *s'enflent comme des gorges rondes*
> *que soulève un soupir d'amour.*
>
> *L'esquif aborde et me dêpose,*
> *jetant son amarre au pilier,*
> *devant une façade rose,*
> *sur le marbre d'un escalier.*

¡Qué exquisitos eran! Al leerlos parecía como si uno flotara por los verdes canales de la ciudad rosa y perla, sentado en una góndola negra de proa plateada y cortinas largas. Estas sencillas líneas le parecían a él las líneas rectas de azul turquesa que se suceden según se adentra uno en el Lido. Los repentinos destellos de colores le recordaban el destello de las aves de cuello de ópalo e iris que revoloteaban alrededor del alto Campanile, combado como un panal de miel, o que andan con paso majestuoso, con esa gracia impresionante, bajo los arcos sombríos y cubiertos de polvo. Inclinándose hacia atrás con los ojos medio abiertos, continuó diciéndose a sí mismo una y otra vez:

> *Devant une façade rose,*
> *sur le marbre d'un escalier.*

Toda Venecia estaba en estas dos líneas. Recordaba el otoño que había pasado allí y un amor maravilloso que le incitó a locuras insensatas y deliciosas. Había romances en todas partes. Pero Venecia, al igual que Oxford, había mantenido el entorno para el romance, y, para el verdadero romántico, el entorno lo era todo, o casi todo. Basil había estado con él parte del tiempo y se había apasionado con Tintoretto. ¡Pobre Basil! ¡Qué forma más horrible de morir!

Suspiró, tomó el volumen otra vez y trató de olvidar. Leyó ante las golondrinas que entran y salen volando del pequeño café de Smyrna, donde se sientan los *hadjis* y pasan las cuentas de sus rosarios de ámbar, y los comerciantes con turbantes fuman pipas largas adornadas con borlas y hablan gravemente entre ellos. Leyó ante el obelisco de la plaza de la Concordia que llora lágrimas de granito en su exilio solitario sin sol y anhela volver al cálido Nilo cubierto de lotos, donde hay esfinges e ibis rosas y rojos y buitres blancos con garras de oro, y cocodrilos con pequeños ojos berilos que se arrastran por el fango húmedo. Comenzó a pensar en esos versos que, extrayendo música del mármol manchado de besos, nos hablan de esa curiosa estatua que Gautier compara con una voz de contralto, el *monstre charmant* acostado en la sala pérfida del Louvre. Pero después de un rato se le caía el libro de las manos. Se puso nervioso y se apoderó de él un horrible ataque de terror. ¿Qué pasaría si Alan Campbell estuviera fuera de la ciudad? Pasarían días antes de que pudiera regresar. Quizá se negara a venir. ¿Qué podría hacer entonces? Cada momento era de una importancia vital. Habían sido grandes amigos una vez, cinco años antes; de hecho eran casi inseparables. Luego la intimidad terminó de repente. Ahora, cuando se encuentran en sociedad, sólo Dorian Gray sonríe: Alan Campbell nunca lo hace.

Era un joven muy inteligente, aunque no sintiera un verdadero aprecio por las artes visibles, y cualquier sentimiento que poseyera de belleza de la poesía lo había obtenido totalmente de Dorian. Su pasión intelectual dominante era por la ciencia. En Cambridge había pasado gran parte de su tiempo trabajando en el laboratorio, o sacando buenas notas en los exámenes de Ciencias Naturales de su promoción. De hecho, era adicto todavía al estudio de la química y tenía laboratorio propio en el que solía encerrarse todo el día, para gran enojo de su madre, que había deseado de corazón un puesto para él en el Parlamento y tenía una idea vaga de que un químico era una persona que hacía recetas. Sin embargo, era un músico excelente también, y tocaba tanto el violín como el piano mejor que muchos aficionados. En realidad, fue la música la que los había unido primero a Dorian y a él, la música y esa atracción indefinible que Dorian parecía ser capaz de ejercer donde quisiera, y que realmente ejercía a menudo, sin ser consciente de ello. Se habían conocido en la casa de *lady* Berkshire la noche en que actuó allí Rubinstein y, después de aquello, se les solía ver juntos en la ópera y en cualquier lugar donde hubiera buena música. Su intimidad duró dieciocho meses. Campbell siempre estaba o en Selby Royal o en la plaza Grosvenor. Para él, como para muchos otros, Dorian Gray era el modelo de todo lo que es maravilloso y fascinante en la vida. Nadie supo nunca si tuvo lugar alguna discusión entre ellos o no. Pero de repente la gente notó que apenas se hablaban cuando se encontraban y que parecía que Campbell siempre se marchaba temprano de alguna fiesta en la que Dorian Gray estaba presente. Él había cambiado también, algunas veces estaba melancólico de forma extraña, parecía que casi no le gustaba oír música; ya nunca tocaba, y cuando se lo pedían, daba la excusa de que estaba demasiado absorto en la ciencia y no tenía tiempo para practicar. Y era completamente cierto. Cada día parecía más interesado en la biología y su nombre apareció una o dos veces en revistas científicas relacionadas con ciertos experimentos extraños.

Este era el hombre al que Dorian Gray estaba esperando. Cada segundo miraba al reloj. Según pasaban los minutos, cada vez se agitaba más. Al final se levantó y comenzó a pasear de un lado a otro por la habitación. Parecía un hermoso objeto enjaulado. Daba zancadas sigilosas. Sus manos estaban muy fijas.

La ansiedad se hizo insoportable. Le parecía que el tiempo discurría con pies de plomo, mientras que vientos monstruosos le empujaban hacia el mismo borde de una hendidura oscura de un precipicio. Sabía lo que le estaba esperando allí. De hecho lo vio y, estremeciéndose, apretó con manos sudorosas sus párpados ardientes como si hubieran robado el mismo sentido de la vista y hundido los globos oculares en sus cavidades. Era inútil. El cerebro tenía su propio alimento del que nutrirse, y la imaginación, que se hacía grotesca por el terror, se retorcía y deformaba por el dolor como si fuera un ser vivo, bailando como un pelele sucio sobre una plataforma y gesticulando con máscaras que cambiaban. Luego, de repente, el tiempo se paró para él. Sí, aquella obsesión ciega y de respiración lenta no avanzó más, el tiempo moría y desenterraba un futuro espantoso desde su tumba, y se lo enseñó a él, y pensamientos horribles corrieron ágilmente delante de él. Lo miró fijamente. Tanto horror le dejó petrificado.

Por fin se abrió la puerta y entró su criado. Volvió hacia él sus ojos vidriados.

—El señor Campbell, señor —dijo el hombre.

Un suspiro de alivio salió de sus labios resecos y el color volvió a sus mejillas.

—Pídale que entre enseguida, Francis. —Sintió que era él mismo otra vez. Su estado de cobardía había pasado.

El mayordomo se inclinó y se retiró. Momentos después entró Alan Campbell, con aspecto severo y bastante pálido; su cabello negro como el carbón y sus ojos oscuros intensificaban su palidez.

—¡Alan! Eres muy amable. Te agradezco que hayas venido.

—Había hecho el propósito de no volver a entrar en tu casa, Gray. Pero decías que era un asunto de vida o muerte. —Su voz era dura y fría. Hablaba con deliberada lentitud. Había desprecio en la mirada, firme y penetrante, fija sobre Dorian. Mantuvo las manos en los bolsillos de su abrigo de astracán; parecía no haber advertido el gesto con que él le había saludado.

—Sí, es un asunto de vida o muerte, Alan, y para más de una persona. Siéntate.

Campbell tomó una silla y Dorian se sentó frente a él. Los ojos de los dos hombres se encontraron. En los ojos de Dorian había una conmiseración infinita. Sabía que lo que iba a hacer era espantoso.

Después de un momento de silencio tenso, él se inclinó y habló con calma, pero observando sobre su cara el efecto de cada una de las palabras que pronunciaba:

—Alan, en una habitación cerrada con llave en la parte de arriba de esta casa hay un cadáver sentado ante una mesa. Ahora hace diez horas que ha muerto. No te muevas y no mires así. Quién es el hombre, por qué ha muerto, cómo ha muerto, son asuntos que no te conciernen. Lo que tienes que hacer es...

—¡Alto, Gray! No quiero saber nada más. Si lo que has contado es verdad o no lo es, no me concierne. Me niego rotundamente a mezclarme en tu vida. Guarda para ti tus horribles secretos. No me interesan ya.

—Alan, te van a interesar. Este te interesará. Lo siento terriblemente por ti, Alan, pero no puedo evitarlo. Eres el único hombre que puede salvarme. Me veo forzado a meterte en el asunto. No tengo opción. Alan, eres un científico. Sabes química y cosas de esa clase. Has hecho experimentos. Lo que tienes que hacer es destruir lo que hay en el piso de arriba, destruirlo para que no quede ni un vestigio. Nadie vio entrar a esta persona en mi casa. En realidad se supone que en este momento está en París. No se le echará de menos durante meses. Cuando se le eche de menos, no se hallará ni una sola huella de él aquí. Tú, Alan, tú tienes que convertirle a él y a todo lo que le pertenece en un puñado de cenizas que pueda esparcir en el aire.

—Estás loco, Dorian.

—¡Ah! Esperaba que me llamaras Dorian.

—Estás loco, te digo; loco al imaginar que yo movería un dedo por ayudarte, loco por hacer esta monstruosa confesión. No tengo nada que ver en este asunto, cualquiera que sea. ¿Crees que voy a poner en peligro mi reputación por ti? ¿Qué me importa a mí lo que signifique para ti esa obra del demonio?

—Fue un suicidio, Alan.

—Me alegro. Pero, ¿quién le impulsó a ello? Tú, me imagino.

—¿Te niegas a hacer esto por mí?

—Por supuesto que me niego. No tengo absolutamente nada que ver en esto. No me importa la vergüenza que caiga sobre ti. Te lo mereces todo. No me apenaré por verte deshonrado, deshonrado públicamente. ¿Cómo te atreves a pedirme a mí, entre todos los hombres que hay en el mundo, que me mezcle en este horror? Creía que sabías más sobre el carácter de la gente. Tu amigo lord Henry Wotton puede que no te haya enseñado mucho sobre psicología, entre todo lo que te ha enseñado. Nada me inducirá a mover un paso por ayudarte. Te has equivocado conmigo. Ve a alguno de tus amigos. No vengas a mí.

—Alan, fue un asesinato. Yo le maté. No sabes lo que me ha hecho sufrir. Cualquiera que haya sido mi vida, él ha participado más que el pobre Harry en hacerla lo que fue o en perderla. Quizá no lo intentó, pero el resultado fue el mismo.

—¡Un asesinato! ¡Dios Santo, Dorian! ¿A eso has llegado? No te denunciaré. No es asunto mío. Por otro lado, sin mi intervención, te detendrán seguro. Nadie comete un crimen sin hacer algo estúpido. Pero no tengo nada que ver con ello.

—Tienes que ver algo con ello. Espera, espera un momento. Escúchame. Sólo escucha, Alan. Todo lo que te pido es que realices cierto experimento científico. Vas a hospitales y a depósitos de cadáveres, y los horrores que haces allí no te afectan. Si en alguna de esas salas de disección horrendas o en ese laboratorio fétido te encuentras a este hombre tumbado sobre una mesa de cinc, con ranuras rojas por donde sale la sangre y fluye, tú simplemente lo miras como si se tratara de un asunto admirable. No se te erizaría el pelo. No creerías que estuvieras haciendo algo injusto. Por el contrario, pensarías que probablemente estabas beneficiando a la raza humana o incrementando la cantidad de conocimientos del mundo, satisfaciendo la curiosidad intelectual, o algo parecido. Lo que quiero que hagas es sencillamente lo que has hecho tan a menudo antes. De hecho, destruir un cuerpo tiene que ser mucho menos horrible de lo que tú estás acostumbrado a hacer. Y, recuerda, es la única prueba que hay contra mí. Si se descubre, estoy perdido, y seguro que se descubrirá a menos que me ayudes.

—No tengo el deseo de ayudarte. Olvidas eso. Me siento sencillamente indiferente a esta situación. No tiene nada que ver conmigo.

—Alan, te lo suplico. Piensa en mi posición. Justo antes de que llegaras casi me desmayo de miedo. Puede que conozcas el terror por ti mismo algún día. ¡No! No pienses en ello. Mira esto desde un punto de vista puramente científico. Tú no preguntas de dónde proceden los cadáveres con los que experimentas. No lo preguntes ahora. Ya te he contado demasiado. Pero te ruego que lo hagas. Fuimos amigos una vez, Alan.

—No hables de esos días, Dorian. Han muerto.

—A veces los muertos se quedan. El hombre del piso de arriba no se irá. Está sentado a la mesa con la cabeza inclinada y los brazos extendidos. ¡Alan! ¡Alan! Si no vienes en mi ayuda, estoy acabado. ¡Porque me colgarán, Alan! ¿No entiendes? Me colgarán por lo que he hecho.

—Es inútil prolongar esta escena. Me niego en redondo a hacer nada en este asunto. Es una locura por tu parte habérmelo pedido.

—¿Te niegas?

—Sí.

—Te lo suplico, Alan.

—Es inútil.

La misma mirada de conmiseración vino a los ojos de Dorian. Luego alargó la mano, tomó un trozo de papel y escribió algo en él. Lo leyó dos veces y lo dobló cuidadosamente, empujándolo sobre la mesa. Después de hacer esto, se levantó y fue hacia la ventana.

Campbell le miró sorprendido, y luego tomó el papel y lo desdobló. Según lo leía su rostro se ponía pálido como un cadáver y se echó hacia atrás en la silla. Se apoderó de él una horrible sensación de malestar. Sintió como si latiese su corazón hasta la muerte en alguna cavidad vacía.

Después de dos o tres minutos de un terrible silencio, Dorian se dio la vuelta, se colocó detrás de él y le puso la mano sobre el hombro.

—Lo siento tanto por ti, Alan —murmuró—, pero no me dejas otra alternativa. Ya tengo escrita una carta. Aquí está. Mira la dirección. Si no me ayudas, tendré que enviarla. Sabes cuál será el resultado. Pero vas a ayudarme. Es imposible que te niegues ahora. Intenté evitarlo. Quedarás en paz conmigo si admites esto. Fuiste severo, cruel, ofensivo. Me trataste como ningún hombre se ha atrevido a tratarme, ningún hombre vivo por lo menos. Lo he aguantado. Ahora me toca a mí imponer condiciones.

Campbell ocultó su rostro entre las manos y sintió un escalofrío.

—Sí, me toca a mí imponer condiciones, Alan. Sabes cuáles son. Es bastante sencillo. Ven, no te agites más. Se tiene que hacer. Afróntalo y hazlo.

Un gemido salió de los labios de Campbell y se estremeció. El tictac del reloj de la chimenea le parecía que dividía el tiempo en átomos separados de agonía, cada uno de los cuales era demasiado terrible para ser soportado. Sentía como si un anillo de hierro le oprimiera la frente lentamente, como si la deshonra que le amenazaba le hubiera llegado ya. La mano sobre su hombro pesaba como si fuera de plomo. Era inadmisible. Parecía que le estrujaba.

—Vamos, Alan, tienes que decidirte enseguida.

—No puedo hacerlo —dijo de forma mecánica, como si las palabras pudieran cambiar las cosas.

—Tienes que hacerlo. No tienes elección. ¡No tardes!

Él dudó un momento.

—¿Hay fuego en la habitación de arriba?

—Sí, hay un fuego de gas con amianto.

—Tendré que ir a casa y traer algunas cosas del laboratorio.

—No, Alan, no puedes abandonar la casa. Anota en un papel lo que quieres y mi criado tomará un coche y te lo traerá.

Campbell garabateó unas líneas, dirigidas en un sobre a su criado. Dorian tomó la nota y la leyó cuidadosamente. Luego tocó la campanilla y se la dio a su mayordomo, con órdenes de regresar lo antes posible y traer las cosas con él.

Cuando se cerró la puerta de la entrada, Campbell se puso nervioso y, levantándose de la silla, fue hacia la chimenea. Estaba temblando y con escalofríos. Durante casi veinte minutos no habló ninguno de los hombres. Una mosca zumbó ruidosamente por la habitación, y el tictac del reloj era como el golpe de un martillo.

Cuando dio la una, Campbell se volvió y, mirando a Dorian Gray, vio que sus ojos estaban llenos de lágrimas. Había algo tan puro y refinado en aquel rostro triste que parecía enfurecerle.

—¡Eres infame, totalmente infame! —murmuró.

—Calla, Alan. Has salvado mi vida —dijo Dorian.

—¿Tu vida? ¡Santo cielo! ¡Qué vida es esta! Has ido de corrupción en corrupción y ahora has llegado al crimen. Haciendo lo que voy a hacer, lo que tú me obligas a hacer, no estoy pensado en tu vida.

—Ah, Alan —murmuró Dorian con un suspiro—, ojalá tuvieras una milésima parte de la piedad que tengo yo por ti. Se volvió según hablaba y se quedó mirando hacia el jardín. Campbell no contestó.

Después de unos diez minutos llamaron a la puerta y entró el criado; llevaba un maletín grande de caoba con productos químicos, un rollo largo de alambre de acero y platino y dos abrazaderas de hierro con una forma bastante extraña.

—¿Dejo las cosas aquí, señor? —preguntó a Campbell.

—Sí —dijo Dorian—. Y me temo, Francis, que tengo otro recado para usted. ¿Cómo se llama el hombre de Richmond que abastece de orquídeas a Selby?

—Harden, señor.

—Sí, Harden. Tiene que ir a Richmond enseguida y ver a Harden en persona, y decirle que envíe el doble de las orquídeas que le encargué y que las menos posibles sean de color blanco. En realidad no quiero ninguna blanca. Es un día maravilloso, Francis, y Richmond es un sitio muy bonito; de otro modo no le hubiera molestado con esto.

—No es ninguna molestia. ¿A qué hora vuelvo?

Dorian miró a Campbell.

—¿Cuánto tiempo durará el experimento, Alan? —dijo tranquilamente y con voz indiferente. La presencia de una tercera persona en la habitación parecía darle un valor extraordinario.

Campbell frunció el ceño y se mordió el labio.

—Unas cinco horas —contestó.

—Entonces será suficiente con que vuelva usted a las siete y media, Francis. O espere: deje mi ropa fuera para vestirme. Puede tomar la tarde libre. No voy a cenar en casa, así que no le necesito.

—Gracias, señor —dijo el criado abandonando la habitación.

—Ahora, Alan, no hay momento que perder. ¡Cómo pesa este maletín! Te lo llevaré. Tú trae las otras cosas.

—Habló con rapidez y de forma autoritaria. Campbell se sintió dominado por él y dejaron la habitación los dos juntos.

Cuando llegaron al descansillo de arriba, Dorian sacó la llave y la metió en la cerradura. Luego se detuvo y apareció en sus ojos una mirada de inquietud. Se estremeció:

—Creo que no puedo entrar, Alan —murmuró.

—No importa. No te necesito —dijo Campbell fríamente.

Dorian abrió la puerta a medias. Al hacerlo, vio el rostro del retrato mirándole de reojo a la luz del sol. Frente a él, en el suelo, estaba caída la cortina rasgada. Recordaba que, por primera vez en su vida, la noche anterior había olvidado esconder el lienzo fatídico y estuvo a punto de precipitarse hacia él, cuando retrocedió estremecido.

¿Qué eran aquellas gotas rojas repugnantes que brillaban, húmedas y relucientes, en una de las manos, como si el lienzo hubiera rezumado sangre? ¡Qué horrible era! Le parecía más horrible en aquel momento que el bulto silencioso que estaba apoyado sobre la mesa, el bulto cuya sombra grotesca y deforme sobre la alfombra raída le mostraba que no se había movido, sino que estaba allí tal como lo había dejado.

Respiró profundamente, abrió la puerta un poco más y con los ojos medio cerrados y con la cabeza apartada entró rápidamente, decidido a no mirar ni una sola vez al cadáver. Luego se inclinó, cogió la colgadura de oro y púrpura y la echó sobre el cuadro.

Se paró allí, temiendo darse la vuelta, y sus ojos se fijaron en la complejidad del diseño que tenía delante. Oyó a Campbell que traía el pesado maletín, los hierros y las demás cosas que él había solicitado para su espantoso trabajo. Empezó a preguntarse si Basil Hallward y él se habrían conocido alguna vez, y, si así era, qué pensaban el uno del otro.

«Déjame ahora», dijo una voz severa detrás de él.

Se volvió y salió deprisa, consciente solamente de que el cadáver había sido echado para atrás en la silla y de que Campbell estaba observando la cara amarilla reluciente. Según bajaba las escaleras, la llave giró en la cerradura.

Eran más de las siete cuando Campbell regresó a la biblioteca. Estaba pálido, pero absolutamente tranquilo.

—He hecho lo que me pediste —murmuró—. Y ahora, adiós. Que no nos veamos nunca más.

—Me has salvado de la perdición, Alan. No puedo olvidarlo —dijo Dorian simplemente.

Tan pronto como Campbell se hubo ido, fue al piso de arriba. Había un horrible olor a ácido nítrico en la habitación. Pero el bulto que había estado sentado a la mesa había desaparecido.

CAPÍTULO XV

Aquella tarde, a las ocho y media, vestido de forma exquisita y con un ramito de violetas de Parma en el ojal, Dorian Gray entró en el salón de *lady* Narborough, anunciado por un criado. Su frente latía a causa de los nervios enloquecidos y se sentía violentamente excitado, pero sus modales al inclinarse sobre la mano de la anfitriona eran tan naturales y llenos de gracia como siempre. Quizá uno nunca parezca tan natural como cuando tiene que representar un papel. En realidad nadie que mirara a Dorian Gray aquella noche podría haber creído que él había pasado por una tragedia tan horrible como cualquier tragedia de nuestra época. Aquellos dedos finos nunca podrían haber empuñado un cuchillo para pecar, ni aquellos labios sonrientes haber clamado a Dios y a la bondad. Ni siquiera él podía evitar asombrarse de la calma de su conducta, y por un momento sintió con entusiasmo el terrible placer de la doble vida.

Era una pequeña fiesta, organizada precipitadamente por *lady* Narborough, que era una mujer inteligente, a la que lord Henry solía describir como los restos de una auténtica y notable fealdad. Había demostrado ser la esposa excelente de uno de nuestros embajadores más aburridos, y después de enterrar a su marido debidamente en un mausoleo de mármol, que ella misma había diseñado, y de casar a sus hijas con hombres ricos y bastante mayores, se dedicaba ahora a los placeres de la ficción francesa, cocina francesa y espíritu francés cuando podía conseguirlo.

Dorian era uno de sus favoritos especiales, y siempre le decía que estaba muy contenta de no haberle conocido al principio de su vida.

—Sé, querido mío, que me hubiera enamorado locamente de usted —solía decir ella—, y hubiera saltado por encima de todo por su amor. Afortunadamente, no se pensaba en usted en aquella época. Yo ni siquiera he tenido un flirteo con nadie. Sin embargo, todo fue culpa de Narborough, mi marido. Era tan corto de vista... que hubiera sentido ningún placer en engañar a un marido que nunca ve nada.

Esa tarde sus invitados estaban bastante aburridos. La causa era, como le explicó ella a Dorian, detrás de un abanico raído, que una de sus hijas casadas había llegado de improviso para quedarse con ella y, para empeorar las cosas, se había traído con ella a su marido.

—Creo que es muy descortés por su parte, querido —suspiró—. Por supuesto yo voy a quedarme con ellos todos los veranos cuando vuelvan de Hamburgo, pero luego una mujer vieja como yo tiene que tomar aire fresco algunas veces, y, por otro lado, los despierto. No sabe la vida que llevan allí. Es vida de campo pura y genuina. Se levantan temprano porque tienen mucho que hacer y se van a la cama pronto porque tienen muy poco en lo que pensar. No ha habido un escándalo en el comarca desde tiempos de la reina Isabel y, como consecuencia, todos se quedan dormidos después de cenar. No se sentará a su lado. Se sentará al mío y me divertirá.

Dorian murmuró un cumplido con gracia y miró por la habitación. Sí, realmente era una fiesta aburrida. A dos de ellos no los había visto nunca, y otros eran Ernest Harrowden, una de las mediocridades de mediana edad, tan comunes en los clubes de Londres, que no tienen enemigos, pero que sus amigos les detestan profundamente; *lady* Ruxton, una mujer con un vestido recargado y de unos cuarenta y siete años, con nariz aguileña, que siempre estaba intentando comprometer, pero era tan peculiarmente llana que para gran desengaño suyo nadie creería nunca nada en contra de ella; la señora Erlynne, ambiciosa, con un ceceo delicioso y cabello rojo veneciano; *lady* Alice Chapman, la hija de la anfitriona, una chica desaliñada y apagada, con una de esas caras británicas características, que ves una vez y no recuerdas nunca, y su marido, con mejillas enrojecidas, una criatura de patillas blancas, que, como muchos de su clase, tenía la impresión de que la jovialidad desmesurada podía compensar por completo la ausencia de ideas.

Dorian casi sentía haber ido, hasta que *lady* Narborough, mirando al gran reloj de bronce dorado que se extendía en curvas llamativas sobre la repisa de la chimenea tapizada de malva, exclamó:

—¡Qué antipático es Henry Wotton por llegar tan tarde! Le envié recado esta mañana y prometió que no me desilusionaría.

Le consolaba un poco que Harry hubiera prometido ir, y cuando se abrió la puerta y oyó su voz lenta y melodiosa dando encanto a alguna disculpa poco sincera, dejó de sentirse aburrido.

Pero no pudo comer nada en la cena. Se llevaron un plato tras otro sin que los probara. *Lady* Narborough no dejaba de reñirle por lo que ella llamaba «un insulto al pobre Adolphe, que había inventado un menú especial para usted», y de cuando en cuando lord Henry le miraba, asombrado de su silencio y de su comportamiento abstraído. A menudo, el criado llenaba su vaso de champán. Bebía ansiosamente y parecía que se incrementaba su sed.

—Dorian —dijo al fin lord Henry, cuando estaban sirviendo el *chaudfroid*—, ¿qué te pasa esta noche? Estás de mal humor.

—Creo que está enamorado —exclamó *lady* Narborough—, y teme decírmelo por miedo a que me ponga celosa. Hace muy bien. Me pondría celosa.

—Querida *lady* Narborough —murmuró Dorian sonriendo—. No me he enamorado desde hace una semana entera; de hecho, no desde que madame de Ferroll abandonó la ciudad.

—¡Cómo os podéis enamorar los hombres de esa mujer! —exclamó la anfitriona—. Realmente no puedo entenderlo.

—Es simplemente porque ella le recuerda a usted cuando usted era una niña pequeña, *lady* Narborough —dijo lord Henry—. Ella es un lazo de unión entre nosotros y sus vestidos cortos.

—Ella no recuerda mis vestidos cortos de ninguna manera, lord Henry. Pero yo la recuerdo muy bien en Viena hace treinta años, y lo *décolletée* que era entonces.

—Todavía es *décolletée* —contestó él, tomando una aceituna con sus dedos largos—, y cuando se pone un vestido muy elegante, parece una *édition de luxe* de una novela francesa mala. Es realmente maravillosa y llena de sorpresas. Su capacidad para el afecto familiar es extraordinario. Cuando murió su tercer marido, su cabello se volvió casi de oro por la pena.

—¡Cómo eres, Harry! —exclamó Dorian.

—Es la explicación más romántica —dijo riéndose la anfitriona—. ¡Pero su tercer marido, lord Henry! No querrá decir que Ferroll es el cuarto.

—Ciertamente, *lady* Narborough.

—No creo una palabra.

—Bueno, pregunte al señor Gray. Él es uno de sus amigos más íntimos.

—¿Es cierto, señor Gray?

—Ella así me lo aseguró, *lady* Narborough —dijo Dorian—. Le pregunté si, como Margarita de Navarra, ella había embalsamado sus corazones y los había colgado del cinturón. Me dijo que no, porque ninguno de ellos había tenido corazón.

—¡Cuatro maridos! Palabra que eso es *trop de zêle*.

—*Trop d'audace,* le comenté yo —dijo Dorian.

—¡Oh! Ella es lo bastante audaz como para decir eso, querido. ¿Y cómo es Ferroll? No le conozco.

—Los maridos de las mujeres muy hermosas pertenecen a las clases criminales —dijo lord Henry, sorbiendo su vino.

Lady Narboroguh le dio con su abanico.

—Lord Henry, no me sorprende en absoluto que el mundo diga que es usted extremadamente perverso.

—¿Pero qué mundo dice eso? —preguntó lord Henry, levantando las cejas—. Sólo puede ser el mundo venidero. Este mundo y yo tenemos relaciones excelentes.

—Todo el mundo que conozco dice que es usted muy perverso —exclamó la mujer, moviendo la cabeza.

Lord Henry se puso serio unos momentos.

—Es completamente monstruosa —dijo al fin—, la forma en que la gente, hoy en día, va diciendo cosas contra uno a sus espaldas que son absoluta y completamente ciertas.

—¿No es incorregible? —exclamó Dorian, inclinándose hacia delante en su silla.

—Creo que sí —dijo la anfitriona riéndose—. Pero realmente si todos ustedes adoran a madame de Ferroll de esta forma tan ridícula, me casaré de nuevo para estar de moda.

—No se casará usted nunca, *lady* Narborough —interrumpió lord Henry—. Era usted demasiado feliz. Cuando una mujer se casa de nuevo es porque odiaba a su primer marido. Cuando un hombre se casa de nuevo, es porque adoraba a su primera esposa. Las mujeres prueban su suerte, los hombres arriesgan la suya.

—Narborough no era perfecto —dijo la anciana.

—Si lo hubiera sido, no le habría amado, mi querida dama —fue la respuesta—. Las mujeres nos aman por nuestros defectos. Si tenemos los suficientes, nos perdonan todo, incluso nuestra inteligencia. Me temo que no me pedirá que venga a cenar otra vez después de decir esto, *lady* Narborough, pero es completamente cierto.

—Por supuesto que es cierto, lord Henry. Si nosotras las mujeres no les amáramos por sus defectos, ¿dónde estarían todos? Ninguno de ustedes se casaría nunca. Serían un grupo de solterones desgraciados. Sin embargo, eso no les cambiaría mucho. Hoy en día todos los hombres casados viven como solteros y a todos los solteros les gustan los hombres casados.

—*Fin de siècle* —murmuró lord Henry.

—*Fin du globe* —contestó la anfitriona.

—Ojalá fuera *fin du globe* —dijo Dorian suspirando—. La vida es una gran desilusión.

—¡Ah, querido mío! —exclamó *lady* Narborough, poniéndose sus guantes—. No me diga que ha agotado su vida; cuándo un hombre sabe que la vida se ha agotado. Lord Henry es muy perverso, y algunas veces yo añoro lo que he sido, pero usted está hecho para ser bueno, usted parece tan bueno... Tengo que encontrarle una esposa estupenda. Lord Henry, ¿no cree que el señor Gray debería casarse?

—Siempre se lo estoy diciendo, *lady* Narborough —dijo lord Henry inclinándose.

—Bueno, tenemos que buscar un partido apropiado para él. Iré con mucha atención por Debrett esta noche y escribiré una lista de todas las damas jóvenes atractivas.

—¿Con sus edades, *lady* Narborough? —preguntó Dorian.

—Por supuesto que con sus edades, ligeramente corregidas. Pero nada debe hacerse deprisa. Quiero que sea lo que el *The Morning Post* llama una alianza apropiada, y quiero que los dos sean felices.

—¡Qué tonterías dice la gente sobre los matrimonios felices! —exclamó lord Henry—. Un hombre puede ser feliz con una mujer mientras no la ame.

—¡Ah, qué cínico es usted! —exclamó la mujer, empujando hacia atrás la silla y saludando con la cabeza a *lady* Ruxton—. Tiene que venir a cenar conmigo pronto otra vez. Es usted realmente un tónico admirable, mucho mejor que el que me receta sir Andrew. Tiene que decirme a qué gente le gustaría conocer. Quiero que sea una reunión deliciosa.

—Me gustan los hombres que tienen futuro y las mujeres que tienen pasado —contestó—. ¿O cree que sería demasiado grande el desequilibrio?

—Me temo que sí —dijo ella riéndose, mientras se levantaba—. Mil perdones, mi querida *lady* Ruxton —añadió—. No vi que no había terminado su cigarrillo.

—No importa, *lady* Narboroguh. Fumo demasiado. Tendré que contenerme en el futuro.

—No, se lo ruego, *lady* Ruxton —dijo lord Henry—. La moderación es fatal. Lo suficiente es tan malo como una comida. Más que suficiente es tan bueno como una fiesta.

Lady Ruxton le miró extrañada.

—Tiene que venir a explicarme eso alguna tarde, lord Henry. Suena a teoría fascinante —murmuró ella según salía de la sala.

—Ahora, recuerden que no deben entretenerse demasiado tiempo en sus políticas y escándalos —exclamó *lady* Narborough desde la puerta—. Si lo hacen, con toda seguridad discutiremos en el piso de arriba.

Los hombres se rieron y el señor Chapman se levantó solemnemente desde el fondo de la mesa y vino al otro lado. Dorian Gray se cambió de asiento y fue a sentarse con lord Henry. El señor Chapman comenzó a hablar en voz alta sobre la situación de la Cámara de los Comunes. Se reía a carcajadas de sus adversarios. La palabra *doctrinaire,* palabra llena de terror para la mente británica, se repetía de cuando en cuando entre sus explosiones. Un prefijo aliterado le servía de adorno a su oratoria. Izaba la bandera de la Unión sobre los pináculos del pensamiento. La estupidez hereditaria de la raza, el sentido común y lógico inglés al que él se refería jovialmente, mostraba ser el baluarte adecuado para la sociedad.

Una sonrisa se curvó en los labios de lord Henry y se volvió hacia Dorian, mirándole.

—¿Estás mejor, amigo mío? —preguntó—. Parecías bastante de mal humor en la cena.

—¡Estoy muy bien, Harry! Estoy cansado. Eso es todo.

—Estuviste encantador anoche. La duquesa te quiere mucho. Me dice que va a ir a Selby.

—Me ha prometido venir el 20.

—¿Va a ir Monmouth allí también?

—Oh, sí, Harry.

—Me aburre terriblemente, casi tanto como yo le aburro a ella. Es muy inteligente, demasiada inteligencia para ser mujer. Carece de ese encanto indefinible de la debilidad. Es ese pie de arcilla que hace preciosa a la imagen de oro. Sus pies son muy bonitos, pero no son de arcilla. Pies blancos de porcelana, si prefieres. Han cruzado el fuego, y lo que el fuego no destruye, lo endurece. Ella ha tenido experiencias.

—¿Cuánto tiempo lleva casada? —preguntó Dorian.

—Dice que una eternidad. Según el libro nobiliario, creo que diez años, pero diez años con Monmouth tienen que haber sido una eternidad. ¿Quién más va?

—Los Willoughby, lord Rugby y su esposa, nuestro anfitrión Geoffrey Clouston, los de costumbre. He invitado a lord Grotrian.

—Me gusta —dijo lord Henry—. A la mayoría de la gente no, pero yo le encuentro encantador. Él compensa el ir tan vestido algunas veces, con ser absolutamente bien educado. Es un tipo muy moderno.

—No sé si podrá venir, Harry. Quizá se vaya a Montecarlo con su padre.

—¡Ah! ¡Qué molestas son las familias! Intenta hacerle venir. A propósito, Dorian, te escapaste muy temprano anoche. Te fuiste antes de las once. ¿Qué hiciste después? ¿Fuiste a casa directamente?

Dorian le miró rápidamente y frunció el ceño.

—No, Harry —dijo al fin—. No llegué a casa hasta las tres.

—¿Fuiste al club?

—Sí —contestó. Luego se mordió el labio y dijo—: Bueno, no. No fui al club. Estuve paseando. Había olvidado lo que hice... ¡Qué preguntón eres, Harry! Siempre quieres saber lo que ha estado haciendo uno. Yo siempre quiero olvidar lo que he estado haciendo. Llegué a las dos y media, si quieres saber la hora exacta. Me había dejado el llavero en casa y mi criado tuvo que abrirme. Si quieres alguna corroboración sobre el tema, pregúntale a él.

Lord Henry se encogió de hombros.

—Mi querido amigo, ¡como si eso me importara! Vayamos al salón. No quiero jerez; gracias, señor Chapman. Algo te ha ocurrido, Dorian. Dime qué es. No eres tú mismo esta noche.

—No te preocupes, Harry. Estoy irritable y de mal humor. Iré a verte mañana o pasado. Presenta mis excusas por mí a *lady* Narborough. No subiré arriba. Me iré a casa. Tengo que irme a casa.

—Muy bien, Dorian. Espero verte mañana a la hora del té. Vendrá la duquesa.

—Trataré de estar allí, Harry —dijo mientras abandonaba la sala. Según se dirigía en coche a su casa era consciente de que aquel sentimiento de terror que pensaba que había sofocado, había vuelto de nuevo. La pregunta casual de lord Henry le había hecho perder los nervios por un momento y quería recuperarlos. Había cosas peligrosas que había que destruir. Puso mala cara. Odiaba la idea de tocarlas tan siquiera.

Sin embargo, había que hacerlo. Se dio cuenta de ello, así que, después de cerrar con llave la puerta de la biblioteca, abrió el armario secreto donde había metido el abrigo y la bolsa de Basil Hallward. Ardía un gran fuego. Apiló otro leño sobre él. Era horrible el olor a ropas chamuscadas y pieles quemadas. Tardó tres cuartos de hora en consumirse todo. Cuando terminó se sintió mareado y desmayado, y, después de encender algunas pastillas argelinas en un brasero agujereado de cobre, se lavó las manos y la frente con vinagre frío perfumado de almizcle.

Se sobresaltó de repente. Sus ojos brillaron de forma extraña y se mordía el labio inferior de forma nerviosa. Entre dos ventanas había un armario grande florentino de ébano, con incrustaciones de marfil y lapislázuli. Lo miró como si fuera algo que podía fascinar y hacer temer, como si guardara algo que deseara con ansia y, sin embargo, casi le repugnara. Su respiración se aceleró. Un deseo ardiente y loco se apoderó de él. Encendió un cigarrillo y luego lo tiró. Sus párpados cayeron hasta las largas franjas de sus pestañas, casi tocando sus mejillas. Pero seguía mirando al armario. Al final se levantó del sofá donde estaba tumbado y se dirigió hacia él, y después de abrirlo tocó un muelle oculto. Salió lentamente un cajón triangular. Sus dedos se movían instintivamente hacia él, se hundieron allí y se acercaron a algo. Era una cajita china lacada en negro y espolvoreada con oro, muy elaborada, y las cuerdas de seda colgaban con cristales redondos y borlas de metal trenzadas. La abrió. Dentro había una pasta verde, con el brillo de la cera; el olor era extrañamente fuerte y duradero.

Dudó por un momento, con una sonrisa inmóvil y extraña en su rostro. Luego tiritó, aunque el ambiente de la habitación era terriblemente caluroso; se incorporó y miró al reloj. Eran las doce menos veinte. Puso la cajita de nuevo en su sitio, cerró las puertas del armario y se fue a su habitación.

Cuando las campanadas de bronce de la medianoche sonaron en la oscuridad, Dorian Gray, vestido como de costumbre y con una bufanda que cubría su cuello, salió silenciosamente de la casa. En la calle Bond encontró un cabriolé con un buen caballo. Lo llamó y, en voz baja, le dio una dirección al conductor.

El hombre movió la cabeza.

—Está demasiado lejos para mí —murmuró.

—Tenga este soberano para usted —dijo Dorian—. Tendrá otro si conduce deprisa.

—Muy bien, señor —contestó el hombre—, estará allí en una hora —y después de entrar el pasajero, dio la vuelta al caballo y condujo rápidamente hacia el río.

CAPÍTULO XVI

Comenzó a caer una lluvia fría, y las lámparas empañadas de la calle aparecían pálidas en la niebla húmeda. Las tabernas estaban a punto de cerrar, hombres y mujeres sombríos se reunían en varios grupos alrededor de las puertas. Desde alguno de los bares salía un sonido de risas horribles. En otros, los borrachos alborotaban y chillaban.

Echado hacia atrás en el coche, con el sombrero inclinado sobre la frente, Dorian Gray miraba con ojos indiferentes la sombra sórdida de la gran ciudad, y de cuando en cuando se repetía a sí mismo las palabras que le había dicho lord Henry la primera vez que se encontraron: «Curar el alma por medio de los sentidos y los sentidos por medio del alma». Sí, ese era el secreto. A menudo lo había intentado y lo intentaría de nuevo ahora. Había fumaderos de opio, donde uno podía comprar el olvido, antros de horror donde la locura de los pecados nuevos podía destruir el recuerdo de los antiguos.

La luna colgaba muy baja en el cielo como un cráneo amarillo. De cuando en cuando una enorme nube sin forma extendía un largo brazo y la ocultaba. Las lámparas de gas iban disminuyendo y las calles eran estrechas y deprimentes. Una vez el hombre perdió su camino y tuvo que retroceder media milla. Un vaho salía del caballo cuando chapoteaba en los charcos. Las ventanas laterales del cabriolé estaban empañadas por una niebla gris.

«¡Curar el alma por medio de los sentidos y los sentidos por medio del alma!» ¡Cómo sonaban aquellas palabras en sus oídos! Con toda seguridad su alma estaba enferma de muerte. ¿Era cierto que los sentidos podían curarla? Se había derramado sangre inocente. ¿Con qué podía expiar aquello? ¡Ah, para eso no había expiación, pero aunque el perdón fuera imposible, era todavía posible el olvido, y se había decidido a olvidar, a acabar con aquello, a aplastarlo como se aplasta a una víbora que le ha mordido a uno. En realidad, ¿qué derecho tenía Basil a hablarle como lo había hecho? ¿Quién le hizo juez de otros? Había dicho cosas espantosas, horribles, inaguantables.

El coche seguía y seguía andando con dificultad, le parecía que cada paso iba más despacio. Levantó la trampilla y le dijo al hombre que condujera más deprisa. Empezó a roerle el ansia monstruosa por el opio. Su garganta ardía y se frotaba sus delicadas manos de forma nerviosa. Golpeó al caballo furiosamente con su bastón. El conductor se rió y le dio con el látigo. Él se rio en contestación y el hombre se calló.

El camino parecía interminable y las calles eran como la extendida telaraña negra de alguna araña. La monotonía se hizo insoportable y, al ver espesar la niebla, sintió miedo.

Luego pasaron por campos solitarios. Aquí la niebla era más ligera y pudo ver los extraños hornos en forma de botella, con sus lenguas de fuego naranjas en forma de abanico. Un perro ladró cuando pasaron, y allá lejos en la oscuridad chilló una gaviota errante. El caballo tropezó con un bache, luego se desvió a un lado y empezó a galopar.

Al cabo de un rato abandonaron el camino de barro y de nuevo pasaron haciendo ruido por calles pavimentadas toscamente. La mayoría de las ventanas estaban a oscuras, pero de cuando en cuando se perfilaban sombras fantásticas detrás de las persianas iluminadas. Las observó con curiosidad. Se movían como marionetas monstruosas y hacían gestos como los seres vivos. Las odiaba. En su corazón había una rabia sombría. Cuando volvieron una esquina, una mujer les gritó algo desde una puerta abierta, y dos hombres corrieron cien yardas detrás del coche. El conductor les golpeaba con su látigo.

Se dice que la pasión le hace pensar a uno en círculos. Realmente, con una horrible repetición, los labios mordidos de Dorian Gray daban forma una y otra vez a esas palabras sutiles que tienen que ver con el alma y el sentido, hasta que las halló en su expresión plena, como había sido, en sus modales, y justificadas con su aprobación intelectual, las pasiones que, sin esa justificación, hubieran dominado todavía su temperamento. De célula a célula de su cerebro se deslizaba un sólo pensamiento y el deseo frenético de vivir. El más terrible de todos los apetitos humanos aceleraba con fuerza cada nervio y cada fibra trémulos. La fealdad que una vez había sido odiosa para él, porque hacía reales las cosas, se hizo grata ahora por esa misma razón. La fealdad era la única realidad. Las pendencias bastas, las tabernas repugnantes, la cruda violencia de una vida desordenada, la gran vileza del ladrón y del proscrito, eran más vivas, en su intensa realidad de impresión, que todas las formas con gracia del arte, las sombras ensoñadoras de la poesía. Es lo que necesitaba para olvidar. En tres días sería libre.

De repente el hombre subió a tirones a lo alto de una callejuela oscura. Sobre los tejados bajos y las chimeneas en fila de las casas se levantaban los negros mástiles de los barcos. Guirnaldas de niebla blanca se aferraban como velas fantasmales a las vergas.

—¿Algún sitio por aquí, señor? —preguntó con voz ronca por la trampilla.

Dorian se sobresaltó y miró a su alrededor.

—Aquí es —contestó.

Cuando salió apresuradamente y le dio al conductor el soberano extra que le había prometido, caminó rápidamente en dirección al muelle. Acá y allá brillaba un farol en la popa de algún enorme mercante. La luz daba en los charcos y se astillaba. Un resplandor rojizo salía de un vapor que estaba proveyéndose de carbón. El pavimento fangoso parecía un impermeable húmedo.

Se acercó hacia la izquierda, mirando atrás de cuando en cuando para ver si alguien le estaba siguiendo. En siete u ocho minutos llegó a una casita pobre, que estaba encajada entre dos fábricas lúgubres. En una de las ventanas de arriba había luz. Se paró y dio un golpe.

Después de un rato oyó pasos en el pasillo y desenganchar la cadena. La puerta se abrió despacio y él entró sin decir una palabra a la figura deforme y agachada que retrocedió en la sombra cuando pasó. Al final de la entrada colgaba una cortina verde hecha jirones que se movía y sacudía por el viento borrascoso que le había seguido a él desde la calle. La apartó y entró en una habitación larga y baja que parecía como si hubiera sido alguna vez un salón de baile de tercera clase. Llamas de gas resplandecientes y agudas, oscurecidas y deformadas por los espejos moteados por las moscas, que había frente a ellas, estaban colocadas en fila alrededor de las paredes. Los reflectores grasientos de latón que estaban colocados detrás formaban discos temblorosos de luz. El suelo estaba cubierto de serrín color ocre, con pisadas de barro acá y allá, y manchado con anillos oscuros de licor derramado. Algunos malayos estaban agachados junto a un hornillo de carbón y jugaban con fichas, mostrando sus dientes blancos cuando charlaban. En una esquina, con la cabeza hundida en los brazos, un marinero tumbado sobre una mesa, y en la barra del bar pintada llamativamente, y que ocupaba un lado completo, había dos mujeres macilentas burlándose de un anciano que estaba restregándose las mangas de su abrigo con una expresión de repugnancia.

Cree que tiene hormigas rojas encima —dijo riéndose una de ellas cuando pasó Dorian.

El hombre la miró aterrorizado y comenzó a gimotear.

Al final del salón había una escalera pequeña que daba a una habitación oscura. Cuando Dorian se apresuró a subir los tres escalones poco seguros, el fuerte olor a opio salió a su encuentro. Respiró profundamente y su nariz tembló de placer. Cuando entró, un hombre joven de pelo lacio amarillo, inclinado sobre una lámpara y encendiendo una larga pipa delgada, levantó la vista hacia él y le saludó de una forma indecisa.

—¿Usted aquí, Adrian? —murmuró Dorian.

—¿Dónde más podría estar? —contestó indiferente—. Ninguno de los amigos me hablará ahora.

—Pensaba que había abandonado Inglaterra.

—Darlington no va a hacer nada. Al final ha pagado mi hermano la factura. George no me habla tampoco... No me preocupa —añadió con un suspiro—. Mientras tenga uno este material, no necesita amigos. Creo que he tenido demasiados amigos.

Dorian puso mala cara y miró alrededor a los bultos grotescos que yacían sobre los colchones andrajosos en posturas fantásticas. Los miembros encorvados, las bocas entreabiertas, los ojos fijos y apagados, le fascinaban. Sabía en qué cielos extraños estaban sufriendo y en qué infiernos repugnantes les estaban enseñando el secreto de alguna alegría nueva. Ellos estaban mucho mejor que él. Él era prisionero del pensamiento. El recuerdo, como un horrible dolor, se estaba comiendo su alma. De cuando en cuando le parecía ver los ojos de Basil Hallward mirándole. Sin embargo, sentía que no podía quedarse. La presencia de Adrian Singleton le importunaba. Quería estar donde nadie supiera quién era. Quería escapar de sí mismo.

—Voy a continuar al otro lugar —dijo después de una pausa.

—¿Al embarcadero?

—Sí.

—Seguro que está allí esa gata loca. No la dejarán entrar en este sitio ahora.

Dorian se encogió de hombros.

—Estoy harto de las mujeres que le aman a uno. Las mujeres que le odian a uno son mucho más interesantes. Además, el material es mejor.

—Es el mismo.

—Yo lo prefiero. Venga a tomar algo. Tengo que tomar algo.

—No quiero nada —murmuró el joven.

—No se preocupe.

Adrian Singleton se levantó perezosamente y siguió a Dorian al bar. Un mulato con un turbante raído y un gabán pobre gesticuló un saludo horrible según colocaba una botella de brandy y dos vasos delante de ellos. Las mujeres se pusieron al lado y empezaron a charlar. Dorian les dio la espalda y dijo algo en voz baja a Adrian Singleton.

Una sonrisa sinuosa, como un cris malayo, se retorció en la cara de una de las mujeres.

—Estamos muy imponentes esta noche —dijo con desprecio.

—Por Dios, no me hables —exclamó Dorian, golpeando con el pie el suelo—. ¿Qué quieres? ¿Dinero? Aquí está. No me hables otra vez.

Dos chispas rojas brillaron por un momento en los ojos hinchados de la mujer, después se apagaron y los dejaron mates y vidriosos. Echó la cabeza hacia atrás y recogió las monedas del mostrador con dedos codiciosos. Su compañera la miró con envidia.

—Es inútil —suspiró Adrian Singleton—. No me preocupa volver. ¿Qué importa? Soy muy feliz aquí.

—Me escribirá si quiere algo, ¿verdad? —dijo Dorian después de una pausa.

—Quizá.

—Buenas noches, entonces.

—Buenas noches —contestó el joven, subiendo los escalones y limpiándose la boca reseca con un pañuelo.

Dorian caminó hacia la puerta con una expresión de pena en su rostro. Cuando corrió la cortina, una risa horrible salió de los labios pintados de la mujer que había cogido su dinero.

—Allí va el del pacto con el demonio —dijo hipando y con voz ronca.

—Maldita seas —contestó—, ¡no me llames eso!

Ella castañeteó sus dedos.

—Príncipe Encantador es lo que te gusta que te llamen, ¿verdad? —aulló detrás de él.

Un marinero, soñoliento, dio un salto cuando habló ella y miró furiosamente a su alrededor. El ruido de los gritos de la puerta de entrada llegaron a sus oídos. Se precipitó hacia afuera como si persiguiera a alguien.

Dorian Gray andaba deprisa a lo largo del muelle en medio de la llovizna. Su encuentro con Adrian Singleton le había conmovido de forma extraña y se preguntaba si la desgracia de la vida de ese joven sería culpa suya en realidad, como le había dicho Basil Hallward de forma tan infame e insultante. Se mordió el labio y durante unos segundos sus ojos se entristecieron. Sin embargo, después de todo, ¿qué le importaba? Los días son demasiado breves para llevar a la espalda la carga de los errores de otros. Cada hombre vive su propia vida y paga su propio precio por vivirla. La única pena era que uno tenía que pagar muy a menudo por un solo error. De hecho, uno tiene que pagar una y otra vez. El destino nunca cierra las cuentas en su trato con el hombre.

Hay momentos, psicológicos decimos, en los que la pasión por el pecado, o por lo que el mundo llama pecado, domina de tal forma el carácter que cada fibra del cuerpo, como cada célula del cerebro, parece tener instintos de impulsos temerosos. En esos momentos, los hombres y las mujeres pierden la libertad de su voluntad. Se mueven hacia su terrible final como se mueven los autómatas. Toman la elección por ellos, y la conciencia, o la matan o, si vive, es sólo para dar fascinación a la rebelión y encanto a la desobediencia. Porque todos los pecados, como no se cansan de recordarnos los teólogos, son los pecados de la desobediencia. Cuando ese elevado espíritu, esa estrella de la mañana del mal, cae del cielo, cae como un rebelde. Endurecido, concentrado en el mal, con la mente manchada y el alma hambrienta de rebelión, Dorian Gray aceleró el paso, pero cuando se lanzó por los arcos oscuros que le habían servido de atajo tan a menudo para ir a los lugares de mala fama donde él iba, de repente sintió que le agarraba el cuello por detrás una mano brutal y, antes de que tuviera tiempo de defenderse, le empujó contra la pared.

Luchó como un loco por su vida y con un terrible esfuerzo tiró de los dedos que le apretaban. Al instante oyó el chasquido de un revólver y vio el brillo de un cañón que le apuntaba directamente a la cabeza y la forma oscura de un hombre bajo y grueso delante de él.

—¿Qué quiere? —jadeó.

—Cállese —dijo el hombre—. Si se mueve, disparo.

—Está loco. ¿Qué le he hecho?

—Destrozó la vida de Sibyl Vane —contestó—, y Sibyl Vane era mi hermana. Se suicidó. Lo sé. Su muerte es culpa suya. Juré que le mataría por ello. Le he buscado durante años. No tenía pistas ni huellas. Las dos personas que podían haberle descrito estaban muertas. No sabía nada de usted salvo el nombre con el que ella solía llamarle. Por casualidad lo oí esta noche. Haga las paces con Dios, porque esta noche va a morir.

Dorian Gray palideció de miedo.

—Nunca la conocí —tartamudeó—. Nunca oí hablar de ella. Está loco.

—Será mejor que confiese su pecado, porque, como me llamo James Vane, va a morir.

Hubo un momento horrible. Dorian no sabía qué decir o qué hacer.

—¡Arrodíllese! —gruñó el hombre—. Le doy un minuto para que haga las paces, no más. Embarco esta noche hacia la India y tengo que hacer mi tarea primero. Un minuto. Eso es todo.

Los brazos de Dorian se bajaron. Paralizado por el terror, no sabía qué hacer. De repente una esperanza frenética cruzó por su cerebro.

—¡Alto! —gritó—. ¿Cuánto tiempo hace que murió su hermana? Rápido, ¡dígamelo!

—Dieciocho años —dijo el hombre—. ¿Por qué me lo pregunta? ¿Qué tienen que ver los años?

—Dieciocho años —rio Dorian Gray, con un toque de triunfo en su voz—. ¡Dieciocho años! Póngame debajo del farol y mire mi cara!

James Vane dudó un momento, sin entender lo que significaba aquello. Luego agarró a Dorian Gray y le arrastró fuera de la arcada.

Aun siendo la luz azotada por el viento, difuminada y trémula, sin embargo, sirvió para mostrarle el horrible error en que había caído, según parecía, porque la cara del hombre que había buscado para matarle estaba en la flor de la adolescencia, con la pureza inmaculada de la juventud. Parecía un muchacho de poco más de veinte años, no más; de hecho, un poco más mayor que su hermana cuando él había partido hacía tantos años. Era obvio que este no era el hombre que había destrozado su vida.

Le soltó y retrocedió tambaleándose.

—¡Dios mío, Dios mío! —exclamó—. ¡Le habría asesinado!

Dorian Gray dio un gran suspiro.

—Ha estado a punto de cometer un crimen terrible, buen hombre —dijo mirándole con severidad—. Esto le servirá de aviso para no tomarse la venganza por su cuenta.

—Perdóneme, señor —murmuró James Vane—. Me han engañado. Una palabra que oí por casualidad en ese condenado antro me colocó en una pista falsa.

—Es mejor que se vaya a casa y tire la pistola, o puede tener problemas! —dijo Dorian, girando sobre sus talones y alejándose lentamente por la calle.

James Vane se quedó en la acera horrorizado. Estaba temblando de pies a cabeza. Después de un rato una sombra negra que había estado deslizándose por el muro que goteaba, se movió hacia la luz y se acercó a él con pasos cautelosos. Sintió una mano sobre su hombro y miró alrededor sobresaltado. Era una de las mujeres que había estado bebiendo en el bar.

—¿Por qué no le mataste? —le susurró, acercando su cara macilenta a la de él—. Sabía que le habías seguido cuando saliste tan deprisa del Daly. ¡Loco! Deberías haberle matado. Tiene un montón de dinero y es peor que la maldad.

—No es el hombre que estoy buscando —contestó—, y no quiero el dinero de ningún hombre. Quiero la vida de un hombre. La vida del hombre que quiero debe tener ahora unos cuarenta años. La de este es poco más que la de un muchacho. Gracias a Dios que no he manchado mis manos con su sangre.

La mujer se rio amargamente.

—¡Poco más que un muchacho! —dijo con desprecio—. Hombre, hace cerca de dieciocho años el Príncipe Encantador me hizo lo que soy ahora.

—¡Mientes! —exclamó James Vane.

Ella levantó las manos hacia el cielo.

—Por Dios que te estoy diciendo la verdad —exclamó.

—¿Por Dios?

—Que me quede muda si no es así. Es el peor de los que vienen aquí. Dicen que se ha vendido al demonio por una cara hermosa. Hace cerca de dieciocho años que le conocí. No ha cambiado mucho desde entonces. Es cierto —añadió con una mirada enfermiza.

—¿Juras eso?

—Lo juro —repitieron sus labios mates—. Pero no me lleves ante él —gimió—. Le tengo miedo. Dame algo de dinero para la cama de esta noche.

Se separó de ella jurando y se acercó hacia la esquina de la calle, pero Dorian Gray había desaparecido. Cuando miró atrás, la mujer había desaparecido también.

CAPÍTULO XVII

Una semana más tarde, Dorian Gray estaba sentado en el invernadero de Selby Royal, hablando con la hermosa duquesa de Monmouth, que estaba entre sus invitados junto con su marido, un hombre de sesenta años de aspecto agotado. Era la hora del té, y una luz suave procedente de la enorme lámpara cubierta de encaje que estaba colocada sobre la mesa, presidida por la duquesa, hacía brillar la delicada porcelana china repujada de plata. Sus manos blancas se movían delicadamente entre las tazas y sus labios rojos sonreían a algo que Dorian le había susurrado al oído. Lord Henry estaba recostado en una silla de mimbre tapizada de seda y les miraba. Sobre un diván color pistacho estaba sentada *lady* Narborough simulando que escuchaba la descripción del duque del último escarabajo brasileño que había añadido a su colección. Tres hombres jóvenes con elegantes trajes de esmoquin estaban acercando pastas de té a las mujeres. Los invitados eran doce, y se esperaba que llegaran más al día siguiente.

—¿De qué están hablando ustedes dos? —dijo lord Henry, incorporándose a la mesa y dejando su taza—. Espero que Dorian le esté hablando sobre mi plan de dar un nuevo nombre a todo, Gladys. Es una idea maravillosa.

—Pero no quiero que me den un nuevo nombre, Harry —respondió la duquesa, mirándole con ojos maravillosos—. Estoy muy satisfecha de mi nombre y estoy segura de que el señor Gray estará satisfecho con el suyo.

—Mi querida Gladys, no cambiaría ninguno de vuestros nombres por nada del mundo. Los dos son perfectos. Estoy pensando principalmente en las flores. Ayer corté una orquídea para mi ojal. Era una maravillosa flor jaspeada, tan impresionante como los siete pecados capitales. En un momento de irreflexión le pregunté a uno de los jardineros cómo se llamaba. Me dijo que era un hermoso ejemplar de *Robinsoniana,* o algo espantosamente parecido. Es una triste realidad, pero hemos perdido la facultad de dar nombres encantadores a las cosas. Los nombres lo son todo. Nunca discuto sobre actos. Mi única discusión es sobre las palabras. Esa es la razón por la que odio el realismo vulgar de la literatura. El hombre que puede llamar pala a una pala, debería ser obligado a utilizar una. Es para lo único que está capacitado.

—Entonces, ¿cómo deberíamos llamarle? —preguntó ella.

—Su nombre es Príncipe Paradójico —dijo Dorian.

—Le reconozco al instante —exclamó la duquesa.

—No quiero oírlo —se rio lord Henry, hundiéndose en una silla—. ¡No hay forma de escapar de la etiqueta! Reniego del título.

—La realeza no debería abdicar —dejó caer de sus hermosos labios como un aviso.

—¿Quieres que defienda mi trono, entonces?

—Sí.

—Te daré las verdades de mañana.

—Prefiero los errores de hoy —contestó ella.

—Me desarmas, Gladys —exclamó, imitando su terquedad.

—De tu escudo, Harry, no de tu lanza.

—Nunca arremeto contra la belleza —dijo moviendo la mano.

—Ese es tu error, Harry. Valoras demasiado la belleza.

—¿Cómo puede decir eso? Admito que pienso que es mejor ser hermoso que ser bueno. Pero por otro lado nadie hay más dispuesto que yo a reconocer que es mejor ser bueno que ser feo.

—Entonces, ¿la fealdad es uno de los siete pecados capitales? —exclamó la duquesa—. ¿Qué ha sido de tu símil respecto a las orquídeas?

—La fealdad es una de las siete virtudes capitales, Gladys. Tú, como buena conservadora, no tienes que subestimarlas. La cerveza, la Biblia y las siete virtudes capitales han hecho a nuestra Inglaterra como es.

—¿No te gusta tu país, entonces? —preguntó ella.

—Vivo en él.

—Es que censuras al mejor.

—¿Debería tomar el veredicto de Europa sobre ella? —preguntó.

—¿Qué dicen de nosotros?

—Que Tartufo ha emigrado a Inglaterra para abrir una tienda.

—¿Es eso tuyo, Harry?

—Te lo doy.

—No podría utilizarlo. Es demasiado verdadero.

—No tengas miedo. Nuestros compatriotas no reconocen la descripción.

—Son prácticos.

—Son más astutos que prácticos. Cuando hacen su libro mayor, hacen balance de la estupidez por la riqueza y del vicio por la hipocresía.

—Sin embargo, hemos hecho grandes cosas.

—Las grandes cosas nos fueron impuestas, Gladys.

—Nosotros hemos llevado su carga.

—Sólo hasta la Bolsa.

Ella movió la cabeza.

—Creo en la raza —exclamó.

—Representa la supervivencia del emprendedor.

—Se ha desarrollado.

—La decadencia me fascina más.

—¿Y el arte? —preguntó ella.

—Es una enfermedad.

—¿Amor?

—Una ilusión.

—¿Religión?

—El sustituto elegante de la creencia.

—Eres un escéptico.

—¡Nunca! El escepticismo es el comienzo de la fe.

—¿Qué eres tú?

—Definirlo es limitarlo.

—Dame una pista.

—Se han roto los hilos. Te perderías en el laberinto.

—Me desconciertas. Hablemos de otra cosa.

—Nuestro anfitrión es un tópico delicioso. Hace años le rebautizaron con el nombre de Príncipe Encantador.

—¡Ah!, no me recuerdes eso —exclamó Dorian Gray.

—Nuestro anfitrión está muy antipático esta tarde —contestó la duquesa sonrojándose—. Creo que piensa que me casé con Monmouth por puros principios científicos, por ser el mejor ejemplar que pude encontrar de una mariposa moderna.

—Bueno, espero que no le clave alfileres, duquesa —se rio Dorian.

—¡Oh! mi doncella ya lo ha hecho, señor Gray, cuando se enfada conmigo.

—¿Y por qué se enfada con usted, duquesa?

—Por las cosas más triviales, se lo aseguro, señor Gray. Generalmente porque entro a las nueve menos diez y le digo que tengo que estar vestida a las ocho y media.

—¡Qué incomprensión por parte de ella! Debería regañarla.

—No me atrevo, señor Gray. Porque se inventa sombreros para mí. ¿Recuerda el que llevaba en la fiesta que dio en el jardín *lady* Hilstone? Usted no, pero es encantador por su parte pretender que lo recuerda. Bueno, ella lo hizo de nada. Todos los buenos sombreros están hechos de nada.

—Como todas las buenas reputaciones, Gladys —interrumpió lord Henry—. Cada efecto que produce uno le dan un enemigo. Para ser popular uno tiene que ser mediocre.

—No con las mujeres —dijo la duquesa, moviendo la cabeza—. Y las mujeres gobiernan el mundo. Le aseguro que no puedo soportar la mediocridad. Nosotras, las mujeres, como ha dicho alguien, amamos con nuestros oídos, exactamente igual que ustedes, los hombres, aman con los ojos, si es que llegan a amar.

—Me parece que nunca hacemos otra cosa —murmuró Dorian.

—¡Ah!, entonces nunca ama realmente, señor Gray —contestó la duquesa con un gesto de tristeza.

—¡Mi querida Gladys! —exclamó lord Henry—: ¿Cómo puede decir eso? Las historias de amor viven de la repetición, y la repetición convierte a un apetito en arte. Por otro lado, cada vez que uno ama es la única vez que uno ha amado en su vida. Que sea un objeto diferente no cambia la sinceridad de la pasión. Simplemente la intensifica. Podemos tener en la vida una gran experiencia como la mejor, y el secreto de la vida es reproducir esa experiencia con tanta frecuencia como sea posible.

—¿Incluso cuando ha resultado herido por ella, Harry? —preguntó la duquesa después de una pausa.

—Especialmente cuando ha resultado herido por ella —contestó lord Henry.

La duquesa se volvió a mirar a Dorian Gray con una expresión extraña en sus ojos.

—¿Qué dice a eso, señor Gray? —preguntó.

Dorian dudó un momento. Luego echó la cabeza para atrás y se rio.

—Yo siempre estoy de acuerdo con Harry, duquesa.

—¿Incluso cuando se equivoca?

—Harry nunca se equivoca, duquesa.

—¿Y su filosofía le hace a usted feliz?

—Nunca he buscado la felicidad. ¿Quién quiere la felicidad? Yo la he buscado para el placer.

—¿Y la encontró, señor Gray?

—A menudo. Demasiado a menudo.

La duquesa suspiró.

—Estoy buscando la paz —dijo ella—, y si no voy a vestirme, no la tendré esta tarde.

—Deje que le corte algunas orquídeas, duquesa —exclamó Dorian, dando un salto y caminando por el invernadero.

—Flirteas vergonzosamente con él —dijo lord Henry a su prima—. Es mejor que tengas cuidado. Es demasiado fascinante.

—Si no lo fuera, no habría batalla.

—Entonces, ¿los griegos se encuentran con los griegos?

—Estoy de parte de los troyanos. Ellos lucharon por una mujer.

—Y fueron vencidos.

—Hay cosas peores que la captura —contestó.

—Galopas a rienda suelta.

—Ir al paso da vida —fue la respuesta.

—Lo escribiré en mi diario esta noche.

—¿Qué?

—Que a un niño quemado le encanta el fuego.

—Yo ni siquiera estoy chamuscada. Mis alas están intactas.

—Las usas para todo, excepto para volar.

—El valor ha pasado de los hombres a las mujeres. Es una experiencia nueva para nosotras.

—Tienes un rival.

—¿Quién?

Él se rio.

—*Lady* Norborough —le susurró—. Ella le adora.

—Me llena de temor. La atracción por la antigüedad es fatal para las que somos románticas.

—¡Románticas! Tenéis todos los métodos de la ciencia.

—Los hombres nos habéis educado.

—Pero no lo hemos explicado.

—Descríbenos como sexo —fue el desafío de ella.

—Esfinges sin secretos.

Ella le miró sonriendo.

—¡Cuánto está tardando el señor Gray! —dijo ella—. Vayamos a ayudarle. No le he dicho todavía el color de mi vestido.

—¡Ah! Tienes que adaptar tu vestido a sus flores, Gladys.

—Sería una rendición prematura.

—Las artes románticas empiezan por su clímax.

—Me guardaré una oportunidad para la retirada.

—¿A la manera de los partos?

—Ellos encontraron la seguridad en el desierto. Yo no podría hacer eso.

—A las mujeres no les está permitida siempre la elección —contestó él, pero apenas había terminado la frase cuando oyeron desde el fondo del invernadero un chillido ahogado, seguido del ruido sordo de algo pesado que caía. Todo el mundo se sobresaltó. La duquesa se quedó inmóvil y aterrorizada. Y con temor en sus ojos lord Henry se precipitó a través de las hojas de las palmeras y encontró a Dorian Gray que yacía boca abajo, en el suelo enlosado, desmayado como si estuviera muerto.

Le transportaron al salón azul y le tumbaron sobre el sofá. Al poco rato volvió en sí y miró alrededor con expresión aturdida.

—¿Qué ha ocurrido? —preguntó—. ¡Oh, ya recuerdo! ¿Estoy seguro aquí?

Comenzó a temblar.

—Mi querido Dorian —contestó lord Henry—. Sólo te has desmayado. Eso fue todo. Tienes que estar muy cansado. Será mejor que no bajes a cenar. Yo ocuparé tu lugar.

—No, bajaré —dijo él haciendo un esfuerzo por levantarse—. Preferiría bajar. No debo estar solo.

Fue a su habitación y se vistió. En la mesa mostró una alegría desenfrenada e imprudente, pero de cuando en cuando le venía un escalofrío de terror al recordar que había visto a James Vane observándole con la cara pegada a la ventana del invernadero, como si fuera un pañuelo blanco.

CAPÍTULO XVIII

Al día siguiente no salió de casa y, de hecho, pasó la mayor parte del tiempo en su propia habitación, mareado, con un terror frenético a morir y, sin embargo, indiferente a la vida misma. La conciencia de ser perseguido, atrapado y vigilado, había empezado a dominarle. Si la cortina se movía simplemente por el viento, se sobresaltaba. Las hojas secas llevadas por el viento contra los cristales emplomados le parecían sus propias resoluciones perdidas y sus ardientes pesares. Cuando cerraba los ojos, veía de nuevo la cara del marinero mirando con atención a través del cristal empañado por la niebla, y el horror parecía poner su mano en el corazón una vez más.

Sin embargo, quizá había sido sólo su imaginación la que había clamado venganza en la noche y había dado formas espantosas al castigo. La vida en ese momento era un caos, pero había algo terriblemente lógico en la imaginación. Era la imaginación la que situaba al remordimiento sobre la pista del pecado. Era la imaginación la que hacía que cada crimen sustentara a su prole deforme. En el mundo normal de los hechos ni se castiga a los malvados ni se recompensa a los buenos. El éxito es para el fuerte, el fracaso se pega al débil. Eso es todo. Por otro lado, si algún extraño hubiera estado merodeando alrededor de la casa, le hubieran visto los criados o los guardas. Si hubieran encontrado huellas de pisadas en los lechos de flores, los jardineros le hubieran informado. Sí, había sido su imaginación sencillamente. El hermano de Sibyl Vane no había vuelto para matarle. Había navegado lejos en su barco para hundirse en algún mar helado. De todos modos estaba a salvo de él, porque no sabía quién era, no podía saber quién era. La máscara de la juventud le había salvado.

Y, sin embargo, si hubiera sido una mera ilusión, ¡qué terrible era pensar que la conciencia pudiera levantar esos fantasmas tan temerosos, y darles forma visible, y hacerles moverse delante de uno! ¡Qué clase de vida sería la suya si, día y noche, las sombras del crimen iban a observarle desde los rincones silenciosos, hacerle burla desde lugares secretos, susurrarle al oído según estuviera sentado en una fiesta, despertarle con dedos helados mientras duerme! Según se deslizaba este pensamiento por su cerebro, palideció de terror y le pareció que de repente el aire era más frío. ¡Oh! ¡En qué hora de locura desenfrenada había matado a su amigo! ¡Qué horroroso era el mero recuerdo de la escena! Lo vio todo de nuevo. Cada horrible detalle volvió a él con un horror añadido. Fuera de la negra caverna del tiempo, terrible y envuelta en escarlata, surgió la imagen de su pecado. Cuando lord Henry entró a las seis en punto, le encontró llorando como si le hubieran roto el corazón.

Hasta el tercer día no se atrevió a salir. Había algo en el aire limpio y perfumado de pino en esa mañana de invierno que parecía traerle de nuevo su alegría y su ardor por la vida. Pero no fueron simplemente las condiciones físicas del ambiente las que causaron el cambio. Su propio carácter se había rebelado contra el exceso de angustia que había intentado mutilar y dañar la perfección de su calma. Siempre es así con los temperamentos sutiles y delicadamente templados. Sus fuertes pasiones tienen que ser dañadas o doblegadas. Siempre matan al hombre o mueren ellas mismas. Las penas superficiales y los amores superficiales continúan viviendo. Los amores y las penas grandes son destruidos por su propia plenitud. Por otro lado, él se había convencido a sí mismo de que había sido víctima de una imaginación infundida de terror, y miraba atrás ahora a sus miedos con algo de piedad y no poco de desprecio.

Después del desayuno paseó con la duquesa por el jardín durante una hora y luego atravesaron el parque en coche para unirse a una cacería. El hielo crujiente yacía como sal sobre la hierba. El cielo era una taza invertida de metal azul. Una capa fina de hielo bordeaba la superficie del lago donde crecían juncos.

En una esquina del bosque de pinos vio a sir Geoffrey Clouston, el hermano de la duquesa, quitando dos cartuchos gastados de su escopeta. Él saltó del carro y después de decir al lacayo que se llevara la yegua a casa, se dirigió hacia su invitado a través de los helechos secos y la dura maleza.

—¿Has tenido una buena caza, Geoffrey? —preguntó.

—No muy buena, Dorian. Creo que la mayor parte de los pájaros se han ido al campo abierto. Me atrevo a decir que será mejor después de comer, cuando vayamos a terreno nuevo.

Dorian paseó a su lado. El aire fino y aromático, las luces marrones y rojas que brillaban en el bosque, los gritos roncos de los batidores que sonaban de cuando en cuando y las réplicas agudas de las escopetas que les seguían le fascinaron y se llenó de una sensación de libertad deliciosa. Estaba dominado por la despreocupación de la felicidad, por la gran indiferencia de la alegría.

De repente desde una mata de hierba espesa, a unas veinte yardas enfrente de ellos, con las puntas de las orejas erguidas y negras, y sus largas patas traseras extendidas, salió una liebre. Huyó hacia un matorral de alisos. Sir Geoffrey se puso la escopeta en el hombro, pero había algo en el movimiento grácil del animal que encantó a Dorian Gray extrañamente y gritó:

—No dispare, Geoffrey. Déjela vivir.

—¡Qué tontería, Dorian! —rio su compañero, y según huía la liebre por el matorral disparó. Se oyeron dos gritos, el grito de la liebre herida, que fue espantoso, y el grito de un hombre que agonizaba, que fue peor.

—¡Santo cielo! ¡He dado a un ojeador! —exclamó sir Geoffrey—. ¡Qué asno ese hombre para ponerse delante de las escopetas! ¡Dejen de disparar allí! —gritó todo lo alto que pudo—. Hay un hombre herido.

El guarda jefe vino corriendo con un palo en la mano.

—¿Dónde, señor? ¿Dónde está? —gritó. En ese mismo momento cesaron los disparos en esa dirección.

—Aquí —contestó sir Geoffrey enfadado y corriendo hacia el matorral—. ¿Por qué demonios no mantiene a sus hombres atrás? Ha echado a perder mi caza por hoy.

Dorian los miró según se internaban en los alisos, apartando las ramas flexibles y oscilantes. En pocos minutos salieron arrastrando un cuerpo hacia la luz del sol. Se volvió aterrorizado. Parecía que la desgracia le seguía a donde quisiera que fuera. Oyó a sir Geoffrey preguntar si el hombre estaba muerto y la respuesta afirmativa del guarda. Le pareció que, de repente, el bosque estaba lleno de caras vivas. Había ruido de innumerables pasos y el zumbido de voces apagadas.

Un gran faisán de pecho cobrizo vino batiendo las alas a través de las ramas que estaban sobre sus cabezas.

Después de unos minutos, que, en su estado aturdido, fueron para él horas interminables de dolor, sintió una mano sobre su hombro. Se sobresaltó y miró alrededor.

—Dorian —dijo lord Henry—. Sería mejor decirles que la cacería se suspende por hoy. No estaría bien continuar.

—Ojalá se suspendiera para siempre, Harry —contestó amargamente—. Todo el asunto es espantoso y cruel. ¿Está el hombre...?

No pudo terminar la frase.

—Me temo que sí —contestó lord Henry—. El disparo le dio de lleno en el pecho. Ha tenido que morir casi al instante. Ven, vámonos a casa.

Caminaron en dirección al sendero uno al lado del otro sin hablar durante casi cincuenta yardas. Luego Dorian miró a lord Henry y dijo suspirando:

—Es un mal presagio, Harry, un presagio muy malo.

—¿Cuál? —preguntó lord Henry—. ¡Oh!, este accidente, supongo. Mi querido amigo, no se pudo evitar. Fue culpa del hombre. ¿Por qué se puso enfrente de las escopetas? Por otro lado, no tiene nada que ver con nosotros. Es bastante embarazoso para Geoffrey, por supuesto. No debe acribillarse a los ojeadores. Hace pensar a la gente que uno es un tirador salvaje, y Geoffrey no lo es. Dispara muy bien. Pero es inútil hablar de esto.

Dorian movió la cabeza.

—Es un mal presagio, Harry. Siento como si algo horrible fuera a ocurrirle a alguno de nosotros. A mí, quizá —añadió pasando la mano por sus ojos, con gesto de dolor.

El mayor de ambos hombres se rio.

—Lo más horrible del mundo es el aburrimiento, Dorian. Ese es el único pecado para el que no hay perdón. Pero probablemente nosotros no lo vamos a sufrir, a menos que estos amigos continúen charlando sobre ese tema en la cena. Tengo que decirles que este tema es tabú. En cuanto a los presagios, no existen tales presagios. El destino no nos envía heraldos. Es demasiado sabio o demasiado cruel para hacerlo. Por otro lado, ¿qué demonios te ocurre, Dorian? Tienes todo lo que un hombre puede desear en el mundo. No hay nadie que no estuviera encantado de cambiarse por ti.

—No hay nadie a quien no le cambiaría el sitio, Harry. No te rías así. Te voy a contar la verdad. El campesino desdichado que acaba de morir está en mejores condiciones que yo. No tengo miedo a la muerte. Es la llegada de la muerte la que me aterroriza. Sus alas monstruosas parecen girar en el aire alrededor de mí. ¡Dios Santo! ¿No ves a un hombre moverse allí, detrás de los árboles, mirándome, esperándome?

Lord Henry miró en la dirección que le indicó la mano enguantada y temblorosa.

—Sí —dijo sonriendo—. Veo al jardinero que te está esperando. Supongo que quiere preguntarte qué flores deseas poner en la mesa esta noche. ¡Qué absurdamente nervioso estás, mi querido amigo! Tienes que venir a ver a mi médico, cuando regresemos a la ciudad.

Dorian dio un suspiro de alivio cuando vio acercarse al jardinero. El hombre se tocó el sombrero, echando un vistazo dudoso a lord Henry y luego sacó una carta que entregó a su señor.

—Su gracia me ha dicho que espere contestación —murmuró.

Dorian puso la carta en su bolsillo.

—Dile a su gracia que voy —dijo fríamente. El hombre se dio la vuelta y fue rápidamente en dirección a la casa.

—¡Cómo les encanta a las mujeres hacer cosas peligrosas! —rio lord Henry—. Es una de las cualidades que más admiro de ellas. Una mujer flirteará con todo el mundo mientras el resto de la gente la mire.

—¡Qué encantador eres al decir cosas peligrosas, Harry! En el caso presente estás muy despistado. Me gusta mucho la duquesa, pero no la quiero.

—Y la duquesa te quiere muchísimo, pero le gustas menos, así que estáis compenetrados de forma excelente.

—Estás hablando de escándalo, Harry, y no hay ninguna base para el escándalo.

—La base de todos los escándalos es una verdad inmoral —dijo lord Henry encendiendo un cigarrillo.

—Harry, tú sacrificarías a todo el mundo por un epigrama.

—El mundo camina hacia el altar de común acuerdo —fue la respuesta.

—Ojalá pudiera amar —exclamó Dorian Gray con una nota de patetismo profundo en su voz—. Pero me parece que he perdido la pasión y olvidado el deseo. Estoy demasiado concentrado en mí mismo. Mi propia personalidad se ha convertido en una carga para mí. Quiero escapar, irme lejos, olvidar. Ha sido estúpido por mi parte haber venido aquí después de todo. Creo que enviaré una nota a Harvey para que prepare el yate. Sobre un yate uno está seguro.

—¿Seguro de qué, Dorian? Tienes algún problema. ¿Por qué no me dices lo que es? Sabes que te ayudaría.

—No puedo contártelo, Harry —dijo tristemente—. Y me atrevo a decir que son sólo imaginaciones mías. Este desafortunado accidente me ha trastornado. Tengo el horrible presentimiento de que algo de esta clase me va a ocurrir a mí.

—¡Qué tontería!

—Espero que así sea, pero no puedo evitar sentirlo. ¡Ah! Aquí está la duquesa, se parece a Artemisa con traje de sastre. Ya ve que hemos vuelto, duquesa.

—Me he enterado de todo, señor Gray —contestó—. El pobre Geoffrey está terriblemente trastornado. Y parece ser que usted le pidió que no disparara a la liebre. ¡Qué curioso!

—Sí, fue muy curioso. No sé lo que me hizo decirlo. Algún capricho, supongo. Parecía la más encantadora de las pequeñas criaturas vivientes. Pero siento que le contaran lo del hombre. Es espantoso.

—Es fastidioso —interrumpió lord Henry—. No tiene ningún valor psicológico. Ahora, si Geoffrey lo hubiera hecho a propósito, ¡qué interesante sería! Me gustaría conocer a alguien que hubiera cometido un verdadero crimen.

—¡Qué odioso eres, Harry! —exclamó la duquesa—. ¿Verdad, señor Gray? Harry, el señor Gray está enfermo otra vez. Va a desmayarse.

Dorian se incorporó con esfuerzo y sonrió.

—No es nada, duquesa —murmuró—. Mis nervios están totalmente deshechos. Eso es todo. Me temo que he paseado demasiado esta mañana. No escuché lo que dijo Harry. ¿Fue muy malo? Tiene que contármelo alguna vez. Creo que tengo que ir a tumbarme. Me perdonarán, ¿verdad?

Ellos habían llegado al tramo de escaleras que va desde el invernadero a la terraza. Según se cerró la puerta de cristal tras Dorian, lord Henry se volvió a mirar a la duquesa con ojos soñolientos.

—¿Estás muy enamorada de él? —preguntó.

Ella no contestó de inmediato, sino que se quedó observando el paisaje.

—Ojalá lo supiera —dijo al fin.

Él movió la cabeza.

—El conocimiento sería fatal. Es la incertidumbre la que le hechiza a uno. La bruma hace maravillosas a las cosas.

—Puedes perderte en el camino.

—Todos los caminos terminan en el mismo punto, Gladys.

—¿Cuál es?

—La desilusión.

—Era mi debut en la vida —suspiró ella.

—Vino a ti coronado.

—Estoy cansada de las hojas de fresa.

—Te sientan bien.

—Sólo en público.

—Las perderías —dijo lord Henry.

—No la dividiré en pétalos.

—Monmouth tiene oídos.

—Los viejos son duros de oído.

—¿Nunca ha estado celoso?

—Ojalá lo hubiera estado.

Él echó un vistazo alrededor como si buscara algo.

—¿Qué estás buscando? —preguntó ella.

—El botón de tu florete —contestó él—. Lo has dejado caer.

Ella se rio.

—Tengo todavía la máscara.

—Hace tus ojos más bonitos —fue su contestación.

Ella se rio de nuevo. Sus dientes se mostraron como pepitas blancas en una fruta escarlata.

En el piso de arriba, en su propia habitación, Dorian Gray estaba tumbado en el sofá; cada fibra de su cuerpo se estremecía de terror. La vida se había convertido de repente en una carga demasiado horrible para poder soportarla. La muerte espantosa del desafortunado ojeador, disparado en el matorral como un animal salvaje, le había parecido a él prefigurar su propia muerte también. Casi se había desmayado ante lo que había dicho lord Henry, de un modo casual, en broma cínica.

A las cinco en punto tocó la campanilla para llamar a su criado y le dio órdenes de empaquetar sus cosas para el expreso de la noche a la ciudad, y tener el coche en la puerta a las ocho y media. Había decidido no dormir otra noche en Selby Royal. Era un lugar de malos augurios. La muerte caminaba allí a la luz del sol. La hierba del bosque había sido salpicada de sangre.

Luego escribió una nota a lord Henry, diciéndole que iba a la ciudad a la consulta de su médico, y le pedía que entretuviera a sus invitados en su ausencia. Mientras la estaba metiendo en un sobre, llamaron a la puerta y su mayordomo le informó de que el guarda jefe deseaba verle. Él frunció el ceño y se mordió el labio.

—Hágale pasar —murmuró, después de unos momentos de duda.

Tan pronto como entró el hombre, Dorian sacó su talonario de cheques del cajón y lo abrió delante de él.

—Supongo que vendrá por el desafortunado accidente de esta mañana, Thornton —dijo cogiendo la pluma.

—Sí, señor —contestó el guardabosque.

—¿Estaba casado ese pobre hombre? ¿Tenía a alguien que dependiera de él? —preguntó Dorian con aspecto de fastidio—. Si es así, no me gustaría que quedaran necesitados; les enviaré la cantidad de dinero que considere usted necesaria.

—No sabemos quién es, señor. Eso es lo que me he tomado la libertad de venir a contarle.

—¿No sabe quién es? —dijo Dorian indiferente—. ¿Qué quiere decir? ¿No era uno de sus hombres?

—No, señor. Nunca le había visto antes. Parece un marinero, señor.

La pluma se cayó de la mano de Dorian Gray y sintió como si su corazón hubiera dejado de latir de repente.

—¿Un marinero? —exclamó—. ¿Dijo usted un marinero?

—Sí, señor. Parece como si hubiera sido una especie de marinero; los dos brazos tatuados y esa clase de cosas.

—¿Han encontrado algo que llevara encima? —dijo Dorian, inclinándose hacia el hombre con ojos asustados—. ¿Algo que nos dijera su nombre?

—Algo de dinero, señor, no demasiado, y un revólver de seis balas. Ningún nombre. Parecía un hombre decente, señor, aunque algo rudo. Creemos que es una especie de marinero.

Dorian se puso en pie de un salto. Una terrible esperanza le conmovió. Se aferró a ella locamente.

—¿Dónde está el cuerpo? —exclamó—. ¡Rápido!, tengo que verlo enseguida.

—Está en un establo vacío en Home Farm, señor. Al pueblo no le gusta tener esa clase de cosas en sus casas. Dicen que un cadáver trae mala suerte.

—¡Home Farm! Vaya allí enseguida y encuéntrese conmigo. Diga a uno de los mozos que traiga mi caballo. No. No importa. Iré yo a los establos. Se ahorrará tiempo.

En menos de un cuarto de hora, Dorian Gray bajó galopando por el largo sendero tan rápido como pudo. Los árboles parecían pasar ante él como una procesión de espectros y las sombras fatídicas se cruzaban en su camino. La yegua torció en un poste blanco y casi lo tira. La azotó en el cuello con su fusta. El animal cortaba el aire en la oscuridad como si fuera una flecha. Las piedras volaban bajo sus cascos.

Al fin llegaron a Home Farm. Dos hombres estaban merodeando por el patio. Saltó de su silla y arrojó las riendas a uno de ellos. En el establo más alejado brillaba una luz. Algo le dijo que el cuerpo estaba allí y se precipitó hacia la puerta, poniendo la mano sobre el picaporte.

Allí hizo una pausa un momento, sintiendo que estaba a punto de descubrir lo que reharía su vida o la destrozaría. Luego empujó la puerta y entró.

Sobre un montón de sacos, en el rincón más alejado, yacía el cuerpo muerto de un hombre vestido con una camisa basta y un par de pantalones azules. Le habían colocado un pañuelo sucio sobre la cara. Una vela tosca, metida en una botella, chisporroteaba a su lado.

Dorian Gray se estremeció. Sentía que no era capaz de quitar el pañuelo y llamó a uno de los criados de la granja para que se acercase.

—Quítale eso de la cara. Quiero verle —dijo, apoyándose en el marco de la puerta.

Cuando el criado de la granja lo hizo, él avanzó hacia delante. Un grito de júbilo salió de sus labios. El hombre al que habían disparado en el matorral era James Vane.

Se quedó allí unos minutos mirando al cuerpo. Según cabalgaba hacia casa, sus ojos estaban llenos de lágrimas porque sabía que ahora estaba a salvo.

CAPÍTULO XIX

—Es inútil que me digas que vas a ser bueno —exclamó lord Henry, hundiendo sus dedos blancos en un recipiente de cobre rojizo lleno de agua de rosas—. Eres completamente perfecto. Por favor, no cambies.

Dorian Gray movió la cabeza.

—No, Harry, he hecho demasiadas cosas espantosas en mi vida. No las haré más. Empecé mis buenas acciones ayer.

—¿Dónde estuviste ayer?

—En el campo, Harry. Estuve en una pequeña posada.

—Mi querido muchacho —dijo lord Henry sonriendo—, todo el mundo puede ser bueno en el campo. No hay tentaciones allí. Esa es la razón por la que la gente que vive fuera de la ciudad es tan absolutamente incivilizada. La civilización no es, de ningún modo, algo fácil de conseguir. Sólo hay dos caminos por los que el hombre puede alcanzarla. Una es siendo culto, la otra siendo corrupto. La gente del campo no tiene la oportunidad de ser ninguna de las dos, así que ellos se estancan.

—Cultura y corrupción —repitió Dorian—. He conocido algo de las dos. Me parece terrible ahora que no se encuentren juntas nunca. Porque tengo un nuevo ideal, Harry. Voy a cambiar. Creo que he cambiado.

—Todavía no me has dicho cuál fue tu buena acción. ¿O has dicho que has hecho más de una? —preguntó su acompañante, mientras volcaba en su plato una pequeña pirámide carmesí de fresas y espolvoreaba azúcar blanco sobre ellas con una cuchara perforada en forma de concha.

—Puedo contártelo, Harry. No es una historia que pueda contar a nadie más. Dejé a alguien. Suena vanidoso, pero tú entiendes lo que quiero decir. Ella era muy bonita y maravillosa, como Sibyl Vane. Creo que es lo primero que me atrajo de ella. Recuerdas a Sibyl, ¿verdad? ¡Cuánto tiempo parece que ha pasado! Bueno, Hetty no era de nuestra clase, por supuesto. Sencillamente era una chica de un pueblo.

Pero realmente la amaba. Estoy completamente seguro de que la amaba. Durante todo este mes de mayo maravilloso que hemos tenido, solía ir a verla dos o tres veces a la semana. Ayer me encontró en un pequeño huerto. Las flores de un manzano le caían por el pelo, mientras se reía. Nos íbamos a haber ido juntos esta mañana, al alba. De repente decidí abandonarla como a una flor, como la había encontrado.

—Creería que la novedad de la emoción te ha dado una sensación de auténtico placer, Dorian —interrumpió lord Henry—. Pero puedo acabar tu idilio por ti. Le diste un buen consejo y rompiste su corazón. Ese fue el comienzo de tu reforma.

—¡Harry, eres horrible! No tienes que decir esas cosas tan espantosas. El corazón de Hetty no se ha roto. Por supuesto que ella lloró y todo eso. Pero no es desgraciada. Puede vivir, como Perdita, en su jardín de menta y caléndula.

—Y llorar por un Florizel infiel —dijo lord Henry riéndose, mientras se echaba para atrás en la silla—. Mi querido Dorian, tienes los modales infantiles más extraños. ¿Crees que esta chica ahora se contentará realmente alguna vez con alguien de su propia clase? Supongo que se casará algún día con un carretero rudo o un labrador sonriente. Bueno, el hecho de haberte conocido, y amado, le enseñará a despreciar a su marido y será desgraciada. Desde un punto de vista moral, no puedo decir que crea mucho en tu gran renunciación. Incluso al principio es pobre. Por otro lado, ¿cómo sabes que Hetty no está flotando ahora en algún pozo de molino, alumbrado por las estrellas y con hermosos nenúfares alrededor de ella, como Ofelia?

—¡No puedo soportar esto, Harry! Te burlas de todo y luego sugieres las tragedias más serias. Ahora me arrepiento de habértelo contado. No me importa lo que vayas a decirme. Sé que hice bien actuando como lo hice. ¡Pobre Hetty! Al pasar cabalgando por la granja esta mañana, vi su cara blanca en la ventana, como un ramo de jazmines. No hablaremos más de ello y no trates de persuadirme de que la primera acción buena que he hecho durante años, el primer sacrificio pequeño que he conocido, es en realidad una especie de pecado. Quiero ser mejor. Voy a ser mejor. Cuéntame algo sobre ti. ¿Cómo te fue en la ciudad? No he ido al club desde hace días.

—La gente discute todavía sobre la desaparición del pobre Basil.

—Pensaba que se habrían cansado ya —dijo Dorian, al tiempo que bebía un sorbo de vino y frunciendo el ceño ligeramente.

—Mi querido muchacho, sólo han estado hablando de ello seis semanas, y el público inglés no tiene igual en eso de concentrar su atención sobre un tema más de tres meses. Sin embargo, han sido muy afortunados últimamente. Han tenido mi propio caso de divorcio y el suicidio de Alan Campbell. Ahora tienen la desaparición misteriosa de un artista. Scotland Yard insiste todavía en que el hombre del abrigo amplio gris que salió hacia París en el tren de medianoche del nueve de noviembre era el pobre Basil, y la policía francesa declara que Basil nunca llegó a París. Supongo que dentro de quince días nos dirán que lo han visto en San Francisco. Es raro, pero de todo el que desaparece dicen que lo han visto en San Francisco. Debe ser una ciudad deliciosa y poseer toda la atracción del mundo venidero.

—¿Qué crees que le ha ocurrido a Basil? —preguntó Dorian levantando su borgoña hacia la luz y preguntándose cómo podía hablar del tema con tanta calma.

—No tengo ni la más remota idea. Si Basil elige esconderse, no es asunto mío. Si está muerto, no quiero pensar en ello. La muerte es lo único que siempre me aterroriza. La odio.

—¿Por qué? —preguntó Dorian cansadamente.

—Porque —dijo lord Henry pasando bajo su nariz la rejilla dorada de una caja abierta de sales—, uno puede sobrevivir a todo hoy en día, excepto a eso. La muerte y la vulgaridad son los únicos hechos del siglo XIX que uno no puede explicar. Tomemos el café en la sala de música, Dorian. Tienes que tocar a Chopin para mí. El hombre con el que se fugó mi esposa tocaba a Chopin de forma exquisita. ¡Pobre Victoria! Me encantaba. La casa está muy sola sin ella. Por supuesto que la vida conyugal es simplemente una costumbre, una mala costumbre. Pero luego añora uno hasta la pérdida de las malas costumbres. Quizá es lo que más añora. Son una parte muy esencial en la personalidad de uno.

Dorian no dijo nada, pero se levantó de la mesa y, pasando a la habitación de al lado, se sentó al piano y dejó que se perdieran sus dedos por las teclas de marfil blancas y negras. Después de que llevaran el café, paró y, mirando a lord Henry, dijo:

—¿No se te ha ocurrido pensar que Basil fuera asesinado?

Lord Henry bostezó.

—Basil era muy común y siempre llevaba puesto un reloj Waterbury. ¿Por eso iban a asesinarle? No era lo bastante inteligente para tener enemigos. Por supuesto él tenía un talento maravilloso para pintar. Pero un hombre puede pintar como Velázquez y ser todavía tan torpe como le sea posible. Basil era realmente bastante torpe. Sólo me interesó una vez, y fue cuando me dijo, hace años, que tenía una adoración frenética por ti y que tú eras el motivo dominante de su arte.

—Apreciaba mucho a Basil —dijo Dorian, con tristeza en su voz—. ¿Pero no dice la gente que fue asesinado?

—¡Oh!, algunos periódicos lo publicaron así. No me parece que sea probable. Sé que hay sitios espantosos en París, pero Basil no era de esa clase de hombre que fuera a ellos. No tenía curiosidad. Era su defecto principal.

—¿Qué dirías, Harry, si te dijera que yo había asesinado a Basil? —dijo el hombre más joven. Le observó atentamente después de haber hablado.

—Te diría, querido amigo, que estás presumiendo de un carácter que no te corresponde. Todo crimen es vulgar, así como toda vulgaridad es un crimen. No está en ti, Dorian, cometer un asesinato. Siento si hiero tu vanidad diciendo esto, pero te aseguro que es cierto. El crimen pertenece exclusivamente a las clases más bajas. No lo censuro en lo más mínimo. Imagino que el crimen será para ellos lo que el arte es para nosotros, simplemente un método de procurar sensaciones extraordinarias.

—¿Un método de procurar sensaciones? ¿Piensas, entonces, que un hombre que ha cometido un crimen alguna vez posiblemente puede cometer el mismo crimen otra vez? No me digas eso.

—¡Oh!, cualquier cosa se convierte en placer si se hace muy a menudo —exclamó lord Henry, riéndose—. Ese es uno de los secretos más importantes de la vida. Sin embargo, me imagino que el asesinato es siempre un error. Uno nunca debe hacer algo de lo que no se pueda hablar después de cenar. Pero dejemos al pobre Basil. Ojalá pudiera creer que haya llegado a un final tan auténticamente romántico como tú sugieres, pero no puedo. Me atrevo a decir que se cayó al Sena desde el ómnibus y que el conductor echó tierra al escándalo. Sí, quiero imaginar que este fue su fin. Le veo ahora tendido de espaldas, bajo esas aguas verdes y oscuras, con pesadas barcas flotando sobre él y con largas hierbas prendidas en su pelo. ¿Sabes? No creo que hubiera hecho más obras buenas. Durante los últimos diez años su pintura había perdido mucho.

Dorian dio un suspiro, y lord Henry cruzó la habitación y comenzó a dar golpecitos en la cabeza de un curioso loro de Java, un pájaro de largo plumaje gris, con la cresta y la cola rosas, que estaba balanceándose en una percha de bambú. Según le tocó con las puntas de los dedos, cayó blanca caspa de sus párpados arrugados sobre los ojos negros y vidriosos y comenzó a bambolearse hacia detrás y hacia delante.

—Sí —continuó, dándose la vuelta y sacando el pañuelo de su bolsillo—. Su pintura había perdido mucho. Me parecía que había perdido algo. Había perdido un ideal. Cuando tú y él dejasteis de ser grandes amigos, dejó de ser un gran artista. ¿Qué os separó? Supongo que te aburría. Si es así, él nunca te olvidó. Es una costumbre que tienen los aburridos. A propósito, ¿qué fue de ese retrato maravilloso que te pintó? Creo que no lo he vuelto a ver desde que lo terminó. ¡Oh! recuerdo que me dijiste hace años que lo habías mandado a Selby y que se había perdido o lo habían robado por el camino. ¿Nunca lo recuperaste? ¡Qué pena! Era realmente una obra de arte. Recuerdo que quería comprarlo. Ojalá lo tuviera ahora. Pertenecía a la mejor etapa de Basil. Desde entonces su obra era esa curiosa mezcla entre la pintura mala y las buenas intenciones que siempre dan derecho a un hombre a llamarse «artista británico representativo». ¿Lo denunciaste? Deberías haberlo hecho.

—Lo he olvidado —dijo Dorian—. Supongo que lo hice. Pero realmente nunca me gustó. Siento haber posado para hacerlo. El recuerdo me resulta odioso. ¿Por qué hablas de ello? Me hace recordar esas líneas curiosas de alguna obra, Hamlet creo. ¿Cómo dicen...?

> *Como la pintura de una pena,*
> *un rostro sin corazón.*

Sí, así es como era.

Lord Henry rio.

—Si un hombre trata la vida de forma artística, su cerebro es su corazón —contestó hundiéndose en un sillón.

Dorian Gray movió la cabeza y tocó algunos acordes suaves en el piano.

—Como la pintura de una pena —repitió—, un rostro sin corazón.

El hombre mayor se echó para atrás y le miró con los ojos medio cerrados.

—A propósito, Dorian —dijo después de una pausa—, ¿qué beneficio obtiene un hombre si gana el mundo entero y pierde... ¿Cómo sigue la cita?... ¿Su propia alma?

La música cesó de repente y Dorian Gray se levantó de un salto y miró fijamente a su amigo.

—¿Por qué me preguntas eso, Harry?

—Mi querido amigo —dijo lord Henry, levantando sus cejas con sorpresa—, te lo pregunto porque pensaba que serías capaz de darme una respuesta. Eso es todo. Fui al parque el domingo pasado y cerca del arco de Marble había una pequeña multitud de gente con aspecto pobre escuchando a un vulgar predicador. Según pasaba, oí a este hombre lanzando a su audiencia esta pregunta. Me sonó bastante dramática. Londres es muy rica en efectos curiosos de esta clase. Un domingo húmedo, un cristiano tosco con un impermeable, un círculo de caras blancas enfermizas bajo un tejado desigual de paraguas que gotean y una maravillosa frase flotó en el aire procedente de unos labios estridentes e histéricos. Era realmente muy buena a su manera, totalmente sugestiva. Pensé en decirle al profeta que el arte tiene un alma, pero que el hombre no. Sin embargo, me temo que no me hubiera entendido.

—No, Harry. El alma es una terrible realidad. Puede ser comprada, vendida y trocada. Puede ser envenenada o hacerla perfecta. Hay un alma en cada uno de nosotros. Lo sé.

—¿Estás completamente seguro de eso, Dorian?

—Completamente seguro.

—¡Ah!, entonces debe ser una ilusión. Las cosas de las que uno se siente completamente seguro nunca son verdad. Esa es la fatalidad de la fe y la lección de las novelas románticas. ¡Qué serio estás! No estés tan serio. ¿Qué tenemos que ver tú o yo con las supersticiones de nuestra época? No. Hemos dejado de creer en el alma. Toca algo, algún nocturno, Dorian, y mientras tocas dime, en voz baja, cómo has conservado tu juventud. Has de tener algún secreto. Sólo soy diez años mayor que tú y yo estoy arrugado, desgastado y amarillo. Eres realmente maravilloso, Dorian. Nunca me has parecido tan encantador como esta noche. Me recuerdas el primer día que te vi. Eras bastante mofletudo, muy tímido y absolutamente extraordinario. Has cambiado, por supuesto, pero no en apariencia. Me gustaría que me contaras tu secreto. Por volver a la juventud haría lo que fuera en el mundo, excepto hacer ejercicio, levantarme temprano o ser respetable. ¡Juventud! No hay nada como eso. Es absurdo hablar de la ignorancia de la juventud. A la única gente a la que he escuchado sus opiniones ahora, con algún respeto, son mucho más jóvenes que yo. Parece que van por delante de mí. La vida les ha revelado a ellos sus maravillas más recientes. Pero a los viejos..., siempre contradigo a los viejos. Lo hago por principio. Si les pides una opinión sobre algo que ocurrió ayer, ellos te dan con toda solemnidad las opiniones normales en 1820, cuando la gente llevaba medias largas, creía en todo y no conocía absolutamente nada. ¡Qué maravilloso es eso que estás tocando! Me pregunto si Chopin lo escribió en Mallorca, mientras el mar gemía alrededor de su villa y la espuma salada chocaba contra los cristales. Es maravillosamente romántico. ¡Qué bendición es que hayan dejado un arte para nosotros que no sea una imitación! No pares. Necesito música esta noche. Me parece que eres el joven Apolo y que yo soy Marsyas escuchándote. Tengo mis propias penas, Dorian, que ni siquiera tú conoces. La tragedia de la ancianidad no es ser viejo, sino haber sido joven. Algunas veces estoy amenazado por mi propia sinceridad. ¡Ah, Dorian, qué feliz eres! ¡Qué vida tan exquisita has llevado! Has bebido profundamente de todo. Has estrujado las uvas en tu paladar. Nada se te ha ocultado. Y todo no ha sido para ti más que el sonido de la música. No te ha mancillado. Eres el mismo todavía.

—No soy el mismo, Harry.

—Sí, eres el mismo. Me pregunto cómo será el resto de tu vida. No la estropees con renuncias. Ahora eres un modelo perfecto. No te hagas incompleto. Eres completamente intachable ahora. No muevas la cabeza. Sabes que lo eres. Además, Dorian, no te engañes a ti mismo. A la vida no la gobierna el deseo o la intención. La vida es cuestión de nervios, fibras y células constituidas lentamente en las cuales el pensamiento se esconde y la pasión sueña. Debes imaginarte que estás seguro y pensar que eres fuerte. Pero un tono de color casual en una habitación, o el cielo de una mañana, o el perfume particular que has amado alguna vez, te trae recuerdos sutiles con él, un verso de un poema olvidado que vuelve otra vez, una cadencia de una pieza musical que habías dejado de tocar...; te digo, Dorian, que nuestra vida depende de cosas como estas. Browning escribe algo sobre ello en alguna parte, pero nuestros propios sentidos lo imaginarán por nosotros. Hay momentos en los que el olor a lilas blancas pasa de repente por mi lado y tengo que vivir el mes más extraño de mi vida otra vez. Ojalá pudiera cambiarte el puesto, Dorian. El mundo ha gritado contra nosotros dos, pero siempre te ha adorado a ti. Eres el modelo de lo que está buscando esta época y lo que teme encontrar. ¡Estoy tan contento de que nunca hayas hecho nada, nunca hayas esculpido una estatua o pintado un cuadro, o producido algo fuera de ti! La vida ha sido tu arte. Te has hecho a ti mismo música. Tus días son tus sonetos.

Dorian se levantó del piano y se pasó la mano por el pelo.

—Sí, la vida ha sido exquisita —murmuró—, pero no voy a llevar la misma vida, Harry. Y no tienes que decirme esas cosas tan extravagantes. No sabes nada de mí. Creo que si lo supieras, incluso tú te alejarías de mí. Te ríes. No te rías.

—¿Por qué has dejado de tocar? Vuelve a tocar el nocturno otra vez. Mira a la gran luna color miel que pende en el aire sombrío. Está esperándote para que la hechices, y si tocas se acercará a la tierra. ¿No? Vayamos al club entonces. Ha sido una tarde encantadora y tenemos que terminarla de la misma manera. Hay alguien en el White que tiene muchas ganas de conocerte, el joven lord Poole, el hijo mayor de Bournemouth. Ya ha copiado tus corbatas y me ha rogado que te presente. Es totalmente delicioso, me recuerda a ti.

—Creo que no —dijo Dorian con una mirada triste en sus ojos—. Estoy cansado esta noche, Harry. No iré al club. Son casi las once y quiero irme temprano a la cama.

—Quédate. Nunca has tocado tan bien como esta noche. Había algo en tu forma de tocar que era maravilloso. Tenía más expresión de la que he oído nunca antes.

—Es porque voy a ser bueno —contestó sonriendo—. Ya he cambiado un poco.

—No puedes cambiar para mí, Dorian —dijo lord Henry—. Tú y yo seremos siempre amigos.

—Sin embargo, me envenenaste con un libro una vez. No te lo perdonaré. Harry, prométeme que no prestarás ese libro a nadie más. Hace daño.

—Mi querido muchacho, realmente estás empezando a moralizar. Pronto serás como los conversos y los evangelistas, que previenen a la gente contra todos los pecados de los que están cansados. Eres demasiado encantador para hacer eso. Por otro lado, es inútil. Tú y yo somos lo que somos, y seremos lo que seremos. Respecto a haberte envenenado con un libro, no ha sido tal cosa. El arte no tiene influencia sobre los actos. Aniquila el deseo de actuar. Es magníficamente estéril. Los libros que el mundo llama inmorales son libros que muestran al mundo su propia vergüenza. Eso es todo. Pero no discutamos de literatura. Ven mañana. Voy a ir a cabalgar a las once. Podemos ir juntos, y te llevaré a comer después con *lady* Branksome. Es una mujer encantadora y quiere consultarte sobre unos tapices que está pensando comprar. ¿Te importa venir? ¿O comemos con nuestra duquesita? Dice que nunca te ve ahora. ¿Quizá te has cansado de Gladys? Creería que así es. Su lengua hábil le hace perder los nervios a uno. Bueno, en cualquier caso, estaré aquí a las once.

—¿Tengo que ir realmente, Harry?

—Por supuesto. El parque está maravilloso ahora. Creo que no ha tenido tantas lilas desde el año en que te conocí.

—Muy bien. Estaré a las once —dijo Dorian—. Buenas noches, Harry.

Según llegó a la puerta dudó un momento, como si tuviera algo más que decir. Luego suspiró y salió.

CAPÍTULO XX

Era una noche hermosa, tan cálida que se echó el abrigo sobre el brazo y ni siquiera se puso su bufanda de seda en el cuello. Según paseaba hacia su casa, fumando un cigarrillo, dos jóvenes pasaron a su lado vestidos de etiqueta. Oyó que uno de ellos le susurró al otro:

—Ese es Dorian Gray.

Él recordaba lo agradable que solía ser que le señalaran, o le miraran, o le hablaran. Ahora estaba cansado de oír su propio nombre. La mitad del encanto del pueblecito adonde había ido tan a menudo últimamente era que nadie sabía quién era. A menudo le decía a la chica a la que había engañado para que le amase, que él era pobre, y ella le había creído. Le había dicho una vez que era malvado y ella se había reído de él, contestando que la gente malvada era siempre muy vieja y muy fea. ¡Qué risa tenía! Exactamente igual que un tordo cuando canta. ¡Y qué bonita había estado con sus vestidos de algodón y sus grandes sombreros! Ella no sabía nada, pero tenía todo lo que él había perdido.

Cuando llegó a casa, encontró a su criado esperándole. Le mandó a la cama y se echó sobre el sofá de la biblioteca; empezó a pensar en algunas de las cosas que le había dicho lord Henry. ¿Era realmente cierto que nunca podría cambiar?

Sintió un deseo ardiente por la pureza inmaculada de su adolescencia, su adolescencia rosa y blanca, como lord Henry la había llamado una vez. Sabía que se había manchado, había llenado su mente de corrupción y había horrorizado a su imaginación; que había sido una influencia mala para otros y había experimentado una alegría terrible en hacerlo, y que la vida más bella y llena de promesas que se había cruzado en su camino era a la que más vergüenza había llevado. ¿Pero era todo irreparable? ¿No había esperanza para él?

¡Ah, en qué momento monstruoso de orgullo y de pasión había rogado que el retrato soportara la carga de sus días y que mantuviera el esplendor sin mancha de la eterna juventud! Todo su fracaso se debía a ello. Mejor hubiera sido para él que cada pecado de su vida hubiera traído su pena segura y rápida. Había purificación en el castigo. La oración de un hombre al Dios más justo no debería ser «Perdona nuestros pecados», sino «Castiga nuestras iniquidades».

El espejo curiosamente tallado que lord Henry le había regalado, hacía tantos años ahora, estaba colocado sobre la mesa, y los cupidos de miembros blancos se reían alrededor de él como antaño. Lo levantó, como había hecho en aquella noche de horror, cuando por primera vez se dio cuenta del cambio en el cuadro fatídico, y con los ojos llenos de lágrimas de rabia se miró en ese escudo pulimentado. Una vez, alguien que le había amado terriblemente, le había escrito una carta desesperada, que terminaba con estas palabras de idolatría: «El mundo ha cambiado porque estás hecho de marfil y de oro. Las curvas de tus labios vuelven a escribir la historia». Las frases volvieron a la memoria y las repitió una y otra vez para sí mismo. Luego aborreció su propia belleza y tiró el espejo al suelo, rompiéndolo en trocitos de plata con su tacón. Su belleza le había destrozado, la belleza y la juventud que había suplicado. Sin embargo, incluso por estas dos cosas, su vida debería haber estado libre de mancha. Su belleza no había sido nada más que una máscara; su juventud, una burla. ¿Qué es en realidad la belleza? Un tiempo verde e inmaduro, un tiempo de comportamientos superficiales y pensamientos enfermizos. ¿Por qué había llevado él la librea? La juventud le había echado a perder.

Era mejor no pensar en el pasado. Nada podía cambiarlo. Tenía que pensar en sí mismo y su propio futuro. James Vane estaba oculto en una tumba sin nombre de la parroquia de Selby. Alan Campbell se había pegado un tiro una noche en su laboratorio, pero no había revelado el secreto que se había visto forzado a conocer. La excitación, tal como había sido, sobre la desaparición de Basil Hallward pronto pasaría. Ya estaba disminuyendo. Estaba perfectamente seguro allí. De hecho, no era la muerte de Basil Hallward la que más le pesaba en la mente. Era la muerte viviente de su propia alma la que le perturbaba. Basil había pintado el retrato que había echado a perder su vida. No pudo perdonarle eso. Era el retrato el que lo había hecho todo. Basil le había dicho cosas insoportables y él las había aguantado con paciencia. El asesinato había sido simplemente la locura de un momento. Igual que para Alan Campbell su suicidio había sido una decisión personal. Él había elegido hacerlo. No tenía nada que ver con él.

¡Una nueva vida! Eso era lo que quería. Eso es lo que estaba esperando. Seguramente ya había empezado. De todos modos había respetado a un ser inocente. Nunca volvería a tentar a la inocencia. Sería bueno.

Mientras pensaba en Hetty Merton, empezó a preguntarse si el retrato de la habitación cerrada con llave habría cambiado. Seguramente ya no sería tan horrible. Quizá si su vida se hiciera pura, él sería capaz de expulsar cada señal de perversa pasión de su cara. Quizá las señales del mal ya habían desaparecido. Iría a verlo.

Tomó la lámpara de la mesa y se dirigió al piso de arriba. Mientras quitaba las barras de la puerta, una sonrisa de júbilo cruzó su rostro con una extraña apariencia joven y se quedó durante unos momentos en sus labios. Sí, sería bueno, y el objeto espantoso que había ocultado nunca volvería a ser terrorífico para él. Sintió como si se hubiera aliviado ya la carga.

Entró lentamente y cerró la puerta tras él, como era su costumbre; después corrió la cortina púrpura del retrato. Un grito de dolor e indignación salió de él. No se podía ver ningún cambio, salvo que en sus ojos había una mirada astuta y en su boca una arruga curvada de hipocresía. El objeto era repugnante todavía; más repugnante, si era posible, que antes, y el rocío escarlata que manchaba su mano parecía más brillante y con más sangre nueva. Entonces tembló. ¿Había sido mera vanidad la que le había hecho realizar una buena acción? ¿O el deseo de una nueva sensación, como le había insinuado lord Henry, con su risa burlona? ¿O esa pasión por la acción que algunas veces nos hace realizar cosas mejores que nosotros mismos? ¿O quizá todas ellas? ¿Y por qué era la mancha roja más grande? Parecía que se había extendido como una enfermedad horrible por los dedos arrugados. Había sangre sobre los pies pintados, como si el objeto hubiera goteado, sangre incluso en la mano que no había sostenido el cuchillo. ¿Confesar? ¿Significaba aquello que iba a confesar? ¿Delatarse a sí mismo y ser llevado a la muerte? Se rio. Sintió que la idea era monstruosa. Por otro lado, incluso si confesara, ¿quién le creería? No había huellas del hombre asesinado en ninguna parte. Todo lo que le pertenecía se había destruido. Él mismo había quemado lo que estaba en el piso de abajo. El mundo simplemente diría que estaba loco. Le encerrarían si insistía en su historia... Sin embargo, era su deber confesar, sufrir la vergüenza pública y hacer una expiación. Había un Dios a quien los hombres le decían sus pecados en la tierra así como en el cielo. Nada podría purificarle hasta que hubiera contado su propio pecado. ¿Su pecado? Se encogió de hombros. La muerte de Basil Hallward le parecía algo sin importancia. Estaba pensando en Hetty Merton. Era un espejo injusto, este espejo de su alma al que estaba mirando. ¿Vanidad? ¿Curiosidad? ¿Hipocresía? ¿No había nada más en su renuncia que eso? Tenía que haber algo más. Al menos así lo pensaba. Pero, ¿quién podía decirlo...? No. No había nada más. Por medio de la vanidad él la había respetado. Por hipocresía había llevado la máscara de la bondad. A causa de la curiosidad había intentado la negación de sí mismo. Ahora se daba cuenta.

Pero este asesinato, ¿iba a perseguirle toda la vida? ¿Iba a llevar siempre el peso de su pasado? ¿Iba a confesar realmente? Nunca. Sólo había una pequeña prueba tras él. El cuadro mismo, esa era la prueba. Lo destruiría. ¿Por qué lo había guardado durante tanto tiempo? Una vez le había producido el placer de ver cómo cambiaba y se envejecía. Desde hacía mucho no había sentido ese placer. Le desvelaba por la noche. Cuando se iba, estaba lleno de terror por si otros ojos lo miraban. Había llevado melancolía a sus pasiones. Su mero recuerdo había estropeado muchos momentos de alegría. Sí, había sido su conciencia. Lo destruiría.

Miró alrededor y vio el cuchillo con el que había apuñalado a Basil Hallward. Lo había limpiado muchas veces, hasta que no había quedado ninguna mancha sobre él. Era brillante y reluciente. Igual que había matado al pintor, ahora mataría la obra del pintor y todo lo que significaba. Mataría el pasado y, cuando estuviera muerto, sería libre. Mataría esa vida del alma monstruosa y, sin sus horrendas advertencias, estaría en paz. Tomó el cuchillo y apuñaló el cuadro con él.

Se oyó un grito y un golpe. El grito de agonía fue tan horrible que los criados se despertaron asustados y salieron de sus habitaciones. Dos caballeros, que pasaban por la plaza de abajo se pararon y miraron hacia arriba, a la gran casa. Buscaron a un policía y le trajeron con ellos. El hombre tocó varias veces la campanilla, pero no hubo contestación. A excepción de una luz en una de las ventanas de arriba, la casa estaba toda a oscuras. Después de un rato, se marchó y se quedó en un pórtico cercano observando.

—¿De quién es esta casa, guardia? —preguntó el caballero más anciano.

—Del señor Dorian Gray, señor —contestó el policía.

Se miraron el uno al otro según se alejaban, con un gesto de desprecio. Uno de ellos era el tío de sir Henry Ashton.

Dentro, en la parte de la casa para la servidumbre, los criados, a medio vestir, hablaban en voz baja susurrando unos a otros. La anciana señora Leaf estaba llorando y apretándose las manos. Francis estaba tan pálido como un muerto.

Después de un cuarto de hora, este subió con el cochero y uno de los lacayos al piso de arriba. Llamaron a la puerta, pero no hubo respuesta. Llamaron a voces. Todo estaba en calma. Finalmente, después de intentar forzar la puerta en vano, subieron al tejado y se dejaron caer al balcón. Las ventanas cedieron fácilmente; sus pestillos eran viejos.

Cuando entraron, descubrieron colgado en la pared un retrato espléndido de su señor como le habían visto la última vez, en toda la maravilla de su exquisita juventud y belleza. En el suelo yacía un hombre muerto, con traje de etiqueta, con un cuchillo en el corazón. Estaba marchito, arrugado y era repugnante a la vista. Hasta que no examinaron sus anillos no reconocieron quién era.

ÍNDICE